HARRY MULISCH

VORFALL

Fünf Erzählungen

Aus dem Niederländischen von Martina
den Hertog-Vogt, Franca Fritz und
Hans Herrfurth

Deutsche Erstausgabe
Veröffentlicht im Rowohlt Taschenbuch Verlag GmbH,
Reinbek bei Hamburg, Oktober 1993
Copyright © 1993 by Harry Mulisch
Copyright für die deutsche Ausgabe
© 1993 by Carl Hanser Verlag München Wien
Umschlaggestaltung Barbara Hanke
Satz Janson (Linotronic 500)
Gesamtherstellung Clausen & Bosse, Leck
Printed in Germany
990-ISBN 3 499 13364 4

DIE GRENZE

An Ihre Majestät die Königin

Majestät!
Nur nach langem Zögern habe ich meine Scheu, Ihnen zu
schreiben, überwinden können. Hätte ich auch nur einen einzigen anderen Ausweg gesehen, ich hätte diesen eingeschlagen.
Da ich alle Auswege versucht habe, bleibt mir nichts anderes
übrig, als mich an Sie zu wenden, auch wenn ich wohl verstehe,
daß meine persönlichen Sorgen neben den Ihren, die die ganze
Nation betreffen, ganz und gar nichtig sind.

Mein Name ist Joachim Lichtbeelt, 61 Jahre alt, wohnhaft in
Amstelveen, Blijstein A-14, Nr. 234. Am Sonnabend, dem
4. Mai, verließ ich ungefähr um 8.45 Uhr meinen Wohnort, und
zwar in meinem Pkw, Marke DAF, polizeiliches Kennzeichen
HS-47-26. Ich befand mich in Begleitung meiner Ehefrau,
Frau A. F. Lichtbeelt-Da Polenta, 59 Jahre alt. Wir fuhren
in das Altersheim «Zonnehelm» in Oosterbeek, wo meine
Schwiegermutter seit einigen Jahren ihren Wohnsitz genommen hat. Ungefähr um 10.10 Uhr geriet mein Wagen etwa in
der Höhe von Elspijk ins Schleudern, vermutlich infolge einer
Ölspur auf der Straße, die ich wegen des Frühnebels nicht bemerkt hatte. Zuerst stieß ich an die Leitplanken, dann landete
ich im Straßengraben, wo sich mein Fahrzeug überschlug.

Ich muß einige Skunden oder Minuten bewußtlos gewesen
sein. Als ich wieder zu mir kam, sah ich, daß das Grabenwasser
bis zur Windschutzscheibe stand. Auch meine Beine befanden

sich bis zu den Knien im Wasser. Ich fühlte hier und da Schmerzen und hatte einige unbedeutende Schrammen. Dann aber sah ich, daß meine Ehefrau nicht mehr neben mir saß. Die Tür auf ihrer Seite stand offen. Ich verließ eilig den Wagen und fand sie einige Meter weiter auf der Wiese, jedoch in einer seltsamen, fast möchte ich sagen unmöglichen Stellung, die mich sofort in sehr große Besorgnis versetzte. Auf meine Fragen, wie dringend diese auch gestellt sein mochten, reagierte sie nicht. Schätzungsweise hundertfünfzig Meter weiter befand sich, von dichten Baumreihen umstanden, ein Gehöft, doch ich hielt es unter den gegebenen Umständen nicht für angebracht, meine Ehefrau allein zu lassen. Allerdings glaubte ich, dort eine Gestalt wahrnehmen zu können, die uns beobachtete. Trotz allem durchwatete ich den Graben, stieg die Böschung hinauf und versuchte am Straßenrand, die Aufmerksamkeit der vorüberkommenden Autofahrer auf mich zu lenken. Leider war keiner von ihnen imstande anzuhalten, um mir behilflich zu sein. Das ist auch sehr gefährlich, ja, sogar verboten. Nach einer Viertelstunde stellte sich allerdings heraus, daß einer von ihnen die außerordentliche Freundlichkeit besessen hatte, in Elspijk einen Arzt zu benachrichtigen. Dieser Arzt, Dr. K. J. M. Maurits, ein sehr hilfsbereiter Mann, stellte einen Schädelbasisbruch fest und vermutete ernstliche innere Blutungen.

«Ich gebe Ihnen den dringenden Rat», sagte er, «Ihre Frau nicht von der Stelle zu bewegen. Ich werde in Elspijk umgehend den Städtischen Rettungsdienst benachrichtigen, denn sie muß schleunigst in ein Krankenhaus eingeliefert werden. Wie war Ihre Adresse, bitte? Ich brauche sie für die Rechnung.»

Nachdem ich ihm meine Adresse gegeben hatte, machte er sich eilends auf den Weg.

Tatsächlich erschien schon nach etwa zwanzig Minuten der Rettungswagen. Doch nun machte sich ein unliebsamer Umstand geltend. Es stellte sich nämlich heraus, daß meine Frau gerade schon außerhalb des Gebietes der Stadt Elspijk lag, und zwar auf dem Gebiet der Stadt Vrijburg.

«Die Sache ist nämlich so», erklärten mir die Krankenpfleger, «die Grenze zwischen den beiden Stadtgebieten wird von der Hochspannungsleitung gebildet, die hier über die Straße geht.» Ich schaute nach oben und sah, daß wir wirklich gerade unter mehreren Hochspannungsdrähten standen. Von Nordosten kamen die turmhohen Leitungsmasten mit ausgebreiteten Armen über die Wiesen heran, überquerten in schräger Richtung die Straße und verschwanden auf der anderen Seite wieder am Horizont. «Oder genauer formuliert», sagte der eine Krankenpfleger, «diese Leitungen verlaufen genau auf der Stadtgrenze. Das ist unser Anhaltspunkt für Unfälle in dieser Gegend.»

«Aber meine Frau liegt genau unter der Fernleitung», bemerkte ich.

«So ist es», antworteten sie. «Aber dieser Streifen unter der Leitung, der ja einige Meter breit ist, gehört zum Gebiet der Stadt Vrijburg.»

Ich muß gleich noch hinzufügen, daß sie außerordentlich freundlich waren und mir den Sachverhalt mit viel Geduld darlegten. Doch das konnte nicht die Tatsache aus der Welt schaffen, daß der Unfall nicht in ihren Zuständigkeitsbereich gehörte. Leider mußten sie daher unverrichteter Dinge wieder abfahren.

«Wir hoffen», sagten sie, «daß Sie für eine derart heikle Angelegenheit Verständnis haben. Sie verstehen, zwei vergleichbare städtische Dienste...»

«Selbstverständlich», beteuerte ich. «Auch an meinem Arbeitsplatz stehe ich mitunter vor derartigen Problemen. Abwarten ist in einem solchen Fall immer noch besser, als daß man später noch viel mehr Zeit auf die Klärung von Zuständigkeitsfragen verwendet.»

«Wir versprechen Ihnen, daß wir, sobald wir nach Elspijk zurückgekehrt sind, den SRD von Vrijburg benachrichtigen.»

«Dafür wäre ich Ihnen außerordentlich dankbar.»

Ich möchte betonen, daß der Rettungsdienst dieser Stadt in

einer halben Stunde zur Stelle war. Zu meinem Befremden wurde mir jedoch mitgeteilt, der Streifen unter der Hochspannungsleitung gehöre zur Stadt Elspijk.

«Aber der SRD von Elspijk hat doch gesagt», erwiderte ich, «daß der Streifen unter den Drähten gerade noch zur Stadt Vrijburg gehört!»

Nachdem sie einander mit heruntergezogenen Mundwinkeln fragend angesehen hatten, antwortete der eine:

«Das muß dann sofort von der Stadtverwaltung überprüft werden. Aber vor einer solche Überprüfung können wir selbstverständlich gar nichts unternehmen.»

«Das verstehe ich sehr gut», beruhigte ich sie. «Es ist sehr zu begrüßen, wenn solche Angelegenheiten korrekt geregelt werden.»

Wir trennten uns mit einem Händedruck.

Unterdessen war auch schon die Niederländische Staatspolizei erschienen, um ein Protokoll aufzunehmen. Während die Herren mit ihrer Untersuchung beschäftigt waren, überlegte ich, ob es möglich wäre, mit ihrer Hilfe einen anderen Weg zu beschreiten. Ich war mir dessen voll bewußt, daß ich damit die Überprüfung durch die Stadtverwaltung von Vrijburg durchkreuzen würde; nach dieser Überprüfung würde entweder der Rettungswagen von Vrijburg oder der von Elspijk wieder erscheinen, nur um dann festzustellen, daß meine Frau schon von einer anderen Instanz abgeholt worden war. Die ganze Mühe dieser Leute wäre dann umsonst gewesen. War das moralisch gerechtfertigt? Oder, um es weniger hochtrabend zu formulieren, war das anständig? Da mir aber die Sorge um meine Frau über alles ging – ich hoffe und vertraue darauf, Majestät, daß Sie Verständnis dafür haben –, hackte ich den Knoten einfach entzwei und fragte:

«Meine Herren, gibt es vielleicht so etwas wie einen Staatlichen Rettungsdienst, der sich meiner Frau annehmen könnte?»

«Leider müssen wir Sie enttäuschen», antworteten sie. «Wir

haben jedoch Verständnis für Ihre Schwierigkeiten und empfehlen Ihnen, sich an die Bezirksinspektion für Volksgesundheit zu wenden.»

«Vielen Dank, meine Herren», sagte ich hocherfreut. «Das scheint mir ein sehr vernünftiger Vorschlag zu sein, da ja der Bezirk den Städten und Gemeinden übergeordnet ist.»

Nun war ich allerdings gezwungen, meine Frau eine Weile allein zu lassen. An ihrem Zustand hatte sich nicht ein Jota geändert. Sie lag vornüber. Blut war zum Glück nirgendwo zu sehen, aber irgendwie hatte es den Anschein, als seien ihr das rechte und das linke Bein vertauscht worden. Ich brachte ihre Kleidung ein wenig in Ordnung und begab mich über die Wiese zu dem Gehöft. Die Gestalt, die ich da zu Anfang wahrgenommen hatte, war, wie sich zeigte, der Bauer selbst, Herr P. Van Amerongen.

«Da haben Sie mit Ihrem Wägelchen aber einen ganz schönen Purzelbaum geschlagen», sagte er und lachte. «Treten Sie doch näher. Eine Tasse Kaffee werden Sie sicher nicht ablehnen?»

«Sie sagen es», bestätigte ich.

Im Wohnzimmer stellte er mich seiner Ehefrau vor, Frau M. Van Amerongen. Lächelnd sagte sie:

«Ja, ich habe Sie schon erwartet. Der Kaffee ist fertig!»

Als ich die beiden von meinem Problem in Kenntnis gesetzt hatte, boten sie mir von selbst an, ihr Telefon zu benutzen. Ich fragte, in welchem Bezirk wir uns hier eigentlich befänden. Utrecht, wie sich herausstellte. Da es aber Sonnabend war, bekam ich bei der Bezirksinspektion für Volksgesundheit keinen Anschluß. Nach einigem Überlegen beschloß ich, die Stadtverwaltung von Utrecht anzurufen. Dort war, wie sich zeigte, nur der Pförtner anwesend. Nachdem ich ihm erklärt hatte, wie dringlich meine Angelegenheit war, sagte er:

«Mein Herr, ich kann Ihnen nur sagen, daß derartige Angelegenheiten ausschließlich auf schriftliche Eingabe hin bearbeitet werden.»

Als ich Herrn Van Amerongen von dieser entmutigenden Antwort unterrichtet hatte, legte er mir, ohne ein Wort zu sagen, Feder und Schreibpapier auf den Tisch, und daneben einen Umschlag mit Briefmarke. Ebenfalls schweigend setzte ich die Feder zum Schreiben an. Da aber auf dem Tisch ein bauschiges Smyrna-Tuch lag, durchstach ich zu meinem Schrecken das Papier. Daraufhin gab mit Frau Van Amerongen eine Nummer der Wochenzeitschrift «Bauer und Gärtner», und Herr Van Amerongen überreichte mir lächelnd ein neues Blatt Papier. Ich schrieb meinen Brief, in dem ich alle Vorfälle genauestens schilderte und dringend darum ersuchte, man möge doch meine Frau ins Krankenhaus bringen, zumal es sich um einen Fall handele, der Eile erfordere. Als ich den Umschlag zuklebte, erbot sich Herr Van Amerongen aus freien Stücken, den Brief für mich zur Post zu bringen, so daß ich bei meiner Frau bleiben konnte.

Erst bei derartigen Gelegenheiten lernt man seine Mitmenschen richtig kennen. Bauern! Wie habe ich früher über Bauern gedacht? Für mich als gebürtigen Amsterdamer waren das Leute mit Holzköpfen voller Mist, Leute, die in Kriegszeiten nur einen Gedanken hatten, nämlich dem hungernden Städter den Ehering für ein Glas Milch abzutrödeln. Herr und Frau Van Amerongen haben mich endgültig von diesem Zerrbild befreit.

Da ich frühestens am Dienstag Antwort aus Utrecht erwarten konnte, wurde mir nun klar, daß diese Sache bedeutend mehr Zeit beanspruchen würde, als ich anfangs gehofft und erwartet hatte. Nachdem ich das Telefongespräch und den Kaffee beglichen hatte, vereinbarte ich mit dem gutmütigen Ehepaar, daß ich an den nächsten Tagen das Abendessen bei ihnen einnehmen und für die übrigen Mahlzeiten ein bißchen Obst und ein paar Eier erstehen würde. Der Preis, den wir dafür ausmachten, war niedriger als in den meisten Amsterdamer Gaststätten.

Ich werde Ihnen, Majestät, nicht mit den Grübeleien zur Last fallen, die mir angesichts meiner hilflos niedergestreckten Frau in den nun folgenden einsamen Stunden dieses unglückseligen Sonnabends kamen, zumal diese für mein Ersuchen keine unmittelbare Bedeutung haben. Die meiste Zeit verbrachte ich in meinem Wagen. Das übel zugerichtete Vehikel hing mit der Motorhaube im Wasser. Im Fahrgastraum experimentierte ich mit den Sitzen so lange herum, bis eine einigermaßen horinzontal ausgerichtete Ruhestätte zustande kam. Aus einigen Brettern, die mir Herr Van Amerongen gegen geringes Entgelt überließ, fertigte ich eine Laufplanke an, so daß nasse Füße glücklicherweise der Vergangenheit angehörten. Im Wagen also verbrachte ich die Nacht, jedoch nicht ohne meiner Frau vorher einen Kuß auf die Stirn zu drücken.

Als ich am nächsten Morgen ganz durchgefroren erwachte, regnete es. Meine Frau war offensichtlich schon völlig durchnäßt, und da ich das für ihr Wohlbefinden als nachteilig erachtete, beschloß ich, ein Bauwerk zu errichten, das zumindest einigen Schutz vor den Witterungsverhältnissen gewähren würde. Herr Van Amerongen führte mich verständnisvoll in seine Scheune, wo ich Baumaterial und Werkzeug fand. Nach reiflicher Überlegung entschied ich mich für die klassische Hausform mit Spitzdach. Vielleicht wurde ich bei dieser Entscheidung vom Gehöft der Van Amerongens beeinflußt. Der Rest des Tages verging mit Sägen und Zimmern. Dach und Seitenwände fertigte ich aus Brettern, die Rückwand auch. Die Vorderseite hängte ich mit Jute zu.

Als ich mit der Arbeit fertig war, nahm Herr Van Amerongen meine Schöpfung lächelnd in Augenschein, und nach dem Abendessen berechnete er mir einen unerheblichen Betrag für das verwendete Baumaterial sowie ein paar lächerliche Gulden als Leihgebühr für das Werkzeug, was mir durchaus angemessen erschien. Zum Glück habe ich die Gewohnheit, Geld niemals unbewacht zu Hause liegen zu lassen. Und da der Monat erst angefangen hatte, verfügte ich über einen nicht unbeträchtlichen Betrag, mit dem ich es noch eine Zeitlang aushalten konnte.

Am nächsten Tag, Montag, dem 6. Mai, rief ich schon um 8.30 Uhr die Firma INTEROP in Amsterdam an, wo ich schon

seit dreiundzwanzig Jahren beschäftigt bin, zuerst als Lagerge-
hilfe, später als Lagerverwalter. Mein Arbeitgeber, Herr H. J.
Groeneveld, war im Ausland. Sein Sohn, Herr H. J. Groene-
veld jr., der gleichzeitig sein Teilhaber ist, kam an den Apparat.
Ich erläuterte ihm meine verzweifelte Lage und bat ihn, mir
angesichts meines Mißgeschicks noch einige Tage frei zu geben.
«Ja», sagte er. «Ach, bleiben Sie doch noch am Apparat,
Lichtbeelt.»

Es war ein ziemlich kostspieliges Ferngespräch, und nachdem er mich, freundlich wie er war, nicht länger als einige
Minuten hatte warten lassen, sagte er:

«Ja, Lichtbeelt. Sie haben noch vier Bummeltage gut. Die
können sie ausnahmsweise nacheinander nehmen.»

Ich dankte ihm erfreut für sein Entgegenkommen. Sehr sym-
pathisch war er mir nie gewesen, das muß ich ehrlich gestehen.
Ich verdächtigte ihn nämlich der Herzlosigkeit, die in der
Betriebswirtschaft so oft die zweite Generation kennzeichnet.
Ich war aufrichtig beglückt, daß ich mich in ihm getäuscht
hatte.

Anschließend rief ich unsere Tochter an, Frau G. J. Hofman-
Lichtbeelt in Middelburg. Sie schien sehr erschrocken zu sein,
als sie von dem betrüblichen Unfall hörte. Obwohl wir sie seit
ihrer Heirat wegen der großen Entfernung nur noch selten sahen, bestand zwischen uns doch immer das einzigartige Band,
das es nur zwischen Eltern und Kindern gibt. Als sie fragte, in
welchem Krankenhaus sich Mutter befinde, war ich wiederum
gezwungen, meinen trübseligen Bericht zu erstatten. Es war,
als ginge in meinem Herzen ein Licht auf, als sie sagte:

«Ich komme so schnell wie nur möglich!»

Als ich zurückfragte, wann das wohl sein würde, stellte sich
leider heraus, daß sie kaum vor dem nächsten Sonntag kommen
könnten. Die Kleinen mußten zur Schule, und einigen gesell-
schaftlichen Verpflichtungen mußten sie ebenfalls nachkom-
men. Mein Schwiegersohn, Herr J. A. M. Hofman, arbeitet bei
einer führenden Werbefirma, wo auf die Pflege persönlicher

Beziehungen großer Wert gelegt wird. Schon das Fehlen beim wöchentlichen Bridgeabend kann leicht falsch ausgelegt werden und entsprechend finanzielle Folgen nach sich ziehen, unter denen dann auch die anderen Arbeitnehmer zu leiden hätten.

Den Gedanken, auch meine Schwiegermutter in Oosterbeek von dem Geschehenen in Kenntnis zu setzen, glaubte ich nach einiger Überlegung verwerfen zu müssen. Die alte Dame würde durch diese Gemütsbewegung sicherlich zu sehr angegriffen und könnte vielleicht nicht darüber hinwegkommen. Unser beabsichtigter Besuch am Sonnabend hatte ohne Vorankündigung stattfinden sollen, und daher ahnte sich nichts. Ich glaubte, es sei wohl das beste, zu warten, bis alles geregelt und meine Frau wieder ganz hergestellt war. Dann würden wir bei einem Täßchen Tee und einem Stückchen Kuchen unser Abenteuer bis in alle Einzelheiten schildern können.

Am nächsten Morgen wachte ich auf, als Frau Van Amerongen rief:

«Herr Lichtbeelt! Post für Sie!»

Mit ihrer schneeweißen Schürze stand sie auf dem Hof unter den Kastanien und schwenkte über dem Kopf einen Brief. Sofort kroch ich aus meinem Wagen und rannte über die Wiese, so schnell mich meine alten Beine trugen.

Tatsächlich war von der Bezirksinspektion für Volksgesundheit in Utrecht ein Eilbrief eingetroffen. Hoffnungsvoll öffnete ich den Umschlag, aber was las ich da? Die Gebietsgrenze zwischen Elspijk und Vrijburg war zugleich auch die Grenze zwischen den Bezirken Utrecht und Gelderland. Der Streifen unter der Fernleitung, auf dem meine Frau lag, gehörte den Karten zufolge zum Bezirk Gelderland, weshalb man leider nichts für mich tun könne. Man riet mir, mit der Bezirksinspektion für Volksgesundheit in Gelderland schriftlichen Kontakt aufzunehmen. Niedergeschlagen ließ ich den Brief sinken.

«Schlechte Nachrichten?» fragte Frau Van Amerongen.

«Ich bin zwar angenehm überrascht von der Schnelligkeit,

mit der man mir geantwortet hat», erwiderte ich, «aber im übrigen kommt es mir so vor, als wäre ich genausoweit wie vorher. Obwohl – vielleicht doch etwas weiter. Das Grenzproblem zwischen zwei Stadtverwaltungen hat sich jetzt schon zum Problem zwischen zwei Verwaltungsbezirken ausgewachsen. Wenn das so weitergeht, muß ich unweigerlich bei einer übergeordneten Instanz landen, die einen Beschluß fassen kann. Nein, Frau Van Amerongen, keine schlechten Nachrichten. Gute Nachrichten.»

Zu meiner Schande muß ich bekennen, Majestät, daß ich in unserem Staatssystem nicht so ganz zu Hause bin, d. h. theoretisch – in der Praxis wohne ich natürlich sozusagen darin –, und so vermutete ich, daß diese übergeordnete Instanz der Königliche Konsultationsrat sein müßte, der ja auch als «die Krone» bezeichnet wird. Doch will ich mich, Majestät, derartiger Belehrungen an Ihre verehrliche Adresse enthalten.

Wieder einmal setzte ich mich an den Tisch mit dem bauschigen Smyrna-Tuch. Frau Van Amerongen reichte mir den «Bauer und Gärtner», und ich schrieb nun nach Gelderland. Das Ergebnis wußte ich bereits im voraus, aber in Zusammenhang mit weiteren Schritten mußte ich es schwarz auf weiß haben. Ich war mit einem Male voller Vertrauen.

«Das einzige, was mir jetzt noch Sorgen macht», sagte ich zu Frau Van Amerongen, als ich den Umschlag zuklebte, «ist die Befürchtung, daß diese ganze Verzögerung einen nachteiligen Einfluß auf den Gesundheitszustand meiner Frau haben könnte. Aber zum Glück hat sie immer eine unverwüstliche Konstitution gehabt. Ich kann mich nicht erinnern, daß sie je krank gewesen wäre. Auch diesen Schicksalsschlag wird sie wohl überstehen.»

Ich beschloß, von nun an auch nicht mehr den Jutevorhang beiseite zu schieben, um einmal nachzusehen, wie ich das immer zu bestimmten Zeiten getan hatte. Diese plötzliche Einstrahlung des Lichtes könnte sie sehr leicht aus der Fassung bringen. Völlige Ruhe schien mir das Beste zu sein.

Am Tag darauf – es war inzwischen Mittwoch, der 8. Mai – setzte endlich warmes Frühlingswetter ein. Gleichzeitig wurde mir aber auch eine unangenehme Überraschung beschert. Ich hatte mich auf dem Hof unter der Pumpe gewaschen und war gerade dabei, mein Frühstück, bestehend aus einem Apfel und einem Glas Wasser, zu mir zu nehmen, als ich auf der Fernverkehrsstraße einen Abschleppwagen der Polizei kommen sah. Zu meinem Schrecken schickte sich dieses Gefährt an, meinen Wagen, d. h. meine Wohnung, abzuschleppen. Ich rannte sofort hin, und es gelang mir, die Herren, die eine Polizeimütze trugen, im übrigen aber in beigefarbene Overalls gehüllt waren, von ihrem Vorhaben abzuhalten. Während ich sie von den eingetretenen Ereignissen in Kenntnis setzte, fragte ich mich, wieso meine Frau nicht kurzfristig abgeholt werden konnte, wohl aber mein Wagen, der sich ja ebenfalls im Niemandsland unter der Hochspannungsleitung befand. Beruhte das nicht auf einer seltsamen – nein, Majestät, ich scheue mich nicht, es zu sagen –, auf einer geradezu unmenschlichen Denkungsart?

«Meine Herren», sagte ich, bemüht, die Ruhe zu bewahren, «wenn ich fragen darf, zur Polizei welcher Stadt gehören Sie denn?»

«Elspijk», sagten sie in einem Ton, an dem zu erkennen war, welche außerordentliche Auszeichnung mir dadurch zuteil wurde, daß sie mir diese Auskunft zu erteilen geruhten.

«Eben, Elspijk. Sie wissen zweifellos, daß sich mein Wagen nach der Meinung vieler Leute auf dem Gebiet der Stadt Vrijburg befindet?»

Sie schützten ihre Augen gegen das Sonnenlicht, schauten nach oben, nach den Hochspannungsdrähten, und antworteten dann mit einem Achselzucken.

«Das kann schon sein», sagten sie und nickten. «Aber wo wir nun schon mal hier sind, wollen wir das Wrack auch abschleppen. Wie sieht das denn aus... hier... an einer Fernstraße?»

«Ja!» rief ich. «Das haben Sie sich wohl so gedacht! Aber da können Sie sicher sein, daß ich Schritte gegen Sie unternehmen werde! Wegen Überschreitung Ihrer Befugnisse, und da können Sie mit einer unehrenhaften Entlassung aus dem Dienst rechnen!»

Sie sahen sich eine Weile an, murmelten so etwas wie: «Ooch bloß 'n Befehl gekriegt», und verzogen sich dann.

Ich glaube, das war der einzige Zeitpunkt, an dem ich einmal die Geduld verloren habe. Als einige Stunden später der Abschleppwagen der Vrijburger Polizei eintraf, war meine Entrüstung bereits eine einstudierte.

Nachträglich frage ich mich allerdings, ob ich nicht einen taktischen Fehler begangen habe. Vielleicht wäre es vernünftiger gewesen, den Wagen einfach abschleppen zu lassen, dann häte ich nämlich einen Präzedenzfall geschaffen. Das aber hätte leicht den Eindruck erwecken können, ich wolle Fußangeln legen, und so etwas hätte das Wohlwollen des Beamtenapparats mir gegenüber durchaus nicht gesteigert. Außerdem erscheint es mir überaus fraglich, ob ein polizeilicher Vorfall jemals ein Präzedenzfall für die Volksgesundheit sein kann. Immerhin war ich froh, daß ich meine Schlafstelle gerettet hatte, denn sonst hätte ich bei Herrn Van Amerongen ein Bett mieten müssen. Dazu wäre er ohne jeden Zweifel gern bereit gewesen, aber das wäre dann doch wieder ein schwerwiegendes Attentat auf meinen Geldbeutel gewesen. Es stellte sich zudem heraus, daß die Preise für Äpfel und Birnen infolge kürzlicher Mißernten plötzlich scharf angezogen hatten.

Am Donnerstag wurde es endgültig Frühling. Doch wurde ich zum erstenmal den ganzen Tag über von einem äußerst unangenehmen Geruch belästigt. Ich vermutete, daß irgendwo in der Gegend eine Abdeckerei betrieben wurde, und hoffte, daß sich der Wind bald drehen würde. Aber verjagen ließ ich mich nicht. Ich hatte den Autositz aufs Gras gestellt und blieb ruhig in der Sonne sitzen, neben dem Häuschen, in dem meine Frau ihre so dringend benötigte Ruhe genoß. Friedlich weideten die Kühe von Herrn Van Amerongen, hinter meinem Rücken donnerte der Fernverkehr, und auf den Hochspannungsdrähten tschilpten die Spatzen. Es sah fast so aus, als sei ich im Urlaub. Urlaub! Meiner war erst im Juli fällig, und dann würde sich meine Frau hoffentlich so weit erholt haben, daß wir nach Terschelling reisen konnten. Oder sollten wir diesmal noch ein bißchen weiter reisen? Vielleicht in die Ardennen? Oder eine Rheinreise? Über diesen Träumereien schlummerte ich ein. Ich wurde von der Stimme Frau Van Amerongens geweckt.

«Herr Lichtbeelt! Post für Sie!»

Es war die Antwort aus Gelderland. Die Schnelligkeit, mit der die amtlichen Stellen in unserem Lande ihren Schriftwechsel abwickeln, kann ich gar nicht genug loben. Vielleicht schadet es nicht, Majestät, wenn Sie das einmal von einem einfachen Untertanen hören. Der Brief hatte den Wortlaut, der zu erwarten war: Das Gebiet unter der Hochspannungsleitung gehöre ihren Karten zufolge zum Bezirk Utrecht. Man ging sogar noch weiter. Man teilte mir mit, man habe in Anbetracht der Dringlichkeit meines Falles bei der Staatlichen Zentralaufsicht der Bezirke Utrecht und Gelderland auf einer gemeinsamen Überprüfung durch die kartographischen Dienste dieser beiden Staatsorgane bestanden. Diese müßten die Grenze zwischen den Bezirken Utrecht und Gelderland – und damit auch zwischen den Städten Elspijk und Vrijburg – kurzfristig und für immer genau festlegen, und zwar beginnend mit dem topographischen Punkt, an dem meine Ehegattin liege. Anfang nächster Woche könne ich die zuständigen Beamten bereits erwarten, und dann werde hoffentlich alles schnell und zu jedermanns Zufriedenheit geregelt werden.

Ich will gern eingestehen, daß ich im Schatten der Kastanien mit diesem Brief ein kleines Freudentänzchen aufführte. Frau Van Amerongen beobachtete mich lächelnd und kopfschüttelnd, aber ich genierte mich nicht vor ihr. Ich hatte kaum mehr zu hoffen gewagt, daß alles doch noch so schnell in Ordnung kommen würde.

Es ist selbstverständlich, daß ich nun, da die Dinge bereits so weit gediehen waren, nicht alles im Stich lassen konnte. Aber ich hatte nun meine Bummeltage durchgebracht, und am nächsten Morgen rief ich wieder die Firma INTEROP an. Es ergab sich, daß der ältere Herr Groeneveld noch immer nicht anwesend war. Als ich aber Herrn Groeneveld jr. alles wahrheitsgemäß geschildert hatte, war er dennoch der Meinung, es seien keine Voraussetzungen mehr gegeben, mich weiterhin in seinem Betrieb zu beschäftigen.

«Ja, sehen Sie mal, Lichtbeelt, damit können wir doch gar nicht erst anfangen, das verstehen Sie doch wohl selbst.»

«Ja, richtig, Herr Groeneveld, das verstehe ich völlig.»

«Ich muß auch mit den anderen Leuten im Betrieb rechnen. Wenn die hören, daß ich Ihnen zusätzliche freie Tage gebe, dann sollen Sie mal sehen, was denen für schöne Einfälle kommen.»

«Herr Groeneveld», sagte ich bewundernd, «Ihre Menschenkenntnis ist wirklich verblüffend.»

«Ja, so was lernt man in einem Betrieb. Und denken Sie einmal weiter, Lichtbeelt, eine solche Entwicklung endet damit, daß in den Niederlanden schließlich niemand mehr arbeitet.»

«Haha», lachte ich, «das ist wahrhaftig etwas, womit ich mich nicht einverstanden erklären könnte.»

«So ist es.»

«Aber wenn Sie gestatten, Herr Groeneveld, Sie dürfen das natürlich nicht als Mißtrauen auffassen... wie geht das denn weiter mit meiner Krankenversicherung und meiner Rente?»

«Ja, da haben Sie gut reden. Das muß ich nachprüfen lassen. Das weiß ich nicht. Haben Sie dort Fernsprechverbindung?»

«Gewiß, Herr Groeneveld, die Telefonnummer von Familie Van Amerongen, bei der ich gastlich aufgenommen worden bin, lautet Elspijk 346.»

«Elspijk 346. Gut, Lichtbeelt, das war's also. Es ist mir ein Bedürfnis, Ihnen jetzt zu danken für... wie lange waren Sie bei uns?»

«Dreiundzwanzig Jahre, Herr Groeneveld.»

«Für dreiundzwanzig Jahre treue Dienste bei INTEROP. Dreiundzwanzig Jahre, das ist ein Menschenleben. So lang wie meins, um genau zu sein. Bei meiner Geburt kamen Sie als Lagergehilfe in den Betrieb, und ich höre immer noch, wie mir mein Vater erzählte, daß erst nach Ihrem Arbeitsantritt Ordnung in die Lagerbestände kam. Durch beharrlichen Fleiß haben Sie sich innerhalb von siebzehn Jahren zum Abteilungsleiter hochgearbeitet, eine Leistung, die Ihnen nicht viele nachmachen. INTEROP ist ohne Sie nicht denkbar. Sie sind INTEROP. Ihr Weggang wird eine Lücke hinterlassen, Lichtbeelt», sagte er und legte auf.

Mir waren die Tränen in die Augen getreten. Wahrscheinlich gibt es auf Erden keinen Menschen, der für Lob unempfänglich ist.

Das war am Freitag. Das schöne Wetter hielt an, der Gestank leider auch, und am Sonnabend tat ich nicht viel mehr, als einen Brief an das Sozialamt in Amstelveen zu schreiben, in dem ich meine Lage darlegte und um eine Arbeitslosenunterstützung nachsuchte.

In schroffem Gegensatz zu diesem trüben Tag, an dem ich zum erstenmal in meinem Leben genötigt war zu betteln, wurde der nächste ein wirklicher Festtag. Gegen Mittag hörte ich auf der Fernverkehrsstraße, die ich vor einer Woche so unerwartet verlassen hatte, plötzlich Freudengeschrei. Ich sah gerade noch den Wagen meines Schwiegersohnes vorbeibrausen, mit winkenden Kinderarmen aus allen Fenstern. Ein Stück weiter nahm er die Abfahrt nach Elspijk und langte einige Minuten später beim Gehöft an.

Nie werde ich den Anblick vergessen, den meine Lieben boten, als sie über die Wiese auf mich zugelaufen kamen: Die Kleinen riefen immer wieder: «Opa! Opa!» Meine Tochter trug einen rohrgeflochtenen Picknickkorb, der mit einer weißen Serviette zugedeckt war, und mein Schwiegersohn erschien, flott wie immer, mit frisch gebügelter Hose, den Fotoapparat über der Schulter. Nach der Begrüßung, bei der mein Bart viele Beanstandungen hinnehmen mußte, und eifrig an ihm herumgezerrt wurde, kletterten meine Enkelkinder vor Freude kreischend auf das niedrige Häuschen, das ich für ihre unpäßliche Oma gebaut hatte. Meine Tochter wollte ihnen das verbieten, aber ich sagte, sie solle den kleinen Rabauken für dieses Mal doch ihren Willen lassen. Zwar wußte ich, daß Kranke sich oft durch das geringste Geräusch gestört fühlen, doch war ich davon überzeugt, daß meine Frau *diese* Störung nur allzugern über sich ergehen ließ. Übrigens kamen die Kinder aus eigenem Antrieb schnell wieder von dem Häuschen herunter. Der Abdekkereigestank, an den ich mich mittlerweile schon gewöhnt hatte, schien sie bei ihrem Spiel zu beeinträchtigen. Mein Schwiegersohn machte einige Aufnahmen, die später zweifellos eine hübsche Erinnerung an das Vorgefallene sein werden, vor allem auch für meine Frau. Dann labte ich mich an den mitgebrachten Speisen. Weißbrot, Pastete und sogar Wein erschien auf der ausgebreiteten Serviette, und schon nach einigen Schlückchen verwandelte sich der Frühlingstag für mich in einen Sommertag aus einem Märchen. Leider mußte mein Schwiegersohn sich plötzlich übergeben, wonach sie sehr bald abfuhren.

Sie, Majestät, sind selbst mit einer großen, von Jahr zu Jahr größer werdenden Familie gesegnet, und auch Sie besitzen eine Wiese, auf der Sie vielleicht einmal zusammen mit Ihren Enkelkindern picknicken. Gerade Ihnen brauche ich also nicht zu erzählen, was so etwas für jemanden in unserem Alter bedeutet. Nach diesem Tage habe ich sie leider nicht wiedergesehen, aber welchen Sinn hätte das auch haben sollen. Helfen konnten sie mir doch nicht. Am meisten halfen sie mir dadurch, daß sie selbst glücklich waren, wo immer das auch sein mochte.

Tatsächlich erschienen am Montag, dem 13. Mai, die Landvermesser und Kartographen, alles in allem nicht weniger als acht Mann. Von ihren komplizierten Arbeiten mit den rot-weiß gestreiften Stäben, nach denen sie durch kleine Fernrohre auf Stativen spähten, verstand ich wenig, denn mehr als Volksschulunterricht habe ich nicht genossen. Aber es macht immer

Spaß, einer Arbeit zuzusehen, die fachmännisch betrieben wird, ob das nun das Landvermessen, das Anpinseln eines Fensterrahmens, das Zersägen eines Brettes, das Bierzapfen, das Zählen von Geldscheinen oder das Zubinden eines Zuckersacks ist. Eines der Übel unserer Zeit liegt meines Erachtens darin, daß viele Menschen nicht mehr ihr Fach beherrschen. Und das ist nicht nur von Übel, weil sie dadurch schlechte Arbeit leisten, sondern vor allem auch, weil sie dadurch mit sich selbst unzufrieden werden, so daß die mangelhafte Arbeit auch noch mangelhafte Menschen zur Folge hat. Man beklagt oft den unheilvollen Einfluß, den die unpersönliche Arbeit in Industriebetrieben auf die Menschheit ausübt, aber um die persönliche Arbeit ist es keinesfalls besser bestellt. Die Ursache scheint da also tiefer zu liegen. Doch bei diesen Beamten konnte davon nicht die Rede sein. Und dabei ist es immerhin bemerkenswert, daß man sogar bei einer Arbeit, von der man nichts versteht, sehen kann, ob sie fachmännisch ausgeführt wird. Es scheint, als stecke im Menschen ein allgemeiner künstlerischer Begriff von Eleganz und Ökonomie, ein Begriff, den jeder in allem wiedererkennen kann.

Aber ich schweife vom Thema ab, Majestät, und das ist unvernünftig, zumal mein Brief schon allzuviel von Ihrer kostbaren Zeit zu beanspruchen droht.

Das Ergebnis dieser Arbeiten indes war enttäuschend. Der Ingenieur, dem die Leitung oblag, dessen Name jedoch mir bedauerlicherweise entfallen ist, war so freundlich, mir nach Beendigung der Arbeiten das Problem zu erläutern. Er zeigte mir eine detaillierte Karte des Gebietes, auf dem wir uns befanden, und fuhr mit dem kleinen Finger an einer Linie entlang, die darauf eingezeichnet war.

«Das ist die Bezirksgrenze», sagte er, «mithin auch die Grenze zwischen Elspijk und Vrijburg. Das stimmt ganz genau, wir haben es nachgeprüft. Die Schwierigkeit liegt nur darin, daß diese Karte den größten Maßstab hat, der in der niederländischen Kartographie geläufig ist. Das aber bedeutet zum

Unglück, daß die Grenzlinie, wie sie hier eingezeichnet ist, die gleiche Breite hat wie der Abstand zwischen den äußeren Drähten der Hochspannungsleitung über uns. Das Gebiet zwischen den Drähten, auf dem Ihre Frau liegt, existiert somit in einem gewissen Sinne nicht, zumindest nicht in kartographischer Hinsicht. Es ist die Grenze selbst, es trennt Utrecht von Gelderland, aber es ist selber nicht so etwas wie das, was es trennt, es ist lediglich das Trennende.»

Nach diesen Worten bemächtigte sich meiner eine große Unruhe.

«Und was soll ich jetzt tun?»

«Tja», sagte der Ingenieur, während er die Karte zusammenfaltete und in ein kleines, flaches Täschchen legte, «am besten wäre es selbstverständlich, wenn man darauf bestände, daß Karten mit größerem Maßstab angefertigt werden. Am besten in natürlicher Größe, würde ich sagen, was diesen Fall hier betrifft. Maßstab eins zu eins. Sollte dann die Grenze quer über den Körper Ihrer Frau hinweglaufen, müßte von Sachverständigen geklärt werden, ob sich ihre Identität im Kopf, im Herzen oder meinetwegen auch im kleinen Zeh befindet, wenn es nur ein Körperteil ist, der sich voll und ganz entweder in Utrecht oder in Gelderland befindet. Aber das würde dann wohl eine lange Geschichte werden.»

«Das fürchte ich auch», antwortete ich.

Er sah mich an.

«Darf ich Ihnen einen Tip geben? Verfolgen Sie den eingeschlagenen amtlichen Weg einfach weiter.»

«Aber an wen kann ich mich denn jetzt noch wenden?»

«An den Generalinspektor für Volksgesundheit in Den Haag. Erklären Sie ihm alles ganz genau, auch die Sache mit der Grenze, und dann wird er zweifellos alles tun, was in seiner Macht steht. Es würde mich nicht wundern, wenn da auch das Ärztliche Ehrengericht zuständig wäre – oder zumindest das Verwaltungsgericht. Aber das bleibt ganz unter uns, hoffe ich.»

Um es noch einmal zu sagen, es tut mir unendlich leid, daß mir der Name dieses hilfsbereiten Sachverständigen entfallen ist. Auf jeden Fall befolgte ich seinen Rat und schrieb noch am gleichen Abend den betreffenden Brief.

Am nächsten Morgen um 10 Uhr schrie Herr Van Amerongen:

«Lichtbeelt! Telefon!»

Ich eilte zum Gehöft. Es war die vertraute Stimme von Herrn H. J. Groeneveld Senior.

«Sagen Sie mal, Lichtbeelt, was höre ich denn da? Ich bin gerade aus dem Ausland zurück. Hat mein Sohn Sie entlassen?»

«So ist es, Herr Groeneveld.»

«Ist der denn verrückt geworden? Sie einfach entlassen, nach dreiundzwanzig Jahren, bloß weil Sie ein paar Tage frei haben wollten in Zusammenhang mit Ihrer Frau!»

«Es gab für ihn keinen anderen Ausweg, fürchte ich.»

«Keinen anderen Ausweg? Sind Sie bescheuert? Ich habe ihn eben erst mal ordentlich zusammengeschissen, da hat er geflennt und ist verduftet!»

«Geht das nicht ein bißchen zu weit, Herr Groeneveld? Ich bin überzeugt, daß Ihr Sohn kein anderes Interesse verfolgte als...»

«Nichts da! Diese Rotznase! Dem werde ich's beibringen! Menschen sind keine alten Handschuhe, die man wegschmeißt, wenn sie einem nicht mehr gefallen.»

«Ja, wenn Sie es so formulieren... da ist schon was Wahres dran.»

«Bloß eben, Lichtbeelt, wo es nun mal passiert ist, läßt sich nicht mehr viel daran ändern. Ich würde Sie gern wieder einstellen, aber dann müßte ich gleichzeitig meinen Sohn entlassen. Der hätte dann nämlich überhaupt keine Autorität mehr bei meinen Leuten.»

«Genau», sagte ich, «das unterliegt keinem Zweifel. Sie brauchen kein Wort mehr darauf zu verschwenden. Wenn nicht ich, sondern jemand anders von H. J. Groeneveld Junior entlas-

sen und von H. J. Groeneveld Senior wieder eingestellt worden
wäre, würde ich mich auch totlachen.»

«Ja, so ist es doch, nicht wahr, Lichtbeelt?»

Ich hatte den Eindruck, daß Herr Groeneveld nach meiner
Bemerkung erleichtert war, und das freute mich, denn ich
wußte ja, daß ihm die schlechte Konjunktur schlaflose Nächte
bereitete.

«Nur noch eins, Herr Groeneveld, die Sache mit der Krankenversicherung und der Rente, wie steht es damit?»

«Ganz richtig. Gut, daß Sie das zur Sprache bringen. Es ist
unangenehm, daß ich es sagen muß, aber damit scheint es nicht
allzugut zu stehen.»

«Gut, ich werde es in aller Ruhe abwarten und mit nichts
rechnen, dann gibt's nur noch Erfolgsaussichten. Machen Sie
sich auf keinen Fall Sorgen deshalb. Ich bin überzeugt, daß alles
ordnungsgemäß geregelt wird.»

«O. K., Lichtbeelt. Gute Besserung für Ihre Frau!»

«Ich danke Ihnen. Auf Wiederhören, Herr Groeneveld.»

Dieses vergnügliche Gespräch hatte mir einen heiteren Tag
beschert. Immerhin hatte ja keine Notwendigkeit bestanden,
daß er mich anrief. Wieder einmal war mir klargeworden, daß
wir Niederländer nicht gegeneinander stehen, sondern füreinander dasein müssen.

Ich hatte mich darauf eingerichtet, daß Mittwoch, der
15. Mai, ein Tag sein würde, den ich ausschließlich in Erwartung der Antwort aus Den Haag verbringen müßte. Aber schon
früh am Morgen erschien die motorisierte Polizei. Die Polizisten stellten ihre Motorräder hintereinander auf dem Randstrei-
fen ab und kamen die Böschung heruntergestiegen.

«Ihre Baugenehmigung, bitte», sagten sie ohne jede weitere
Einleitung.

«Baugenehmigung?» Als ich sie verständnislos ansah, zeigten sie schweigend auf die notdürftige Unterkunft, die ich für
meine Frau errichtet hatte. «Braucht man denn dafür eine Baugenehmigung?» fragte ich erstaunt.

«Ist denn da nicht gebaut worden?»

«Allerdings», sagte ich, «das kann ich nicht bestreiten. Aber eine Genehmigung habe ich zu meinem Leidwesen nicht. Die Sache verhält sich nämlich so. Am Sonnabend, dem 4. Mai dieses Jahres, ungefähr um 10.10 Uhr…»

«Ja», unterbrachen sie mich barsch, «das wissen wir so langsam auch. Aber wo kommen wir denn da hin, wenn jeder auf eigene Faust drauflosbaut? In einem kleinen Land wie dem unseren, das schon fast zugebaut ist, müssen wir mit jedem Stück Natur, das noch übrig ist, sparsam umgehen.»

«Ich bin der letzte, der das bestreitet», antwortete ich. «Ich bin als Kind noch stundenlang durch Wald und Feld gestreift, ohne jemandem zu begegnen. Botanisieren und die Vogelwelt erkunden, darüber ging mir nichts. Mir brauchen Sie das alles nicht zu erzählen. Aber diese bescheidene Unterkunft für meine Frau», sagte ich und zeigte nun meinerseits mit dem Finger darauf, «hat bestimmt noch kein Autofahrer auf der Fernverkehrsstraße bemerkt.»

«Mag schon sein», gaben sie zu, «aber so geht es immer. Es fängt mit einer unscheinbaren Bude an, und ehe man sich's versieht, steht da ein Bungalow mit Swimmingpool.»

«Das will ich Ihnen ohne weiteres glauben», sagte ich, «denn Sie haben darin Erfahrung. Aber, meine Herren», sagte ich mit erhobener Stimme, «wenn meine Frau nicht in ein Krankenhaus eingeliefert werden kann, weil dieses Gebiet hier keiner Rechtsprechung untersteht, dann haben Sie hier auch nicht mit Ihrer Baugenehmigung herumzuquengeln!»

Sie sahen sich einen Augenblick an und brachen dann in Gelächter aus.

«Sind Sie dann vielleicht auch der Meinung, daß Sie hier zwischen den Drähten ungestraft einen Mord begehen können?»

«Diese Verdächtigung geht mir nun doch etwas zu weit!»

«Ein Unfall ist etwas anderes als eine Gesetzesübertretung, werter Herr. Bei einer Gesetzesübertretung und in jedem Fall bei einem Verbrechen ist jeder Bürger befugt, eine Verhaftung vorzunehmen, ganz gleich in welchem Ort er wohnt oder in welchem Bezirk das Gesetz übertreten wird.»

Ich ließ den Kopf hängen. Ich begriff, daß Protest hier nichts mehr helfen würde.

«Ihre Campinggenehmigung, bitte», sagten sie kurz.

Nun wurde es eng. Als sie ein Protokoll ausgefertigt hatten und ihre Heftchen in die Brusttasche steckten, sagten sie:

«Mit der Ahndung der zuletzt ermittelten Übertretung wird es vermutlich losgehen, aber Sie können sich darauf verlassen, daß Ihr illegales Bauwerk in den nächsten Tagen abgerissen wird.»

Es entging mir nicht, daß der Lauf der Dinge immer düstere Konturen anzunehmen begann. Auch Herr Van Amerongen sah es mir an. Als wir uns vom Abendessen erhoben, legte er mit schweigend seine ehrliche Bauernhand auf die Schulter.

Der nächste Tag zeitigte zwei Briefe. Der erste enthielt die Antwort des Sozialamtes, bei dem ich um eine Arbeitslosenunterstützung nachgesucht hatte. Ich käme dafür nicht in Frage, denn ich sei nicht innerhalb der vorgeschriebenen vierundzwanzig Stunden beim Arbeitsamt meines Wohnortes vorstellig geworden. Daß ich das versäumt hatte, konnte ich schwerlich bestreiten. Man riet mir, mich auf das Allgemeine Gesetz über Zusätzliche Krankheitsunkosten zu berufen. Ich beschloß, diesen Rat zu befolgen.

Der zweite Brief kam vom Generalinspektor für Volksgesundheit. Darin stand, dieser Grenzzwischenfall sei ein ganz neues Problem («ein nahezu metaphysisches Problem»), das nur vom Minister selbst entschieden werden könne. Dieser halte sich jedoch augenblicklich in Sambia auf. Danach werde er noch Nigeria und Uganda besuchen. In Erwartung seiner Rückkehr riet man mir, mich an die Eingabenkommission des Parlaments zu wenden.

Majestät! Ich verstehe wohl, daß ich – wenn ich mit meinem Bericht auf die gleiche Weise fortführe – Ihre kostbare Zeit all-

zusehr beanspruchen würde. Schwerwiegende Staatsangele-
genheiten, die das allgemeine Wohlergehen betreffen, warten
zweifellos auf Ihrem Schreibtisch auf Erledigung, hohe Akten-
stapel, mir ist, als sähe ich sie vor mir, hier am Tisch von Herrn
Van Amerongen. Die kleinen Probleme des einzelnen müssen
da zurückstehen, daran kann kein Zweifel bestehen. Darüber
hinaus möchte ich noch einmal Ihre Aufmerksamkeit auf den
Umstand lenken, daß ich während dieses ganzen Leidensweges
kaum jemals ein unfreundliches Wort zu hören bekam. Niemals
hat jemand die Geduld mit mir verloren, obwohl mitunter vielleicht doch aller Grund dazu bestand. Wenn ich den Mut gefunden habe, mich an Sie persönlich zu wenden, so gewiß nicht,
um mich zu beklagen. Aber, Majestät, ich mache mir Sorgen
um meine Frau. Es steht nicht zum besten mit ihr. Als am
2. Juni dieses Jahres ihr Häuschen abgerissen wurde, sah ich,
daß ihr an verschiedenen Stellen schon die Knochen durch die
Haut kamen. Wenn man nur in Betracht zieht, daß sie damals
einen Monat lang nichts gegessen oder getrunken hatte, wird
man meine Sorgen vielleicht verstehen, wie übertrieben sie
auch erscheinen mögen. Das ist nach einer sechsunddreißigjäh-
rigen Ehe aber vielleicht verzeihlich. Ich selbst stehe seit zwei
Monaten bei Herrn Van Amerongen in Lohn und Brot. Er
hatte die Güte, sich meiner, eines alten Mannes, zu erbarmen.
Tagsüber säubere ich die Ställe und miste bei den Schweinen
aus. Abends schäle ich Kartoffeln und erledige den Abwasch;
dafür gewährt mir mein Wohltäter Kost und Logis. In dieser
Hinsicht kann ich mich also nicht beklagen. Inzwischen haben
wir aber schon Anfang September, und bei dem Sturm, der
diese Woche in der Hochspannungsleitung wütete und hoffentlich nicht allzu großen Schaden in den Hofgärten angerichtet
hat, wurde meine Frau teilweise auseinandergeweht. Wenn
nicht schnell Hilfe geleistet wird, fürchte ich, daß es zu spät ist.

Meine letzte Hoffnung besteht also darin, daß Sie, Majestät,
meine Frau persönlich ins Krankenhaus bringen, und zwar in
Ihrer Staatskarosse, die – wenn ich gut unterrichtet bin – das

polizeiliche Kennzeichen AA-1 hat. In letzter Instanz sind Sie es ja, die über allen Parteien und Grenzen stehen!

In der Hoffnung, nicht allzuviel von Ihrer hochverehrten Aufmerksamkeit beansprucht zu haben, verbleibe ich, Majestät, hochachtungsvoll

Ihr ergebener Diener
J. Lichtbeelt

(1975)

ALTE LUFT

I

Schau – wenn du meinem Finger folgst, kannst du ihn sehen: ihn dort, auf dem Flachdach des Bungalows, nur mit einer weißen Hose bekleidet. Halbnackt sitzt er in einem Liegestuhl aus gebleichtem, von der Sonne verwittertem Leinen, der so durchgesessen ist, daß sein Steiß fast den Boden berührt. Aber jetzt scheint keine Sonne. Die Petroleumlampe neben ihm wirft gelbes Licht in die Kronen der Olivenbäume und auf den dürren Boden, auf staubiges Unkraut und niedrige, krumme Mauern aus flachen, lose aufeinandergeschichteten Steinen. Die Straße zum Dorf ist zu weit weg, um beleuchtet zu werden, aber das Licht der Lampe ist von dort aus natürlich zu sehen. Über die unregelmäßigen Steine und Schlaglöcher bewegt sich jetzt nur der Mond. Er scheint auf die kleine Insel und um sie herum auf das Meer, das winzige Wellen auf die Strände spült, aber auch das sieht jetzt niemand. Die Insel am Horizont, die jetzt ebenfalls im Mondlicht liegt, ist größer und felsiger. Über alldem steht die Luft still wie eine Glocke.

Vielleicht ist es dies nun. Klassische Landschaft im Mondlicht. Von Licht und Hitze erregt, krabbeln die Insekten langsam über das Milchglas der Lampe, um dann regungslos und mit abgespreizten Flügeln zu sterben. Wenn es soweit ist, fallen sie auf die Fliesen, auf denen seine nackten Füße noch die Sonne spüren. Die Fliesen sind fest verfugt, wie in einem Badezimmer; das Dach ist zur Rinne hin leicht geneigt, die wiederum den aufgefangenen Regen zu einem Rohr leitet, durch das das Wasser mit den toten Insekten in die Zisterne unter dem Haus stürzt. Die Zisterne wurde unter wochenlangem Getöse pneumatischer Hämmer aus dem Fels gehauen. Doch jetzt ist es schon seit Monaten wieder still.

Weil er von allen Seiten so sichtbar ist (obwohl jetzt niemand zu sehen ist, der ihn beobachtet), sieht er selbst fast nichts mehr. Für ihn gibt es nur noch die zugeschlagene Zeitschrift auf seinem Schoß: *Nature*. Als er sich zur Seite lehnt, um die Lampe auszublasen, erstarrt er mitten in der Bewegung, weil unter seinem Rücken das Leinen einreißt. Mit den Händen auf den Lehnen drückt er sich hoch, bläst die Lampe aus und läßt sich behutsam wieder zurücksinken.

Langsam zieht um ihn herum die warme Nacht herauf. In der Ferne auf dem Meer die Lampen der Fischer. Wer nicht schlafen kann, hat dafür einen Grund, deshalb darf er sich nicht mit Chemikalien zwingen, denn dann muß er sich immer zwingen. Er muß zuerst die Frage suchen, auf die sein Schlaf dann die Antwort gibt. Vielleicht ist es dies nun. Obwohl er weiß, daß er in einigen Stunden abfahren wird, hat er ein Gefühl von Ewigkeit. Der Himmel über ihm füllt sich immer mehr mit Sternen. Alles muß noch geschehen. Durch das Ultraviolett marschieren mit Helmen, Schilden und Schwertern die Geister dreier römischer Legionäre und verschwinden in den Schatten hinter dem Bungalow des Nachbarn, eines deutschen Kinderarztes. In den Sträuchern singt eine einzelne Grille. Von Zeit zu Zeit ist aus der Tiefe des Hauses, das schrumpft, weil die Sonne weg ist, ein leises Krachen zu hören.

2

Gut. Wenn du nun etwas tiefer gehst und in das dunkle Schlafzimmer unter ihm schaust, siehst du hinter geschlossenen Gardinen seine Frau diagonal auf dem großen Bett liegen. Sie liegt auf dem Rücken und ist nackt, bekleidet nur mit einem weißen

Bikini aus weißer Haut; es ist sogar zu warm für ein Laken. Dann und wann bewegt sie unruhig den Kopf. Obwohl sie einige Jahre jünger ist als er, ist ihr Haar schon vollkommen weiß, ohne jedoch eine alte Frau aus ihr zu machen. Sie träumt. Was träumt sie?

Sie befindet sich im *Konkludierten Garten*. Sie weiß, daß der Garten so heißt, aber nicht, weshalb, und auch nicht, wie sie zu diesem Wissen kommt. Durch das kurzgeschnittene Gras geht sie barfuß zu einem hölzernen Schuppen, der im Schatten einiger großer, dicht beblätterter Bäume liegt. Es ist offenbar ein kleines, nicht besonders aufgeräumtes Büro von der Art, wie sie hinter kleinen Betrieben wie Auto- oder Tischlerwerkstätten zu finden ist. An einem alten Schreibtisch sitzt ein Mann und spricht mit anderen Männern über «Spesenrechnungen». In einem Rollstuhl am Fenster sieht sie einen Mann unbestimmten Alters, der ihr vage bekannt vorkommt: Er hat ein blasses, anziehendes Gesicht mit einem Ausdruck großer Fremdheit, als ob noch eine andere Art Menschen existierte, in einer zweiten Welt, aus der er hierher gerollt ist. Seinen Namen weiß sie nicht oder nicht mehr, sie weiß nur, daß seine Initialen S. F. lauten. Überall auf dem Schreibtisch und auf den Holzstühlen liegen, gelocht auf einem Drittel ihrer Breite, hellgrüne Empfangsbestätigungen. Auch die Fußstützen am Rollstuhl von S. F. sind damit bedeckt. Aus den Gesprächen hört sie heraus, daß sie etwas mit einem Monument für S. F. zu tun haben, «der in Asien so viel Gutes getan hat». Aber an der Sache scheint etwas faul zu sein, denn als der Mann hinter dem Schreibtisch ihr eine Empfangsbestätigung zum Unterzeichnen reicht, schüttelt S. F. fast unmerklich den Kopf. Sie traut der ganzen Sache nicht mehr. Durch die offene Tür hindurch sieht sie in einiger Entfernung im Gras das schwarze *Monument*: eine zehn Meter lange, mannshohe Mauer, die so dicht mit Reliefs bedeckt ist, daß ihre Augen keinen Anfang finden – und hier verwischt sich der Traum plötzlich wie eine Sandburg, wenn die Flut kommt. Sie dreht sich auf die Seite; und dann ist S. F. offenbar gestorben oder zumindest verschwunden, vielleicht hat es ihn nie gegeben. Sie ist immer noch im Garten, aber an einer ganz anderen Stelle: Überall stehen Büsten aus Basalt, immer von ein und derselben Person, die manchmal auch als Karyatide dargestellt ist, dazwischen verwitterte Gartenvasen mit Blumen. Sie macht sich auf die Suche nach jemandem, der sie über die Empfangsbestätigungen aufklären kann. Sie geht zwischen großen, vielarmigen Kandelabern durch, die hier und dort auf dem Rasen stehen; im Sonnenlicht sind die Flammen der Kerzen kaum zu sehen. Kurz darauf erscheint die Witwe von S. F. in Begleitung eines kleinen Jungen, mit Stöcken zerschlagen sie die Kerzen. Die Tränen steigen ihr in die Augen, und als sie auch noch drei kauernde alte Frauen mit Kopftüchern und in langen schwarzen Gewändern sieht, die sie zu erkennen scheinen, beginnt sie zu rennen. In der Ferne ragt die Spitze der *Sainte-Chapelle* über die Baumwipfel. Dann fällt ihr Blick auf ein niedriges Gebäude, «wo die Gläubiger bewirtet werden». Hinter den Fenstern stehen lange, weiß gedeckte Tische, 3 auf denen Kristallgläser und Kristallkaraffen mit Wein glitzern. Während sie die Szene betrachtet, hört sie hinter sich plötzlich die *Gladiatoren*: Johlend kommen sie zwischen den Bäumen hervor, an der Spitze läuft die Person, deren Standbilder sie soeben gesehen hat. Auch sie wollen offenbar ihr Teil einfordern – der Schrecken überwältigt sie so heftig, daß auch der Traum reißt. Schwer atmend legt sie sich auf den Bauch; und dann ist sie wieder ein Stück tiefer im Garten. Einen Augenblick lang meint sie, etwas durch die Sträucher schimmern zu sehen, etwas Weißes, einen Block aus Licht, aber gleich darauf wird sie von Musik abgelenkt. Es ist die Dudelsack-Band der *Asiatischen Polizei*. In Viererreihen marschiert die Band den Kiesweg hinunter, und ob sie will oder nicht, sie muß an der Spitze gehen. Als die Gruppe sich in zwei Richtungen teilt, bleibt sie allein am Scheideweg stehen. Wenig später möchte sie dem kleinen Jungen ein Bild von S. F. zeigen, aber das Kunstbuch enthält lediglich Bilder seines Gesichtes aus Marmor, mit blinden Augen, aber manchmal auch mit einem echten Filzhut auf dem Kopf.

Ja, das ist alles sehr vertraut, nicht wahr? Da fühlen wir uns wie zu Hause.

3

Als es dämmert und der Mond sich immer größer und bleicher dem Meer nähert, kommt von der Insel in der Ferne das leise, tiefe Dröhnen eines startenden Flugzeugs. Da er weiß, wo der Flughafen liegt, sieht er es kurz darauf langsam über den Hügeln steigen. Er möchte aufstehen, aber im selben Augenblick bricht er auf ganzer Breite durch das Leinen, so daß er mit dem Steiß auf den Fliesen landet. Wütend steht er auf, nimmt den Liegestuhl und schleudert ihn vom Dach. Er kratzt sich; überall haben ihn die Mücken gestochen. Mit der Petroleumlampe und der Zeitschrift geht er vorsichtig die steinerne Außentreppe hinunter. Im Vorbeigehen – es fällt auf, daß er leicht humpelt – sieht er an der Anzeige der Wasserreservoirs, daß es fast leer ist. Er beschließt, sofort zu pumpen, bevor es zu warm wird. Zehn Minuten lang bewegt er den kurzen Hebel hin und her, bei jeder Bewegung steigt der Zeiger um einige Millimeter, und es sieht aus, als ob er zugleich auch die Sonne über den Horizont höbe. Als er schwitzend aufhört, scheint sie warm durch den dünnen Nebel, und überall zirpen wieder die Grillen.

Von jetzt an werden wir ihm überallhin folgen, dem großen Mann mit dem dünnen, leicht ergrauten Haar und dem noch jungen Gesicht, denn es ist klar, daß etwas Besonderes geschehen wird: Alles weist darauf hin. (Aber was sind die Zeichen dafür? Sie existieren nur, sofern sie auch *gesehen* werden.)

Er geht durch das Wohnzimmer in das dunkle Schlafzimmer, in dem seine Frau jetzt aufwacht. Aus einer Art Versteinerung heraus sieht sie einen Lichtspalt, als ob über ihr zwei meterdicke Granitplatten mühsam auseinandergeschoben würden. Dann geht es plötzlich ganz schnell, und das Licht ist überall: Sie liegt wach auf dem Bett. Er riecht, daß sie ein Insektenvernichtungsmittel versprüht hat.

«Konntest du auch nicht schlafen?» fragt er, während er seine Hose auszieht. An seinem linken Knie hat er einen Streckverband.

«Ich bin gerade erst aufgewacht. Hast du geschlafen?»

«Nein. Ich glaube nicht.» Aber da irrt er sich.

«Wie spät ist es?»

«Sechs Uhr.» Er legt sich neben sie, jetzt auch nur noch mit einer unsichtbaren Badehose bekleidet. «In fünf Stunden geht das Schiff.»

«Was? Was hast du gesagt?»

«Um elf fährt unser Schiff. Ist etwas?»

«Ich habe so merkwürdig geträumt.»

«Was du bloß immer träumst. Ich träume nie.» Aber da irrt er sich wieder. Träume sorgen für die Kontinuität der Persönlichkeit; würde ein Mensch nur einen Augenblick lang nicht träumen, es würde ein völlig anderer erwachen. «Was hast du denn geträumt?» Auf dem glatten Laken ausgestreckt, spürt er plötzlich, wie müde er ist.

«Ich weiß nicht mehr. Etwas über Empfangsbestätigungen.»

«Empfangsbestätigungen? Was für Empfangsbestätigungen?»

«Ich weiß es nicht mehr.»

«Woher weißt du dann, daß es ein merkwürdiger Traum war?» Er schaut auf ihre gespreizten Beine, dreht sich zu ihr und legt ihr die Hand auf den Bauch.

«Das weiß ich einfach. Arnold, laß das, ich habe keine Lust.»

Ohne ein Wort zieht er seine Hand zurück und dreht sich um.

Es wäre wohl auch nicht schicklich gewesen, dabei zuzuschauen. Aus den Augenwinkeln wäre das vielleicht gerade noch gegangen, obwohl... es ist schon oft versucht worden und hat doch noch nie geklappt. Das heißt, natürlich kann man dabei zuschauen, aber das ist auch alles; man sieht nichts, das sich lohnen würde, gesehen zu werden. Das kommt daher, daß man die Gefühle anderer nicht empfinden kann. Wenn man jemanden sieht, der sich freut, spürt man dennoch nicht seine Freude: Man sieht nur, daß die Freude ihn bewegt, und nur aus der Erinnerung an die eigene Freude weiß man ungefähr, wie er sich fühlt. Aber die Lust entzieht sich der Erinnerung, genauso wie der Schmerz. Erst wenn es wieder geschieht, weiß man wieder, wie es war, und das nur, solange es andauert. Danach ist es gewissermaßen wieder genauso geheimnisvoll und unvorstellbar wie vorher, als es noch nicht geschehen war – als man gewahr wurde, daß es wie ein mystischer weißer Schleier irgendwo in der Welt hing, man wußte nicht, wo, sondern nur, daß es existierte, daß es noch etwas gab außer dem bereits Bekannten. Es anschauen oder darstellen zu wollen ist sinnlos und lächerlich: ein unendlicher Weg, auf dem man mit jedem Schritt nicht einen Schritt weiterkommt: eine trostlose Wanderung. Etwas für Menschen, die sich irren, für Menschen, bei denen es vorbei ist und die zudem zu optimistische Erwartungen an ihr Gedächtnis haben, oder für Menschen, denen es nie passiert ist und die folglich auch nicht wissen, daß es nur erfahren werden kann, wenn es Wirklichkeit ist.

4

«Wenn du möchtest, daß wir pünktlich sind, solltest du jetzt aufstehen.»

«Wie spät ist es?»

«Halb acht.»

«Ja, ich komme.»

Er schlägt die Augen erst auf, als sie seine Schulter losgelassen hat. Nur mit einem Slip bekleidet, der im Schritt leicht ausgeleiert ist, öffnet sie die Schranktür – die er jetzt zum letztenmal quietschen hört – und legt die Kleider auf ihre Hälfte des Bettes. Er fühlt sich niedergeschlagen, dieser zweite Schlaf hat ihm nicht gutgetan. Er drückt auf die Taste des Transistors auf dem Nachtschränkchen, und sofort ist das Zimmer gefüllt mit einem arabischen Orchester, das auf der anderen Seite des Meeres spielt oder dort einmal gespielt hat; ein großer Chor, der sich mit einer Frauenstimme abwechselt. Er hat die Hände unter dem Kopf verschränkt und betrachtet die Inselkarte, die ihm gegenüber an der Tür hängt: Sie ist mit Pfeilen und Notizen und Bemerkungen übersät, die die Kinder darauf geschrieben haben, Kommentare zu ihren Erlebnissen. Er versucht herauszufinden, womit die Form der Insel Ähnlichkeit hat, aber sie hat mit nichts Ähnlichkeit oder höchstens mit einem umgedrehten Huhn.

«Hast du Kaffee?»

«Wasser steht auf dem Herd. Was ziehst du heute an?»

«Leg mir irgendwas hin.»

«Es ist dir klar, daß wir heute abend in der Kälte ankommen?»

Es ist Mitte September, aber hier ist noch Sommer. Sie trinken ihren Kaffee auf der Terrasse unter dem überwachsenen Lattenrost, der hier und dort die Sonne durchläßt, so daß sich auf den hellroten Fliesen eine absurde, aber zuverlässige Welt aus Licht bewegt. Wie ein Kamel mit einem gebrochenen Bein liegt der Liegestuhl im dürren Gras. Etwas weiter entfernt grasen Schafe unter den Olivenbäumen; in der Ferne ist ein Stück vom Meer zu sehen.

«Du bist so still. Woran denkst du?»

Ja, woran denkt jemand, der fast fünfzig ist, Chemiker von Beruf, Vater zweier heranwachsender Kinder, dessen Frau aber sagt, daß sie keine Lust hat? Seine Situation ist verzweifelt und grotesk, und er weiß es. Er könnte mit allen möglichen Frauen, mit denen er beruflich zu tun hat, ins Bett gehen, aber er will es nur mit seiner eigenen tun. Wenn er das Geschwätz seiner Kollegen hört, ist das die verkehrte Welt. Seine eigene Frau schafft es nur noch, wenn sie getrunken hat, aber das zählt

eigentlich nicht: Das halbe Vergnügen liegt ja in dem Bewußtsein, daß der andere auch will. Wenn nicht, ist es zur Prostitution
nicht weit, als würde er aus der Mutter seiner Kinder eine Hure
machen. Daran denkt er jetzt zwar nicht, aber alles, was er denkt,
ist davon durchtränkt. Außerdem ist dies ihr erster Urlaub ohne
Kinder. Sie sind erst spät in ihrer frühen Ehe geboren, nach einer
Operation an Merels Eileitern, die verstopft waren. Die Älteste
fährt schon seit einigen Jahren nicht mehr mit (übermorgen
kommt sie mit ihrem Freund; sie sind jetzt irgendwo in Frank-
reich mit dem Auto unterwegs), und in diesem Jahr hatte auch
die Kleine etwas Besseres vor. Ohne die Kinder wäre es ihm nicht
im Traum eingefallen, hier ein Haus zu bauen, das heißt, bauen
zu lassen, und jetzt, wo es fertig ist, kommen sie nicht mehr.
Zumindest nicht, wenn Merel und er hier sind. Natürlich hatte
er das so kommen sehen; doch jetzt, wo es soweit ist, ist es anders
als das, was er hatte kommen sehen.

«Hast du nicht das Gefühl», sagt er, «daß das alles ein bißchen sinnlos geworden ist?»

Mit großen Augen sieht sie ihn an.

«Was meinst du?»

«Daß wir hier so sitzen.»

«Natürlich nicht. Aber wenn du das so empfindest, sollten
wir nicht mehr herkommen. In Gottes Namen, wenn es das
ist... wenn du hier in Zukunft nur noch an verflossene Zeiten
denken willst, dann laß uns bitte nie mehr zurückkommen.
Verkauf es oder schenk es den Kindern. Wir können überallhin,
wo wir hin möchten.»

Er nickt und sieht auf die Uhr.

«Wir werden sehen», sagt er und steht auf.

«Wir sind doch frei!»

«Ja, Merel. Wir sind frei.»

Viele Leute hätten gerne ein Problem in einem Bungalow im
Ausland, aber er befindet sich nun einmal in der Lage, daß er
beides hat: das Problem, aber auch den Bungalow. Man kann
das Problem auch ohne Bungalow haben, und der Bungalow

gleicht deshalb gewissermaßen das Problem aus; sie müssen praktisch gegeneinander aufgerechnet werden. Was dann übrigbleibt, ist dieser Mann dort, der jetzt leicht humpelnd in seinem Bungalow verschwindet.

5

Während er die Lampen nachfüllt, sehen wir, was Merel macht. Sie bleibt noch einen Augenblick sitzen. Ihr Traum ist inzwischen ganz verschwunden und hat auch die Empfangsbestätigungen mitgenommen, an die sie sich noch erinnert hat; sie wird nie wieder daran denken. Ihr Traum ist aus der Welt entschwunden, ist kurz dagewesen und hat sich nun verflüchtigt, ohne eine Spur zu hinterlassen – als ob es kein Gesetz zur Erhaltung von Bildern gäbe. Aber das ist vielleicht gar nicht so ungewöhnlich, denn vor so und so vielen tausend oder hunderttausend Jahren hat sich an einem bestimmten Tag zu einem bestimmten Zeitpunkt auf einem ganz bestimmten Quadratmeter in dem einen oder anderen tropischen Urwald auch etwas ereignet – sagen wir, die katastrophale Begegnung eines Kolibris und einer Vogelspinne –, was nicht eigentlich aus dem Gedächtnis des Menschen verschwunden ist, weil es nie darin gewesen ist, aber dennoch stattgefunden hat. Oder nicht? Geschieht in diesem Augenblick etwas in einem bestimmten Kubikmeter des Mittelmeeres? Verschiebt sich in diesem Moment ein kleiner Stein auf irgendeinem Planeten in irgendeinem Sonnensystem in irgendeinem galaktischen System? Das ist sehr die Frage.

Während sie dort noch in einem Korbstuhl sitzt und auf das Meer in der Ferne schaut, hat sie schon wieder Heimweh nach der Wärme. Natürlich weiß auch sie, daß seine Niedergeschlagenheit erst in zweiter Linie von den Problemen mit den heranwachsenden Kindern herrührt. Sie ist auf verschiedenste Weise mit ihm verbunden, durch alles, was sie zusammen erlebt haben, durch jeden Stuhl, den sie zusammen gekauft haben, sie hat zwei Kinder von ihm und hält ihn für einen guten Vater, aber seit einigen Jahren empfindet sie Widerwillen bei dem Gedanken, ihn in ihrem Körper zuzulassen – und zugleich hat sie einen Widerwillen gegen diesen Widerwillen, so daß sie dann und wann mit der Absicht zuviel trinkt, diesen Widerwillen abzubauen.

Sie geht schließlich ebenfalls ins Haus und beginnt zu packen. Es fällt auf, wie wenig sie zueinander sagen. Beim Packen wird immer gerufen, gefragt, mitgeteilt, geschimpft, aber sie erledigen alles schweigend. Im Schuppen hat er die Öllampen nachgefüllt und geht jetzt mit einer Pappschachtel zum Arbeitstisch, auf dem zwei dunkelgrüne gläsere Treibkugeln von Fischernetzen liegen, wie sie früher verwendet wurden; er hat sie am Hafen einem alten Fischer abgekauft. Nachdem er die Schachtel mit zerknülltem Zeitungspapier gefüllt hat, legt er die Kugeln und den gläsernen Stopfen eines Flakons vorsichtig hinein. Danach sucht er seine Papiere zusammen. Er hatte vorgehabt, ein wenig zu arbeiten, aber alles liegt noch genauso da, wie er es am ersten Tag hingelegt hat. Er legt die Papiere in eine schwarze Aktentasche, kontrolliert, ob Geld, Tickets und Pässe in der Brieftasche sind, nimmt ein Blatt Papier aus dem Block und schreibt:

Willkommen!
Der Kühlschrank ist voll, das Butangas reicht noch für eine Woche,
die Lampen sind nachgefüllt, Wasser ist gepumpt.
Viel Spaß!

Als er das Papier auf den Kaminsims stellt, erscheint Merel in der Schlafzimmertür mit zwei blauen Espadrilles, die er auf den Felsen verschlissen hat.

«Sollen die noch aufgehoben werden?»

«Nein, gib sie mir, ich werfe sie in den Müll.»

Mit einer Abfalltüte, einem Kanister Benzin und den Espadrilles geht er in den Garten, in die stille Hitze. Zwischen den

Sträuchern hängen bereits Spinnweben mit großen, schweren Spinnen darin, alle von derselben Art. Auf halbem Wege steigt er über eine Heerstraße von Ameisen, die aufgeregt aufeinander zulaufen; überall bilden sich Staus, als ob es nicht Platz genug gäbe. Am Ende des Gartens, der an einer niedrigen Mauer aus losen Steinen endet, wirft er den Müll in ein tiefes, verrußtes, stinkendes Loch, dessen Boden mit Asche, verkrümmten Dosen, zersprungenen Flaschen und halbverbranntem Essen bedeckt ist und in dem es von Insekten wimmelt. Mit der starken Empfindung, daß er eine richtige und gerechte Tat vollbringt, gießt er einen großen Schwall Benzin darüber und betrachtet mit Wohlbehagen die Hölle, die kurz darauf losbricht. Im Sonnenlicht sind die Flammen nahezu unsichtbar. Als er schließlich auch seine Espadrilles hineinwirft, verwandeln sie sich rasch in so etwas wie ihre Seele, um dann die Form zu verlieren und im Inferno zu verschwinden.

Geschrei läßt ihn aufschauen. Auf einem benachbarten Bungalow sieht er eine Frau mit wehendem Haar vor ihrem heulenden Sohn über das flache Dach in Richtung Meer fliehen – so sieht es zumindest aus. Dann geht alles im Lärm eines Düsenjägers unter, der, als er aufsieht, schon weit über dem Meer ist. Als das Dröhnen endlich vom Horizont verschluckt worden ist, hört er in der plötzlichen Stille Merel rufen:

«Arnold! Herbert ist da!»

6

Herbert, der sie wegbringen wird, haben sie nach einem Sturm zu Beginn ihres Urlaubs kennengelernt. Auch darauf sollten wir kurz einen Blick werfen; du hast es zwar eilig und vor allem noch etwas anderes zu tun, als dich um Arnold zu kümmern, aber die paar Minuten kannst du noch entbehren, denn es ist tatsächlich wichtig.

Eines Nachts schien es, als ob der Tumult, der überall herrschte, es gerade auf ihr Haus abgesehen hätte; Sand wehte unter den Terrassentüren herein und bildete auf den Fliesen prächtige Fächer. Merel sagte, sie erinnerten sie an die schwarzen Palmzweige, die sie einmal in Venedig gesehen hatten: auf einer Gondel mit einem Sarg, die sehr schnell über einen stürmischen und welligen Canal Grande gerudert wurde. Am nächsten Morgen hörten sie beim Bäcker, daß es im Jachthafen eine Katastrophe gegeben hatte. Sie fuhren in ihrem kleinen Mietwagen hin. Die Sonne schien schon wieder, als ob nichts geschehen sei – für die Sonne war ja auch nichts geschehen –, aber die Verwüstung war erstaunlich.

Das Meer, das nicht so leicht vergaß, war noch voller Groll. Überall in den hohen Wellen schaukelten, sofern sie noch an ihren Ankern hingen, zerschlagene Boote, die Reste trieben irgendwo herum oder lagen als Treibholz auf den Felsen; Segelboote waren an den Stegen oder aneinander zersplittert. Von der ganzen Insel war Publikum gekommen. Die meisten waren Ausländer, und bei jedem verwandelte sich der erste Schock rasch in eine ausgelassene Stimmung: Jetzt hatte zumindest niemand mehr ein Boot, auf natürlichem Wege war man der Gleichheit wieder ein kleines Stück näher gekommen. Der Strand war schon wieder voller Badegäste. Auf den Wellen trieben Rücken, mit Schnorcheln wurde nach Transistoren und anderen Kostbarkeiten gesucht; an der Flutlinie standen aufgeregte Schiffseigner und einige Polizeibeamte.

Arnold und Merel sahen eine Weile drei Männern zu, die rhythmisch an einem dicken Seil zogen, das zehn Meter weiter im Wasser verschwand. Als schließlich ein triefender Schiffsmotor aus dem Meer auftauchte, hatte Arnold das Gefühl, als ob er das schon früher einmal erlebt hätte. Auf einem Pfad kletterten sie auf einen Felsen. Dort standen ebenfalls Menschen, alle dicht beieinander, die ihnen merkwürdig feixend zuschauten. Als sie die Gruppe erreicht hatten und nicht weiterkonnten, sagte Arnold, daß sie vielleicht für geschädigte Bootseigner

41

gehalten wurden – aber schon bald stellte sich der wahre Grund heraus. Ein leicht gebeugter Mann von gut sechzig Jahren mit einem zerfurchten Gesicht näherte sich auf dem Pfad; zwischen seinen Zähnen steckte in einer schwarzen Spitze eine Zigarette. Plötzlich tauchte aus der Tiefe ein grauer Wasserberg auf, spaltete sich zwischen den Felsen, spritzte schäumend und glitzernd auf und traf ihn mit großer Präzision.

«Verflucht!» rief er auf niederländisch, in seinem Mund noch immer die Spitze, aber die Zigarette war verschwunden.

In dem Wassernebel, der über sie hinwegzog, machten die Zuschauer wenig Anstrengungen, ihre Häme zu verbergen. Tropfend stellte sich der Mann neben sie.

«Machen Sie sich nichts draus», sagte Arnold, ebenfalls auf niederländisch, «am lautesten lachen immer die, die es selbst mal voll erwischt hat.»

Damit hatte er recht, denn als die nächsten getroffen wurden, war es der Holländer, der mit ausgestrecktem Zeigefinger fast umfiel vor Lachen, obwohl es ein betagtes Ehepaar getroffen hatte, das noch älter war als er selbst. Aber auch die Leute, die verschont geblieben waren, wurden allmählich von den regelmäßig vorbeiziehenden Wasserschleiern durchnäßt. Es waren immer die achte und die neunte Welle, die die Freude auslösten; nachdem sie das herausgefunden hatten, konnten sie ziemlich genau vorhersagen, wer die nächste Dusche abbekommen würde. Schließlich stellte Herbert sich vor und lud sie ein, sich bei ihm zu Hause aufzuwärmen.

«Eine gute Idee», sagte Arnold. Aber Merel sagte:

«Wenn ihr nichts dagegen habt, gehe ich nicht mit. Ich habe noch eine Menge zu erledigen.»

Nichts hatte sie zu erledigen, der Ärger besprang Arnold wie ein Frettchen ein Kaninchen. Er nickte und sah sie nicht mehr an, auch nicht, als er ihr die Autoschlüssel gab.

Er fuhr mit Herbert. Herbert wohnte nicht weit von ihnen in einem ähnlichen Bungalow, der jedoch größer und komfortabler war und weiß verputzt am Rand eines Nadelwaldes stand, der die Rückseite beschattete; von der Vorderseite aus schaute man auf karg bewachsene Dünen, hinter denen das Meer lag. Nachbarn waren nirgends zu sehen. Im Haus roch es nach Lavendel. Die Zimmer waren nicht mit Rücksicht auf Kinder eingerichtet. Keine Rietstühle, sondern weiche Polstermöbel aus dunkelbraunem Wildleder und überall exotische Skulpturen, Holzschnitzereien und Nippesfiguren. Am Fußende von Herberts Bett stand auf einem Sockel ein wunderbares chinesisches Pferd aus hellgrüner Keramik. Auf eine bestimmte Art und Weise war das die Sammlung eines Mannes; nirgends war etwas zu sehen, das auf die Anwesenheit einer Frau hindeutete.

Während Herbert sich im Schlafzimmer umzog, inspizierte Arnold einen Bücherschrank. Das meiste war deutsch. Die gesammelten Werke Nietzsches, Dostojewski in deutschen Übersetzungen. Das Buch von Mulisch über Eichmann. Daneben vor allem großformatige, zumeist englische Bildbände über Uhren, Vasen, Möbel, Lampen, Geschirr, Gärten und was sonst noch Sammlungen ausmachen konnte. Hier und da lehnte eine Ansichtskarte an den Büchern: ein Porträt von Goethe, der Giebel einer Kirche, ein Blick auf Haarlem. Arnolds Blick fiel auf einen Flakon, der zwischen einer Reihe von Steinen auf dem Fensterbrett stand. Er war aus geschliffenem Glas oder vielleicht auch Kristall; er nahm ihn vom Fensterbrett und betrachtete ihn aufmerksam. Als Herbert, jetzt in Badehose, auf der Terrasse Bier einschenkte, nahm er ihn mit hinaus.

7

«Wie alt ist dieses Fläschchen?»

«Zwanziger Jahre, schätze ich. Englisch. Wieso, gefällt es Ihnen?» Er hatte ständig ein Lachen im Gesicht und machte einen überaus freundlichen Eindruck; aus irgendeinem Grund jedoch war Arnold das nicht ganz geheuer.

«Es interessiert mich.»

«Was interessiert Sie daran?»

«Das hier.» Arnold setzte sich auf den Rand eines Garten-
stuhls und zeigte mit dem kleinen Finger auf den Stopfen.

«Der Stopfen?»

«Nein, was darin ist.»

«Was ist denn darin? Er ist hohl.»

«Genau. Die Luft, die sich darin befindet, interessiert mich.
Die Luft aus den zwanziger Jahren.»

«Sammeln Sie Luft aus verschiedenen Jahren? Schönes
Hobby.» Herbert hob sein Glas. «Auf Ihre Gesundheit.»

«Lassen Sie es mich erklären», lachte Arnold, «bevor Sie
anfangen zu glauben, daß ich nicht ganz richtig ticke.»

Eigentlich war es ihm ziemlich egal, was Herbert dachte.
Aber er wollte diesen Flakon haben, oder zumindest den Stopfen, also blieb ihm nichts anderes übrig, als ihn mit der Wahrheit zu ködern.

Arnold, der sich nun auf der Terrasse zurücklehnte und
behaglich ein Bein über das andere schlug – und den wir auch in
der Vergangenheit nicht aus den Augen verlieren wollen –,
hatte eine Stelle bei einem internationalen Konzern, bei dem er
zur Zeit für die World Meteorological Organization arbeitete.
Das verdankte er einer Idee. Die Sache ist nämlich die, erzählte
er Herbert, daß die Ozonmenge in der Stratosphäre sein einiger
Zeit starken Beeinträchtigungen ausgesetzt ist. Das Gas befindet sich in einer Höhe von rund vierzig Kilometern und sorgt
für die Absorption der ultravioletten Strahlung der Sonne. Bestimmte Stoffe bauen es unaufhörlich ab, und bestimmte Pro-
zesse sorgen für die erneute Entstehung. Doch dieses Gleichgewicht droht jetzt gestört zu werden durch die Abgase superso-
nischer Flugzeuge, also Stickoxide, und durch die Treibgase
aus Sprühdosen (Kohlenstofffluortrichloride und Kohlenstoff-
difluordichloride; das sagte er Herbert zwar nicht, aber die Namen zogen in diesem Augenblick dennoch durch seinen Kopf
wie Luftschlangen, die ein kleiner Junge an seinem Geburtstag

über die Köpfe seiner Freunde wirft), die die Menschen Tag und Nacht pausenlos zu Hunderttausenden leeren. Wenn das so weitergeht, ist es nicht ausgeschlossen, so lautet die Hypothese, sagte er, daß die Temperatur ansteigen, das Eis an den Polen schmelzen, die Ernte vertrocknen und das Verhalten der Insekten unvorhersehbar wird, und diejenigen, die dann noch nicht ertrunken oder verhungert sind, werden zunächst erblinden und schließlich an Hautkrebs sterben. Um zu beweisen, daß die Luft jetzt anders ist als früher, braucht man also Luft von früher, und das muß nicht einmal Luft aus der Stratosphäre sein: Normale Luft ist auch gut, die Meßgeräte sind heute ausgereift genug. Unser Arnold sammelt und untersucht jetzt also alte Luft. Er fand sie in einer Landmine von 1935, in Granaten aus dem Ersten Weltkrieg, in Höhenmessern von Luftballons, im Rohrgerüst einer alten Fokker, in unbezahlbaren Flaschen Wein, den er dann mit seinen Assistenten im Labor aus Meßbechern trank, in einem Pingpongball aus dem Jahre 1901 und hier auf der Insel in zwei alten Treibkugeln der Fischernetze.

«Ich schenke Ihnen die Flasche», sagte Herbert. «Ich werde richtig eifersüchtig. Mann, wie sind Sie auf die Idee gekommen?» Mit der Zigarettenspitze tippte er sich an die Schläfe. «Denken, denken, Verstand gebrauchen.»

«Im Gegenteil», sagte Arnold. «Ich sah gerade fern. Erinnern Sie sich an die Liberator, die vor einigen Jahren aus dem IJsselmeer zum Vorschein kam, bei der Einpolderung?»

Es war, als ob Herberts Gesicht plötzlich etwas zusammenschrumpfte. Sein Lachen verschwand.

«Ich weiß fast gar nichts mehr von Holland. Ich wohne jetzt hier.»

Die Maschine war 1944 angeschossen ins Meer gestürzt. Die Pioniere hatten einen Wall darum gebaut und das Wasser abgepumpt. In einem schwarzen Viereck aus Schlamm und bis zum Horizont vom glänzenden Wasser umgeben, lag die geborstene Maschine in der Sonne. Soldaten vom Gräberdienst, alles ältere

Männer in Wasserstiefeln und Gummihandschuhen, schaufelten den Schlamm aus dem Cockpit. Gebannt hatte er dieses Bild betrachtet, in dem nur das Kreischen der Vögel zu hören war.

«Ein Pilot hatte sich damals retten können», sagte er und sah auf den Flakon in seinen Händen wie ein Wahrsager auf seine Kugel. «Sie hatten ihn aus Amerika kommen lassen. Ein echter Amerikaner, sehr höflich und mit guten Manieren, aber eigentlich ein ziemlicher Idiot, der nichts zu sagen hatte. Aber vielleicht ist das nicht nett von mir», sagte er, schloß plötzlich die Augen und rieb sich so kräftig über die Stirn, daß für einige Augenblicke weiße Spuren sichtbar blieben. «Später bekam man dann die Knochen seiner Kameraden zu sehen, die sie aus dem Schlamm bargen. Und plötzlich fiel mir damals auf, daß die Reifen dieses Flugzeugs ja noch Luft enthielten, und das war Luft aus dem Jahre 1944. Nun, das war eigentlich die Idee. Oder nein, zunächst war es eigentlich noch eher eine Art poetischer Empfindung, aber kurz darauf folgte die Idee.»

«Richtig», nickte Herbert. «Als Entdecker muß man zuerst Dichter sein. Und diese Reifen, haben Sie sie bekommen?»

«Das heißt, ich durfte die Luft ablassen.» Er hob den Flakon, er glitzerte in der Sonne. «Herzlichen Dank. Und Sie? Womit verdienen Sie Ihre Brötchen?»

«Ach», sagte Herbert und stand plötzlich auf, um nachzuschenken, «mit irgendwas. Ich weiß es eigentlich selbst nicht.»

Selbstverständlich genügte Arnold das, um nie wieder davon anzufangen.

8

Wie gerne würde ich sie *einatmen* statt untersuchen, hatte er damals gedacht, als er die Luft durch das destillierte Wasser blubbern sah. Zwischen all dem glänzenden Glas und den Instrumenten leuchteten die alten, schmutzigen Flugzeugräder wie die Erinnerung an einen Traum, und das leise Säuseln, mit dem die Kriegsluft langsam aus den Reifen entwich, wurde zum Säuseln der vergangenen Zeit, zum Wehen des Windes im Schilf, in dem er bis zur Taille im Wasser gestanden hatte. Der Mond war nicht zu sehen gewesen, aber ihm hatten die Sterne gereicht, um zu wissen, in welche Richtung er gehen mußte: Für einen Jungen von siebzehn Jahren war das kein Problem. Der Mann, der hinter ihm hockte, flüsterte:

«Bist du sicher, daß du es schaffst, Arnold?»

Er nickte, aber das konnte der Mann nicht sehen.

«Ja», flüsterte er.

«Ich warte bei den vier Weiden, bis du zurück bist.»

Neben dem Mann lagen Arnolds Kleider. Nachher würde er damit ein paar hundert Meter weiter gehen, denn wegen der Strömung konnte er nicht wieder an dieselbe Stelle zurückkommen. Wenn ihm unterwegs etwas zustieß, würde der Mann seine Kleider mitnehmen, ein kleines Päckchen daraus machen und bei seinen Eltern abgeben. Was für ein Gesicht würde seine Mutter machen? Er dachte kurz an zu Hause, an das dunkle Wohnzimmer, wo sich die Stille um die geschwungenen Möbelbeine schlängelte, durch geflochtete Stuhllehnen krabbelte, sich über die Buchrücken ausbreitete, zum schwarzen Kamin hinuntertauchte und über die Teppiche kroch. Er hatte die Badehose an. Das Wasser schloß sich wie ein Ring aus Eisendraht um seine Taille und bewegte sich auf und ab. Irgendwo auf den Schwemmlandweiden muhte dreimal eine Kuh. Um sich herum hörte er nur das leise Murmeln der Wasserhühner. Dazwischen ab und zu ein kurzes, trockenes Geräusch wie das Hupen eines Rollers.

«Ja», flüsterte er. «Bis nachher.»

«Viel Erfolg, mein Junge. Halt dich wacker. Alles fürs Vaterland.»

Er begann zu schwimmen, langsam, Brustlage, mit möglichst wenig Geräusch. Um seinen Hals hing an einer Kordel

ein wasserdichtes Täschchen mit der Nachricht, die er über-
bringen sollte: vielleicht eine Karte mit Angaben über deutsche
Truppenkonzentrationen oder etwas anderes, er wußte es nicht.
In dem Täschchen war auch ein Stein: vermutlich ein kleiner
Findling, von denen es hier in der Gegend viele gab, da genau
hier während der Eiszeit die Grenze zum Landeis gewesen war;
entsprechend dem Gesetz des Archimedes (ein ganz oder teilweise in eine Flüssigkeit eingetauchter Gegenstand verliert
scheinbar so viel von seinem Gewicht, wie die von ihm ver-
drängte Flüssigkeit wiegt) jedoch war der Stein nicht schwer.
Wenn etwas passieren sollte, wenn er entdeckt würde, sollte er
die Tasche sofort in der Tiefe verschwinden lassen. Am anderen Ufer waren die Engländer.

Er schwamm im Rhein, hinein in einen unermeßlichen
Raum. Sobald er aus dem Schilf war, spürte er die Strömung:
eine stille, majestätische Kraft, von einer Erhabenheit, wie er
sie noch nie empfunden hatte, sie kam ihm vor wie etwas Heiliges. Eine große Rührung ergriff ihn, während er durch die
Nacht schwamm, und zugleich wußte er ganz sicher, daß er
nicht in Gefahr war. Er war unverwundbar geworden. Seine
Tränen vermischten sich mit dem Wasser, das an seinem Körper entlangfloß, und mit großen Augen sah er hinauf zu den
Sternen. Er mußte sich etwas links vom großen W der Kassiopeia halten, zu Hause hatte er alles sorgfältig berechnet mit
einem Atlas und einer Sternenkarte, die man um eine blinkend
metallene Achse drehen konnte. Wer war Kassiopeia gewesen?
Das würde er morgen nachschlagen in seiner Enzyklopädie für
jedermann. Nichts konnte ihm zustoßen hier unten im Wasser,
solange er sich in der unverrückbaren Regelmäßigkeit dort oben
zurechtfand. Der Krieg war verschwunden, und er vergaß seinen Auftrag, während er ihn ausführte. Eine Viertelstunde lang
schwamm er durch den Mittelpunkt seines Lebens: So vollkommen und entscheidend würde es nie mehr werden. Es gab keine
Angst und keine Müdigkeit, es erschien keine Patrouille, kein
Flugzeug und keine Bewölkung: Alles arbeitete zusammen,

um ihm diesen Augenblick zu lassen, ein kleines Stück Durchsichtigkeit in seinem Leben – bis er am anderen Ufer den glitschigen Boden der Freiheit unter seinen Füßen spürte.

9

«Was ist das für ein Mann?» fragte Merel, als Herbert ihn nach Hause gebracht hatte.

Sie saß im Bikini auf der Terrasse und schälte Garnelen. Neben ihr auf den Fliesen stand eine Flasche Rotwein und ein gefülltes Glas. Als er sie sah, wurde er sofort wieder wütend.

«Warum wolltest du verdammt noch mal nicht mitkommen?»

Ihr Gesicht spannte sich.

«Weil ich keine Lust hatte. Das wird doch wohl möglich sein? Ich kann mir dieses Männergerede von euch genau vorstellen.»

«Ja, ja. Und wem oder was ist das hohe Niveau deiner eigenen Konversation zu verdanken? Reicht es nicht, daß du nicht mit mir ins Bett gehst? Kannst du jetzt auch schon keinen Besuch mehr mit mir machen?»

«Komm, Arnold, stell dich bitte nicht so an.»

«Ja, wenn es darum geht, stelle ich mich immer an. Was ist das für ein Blödsinn, daß du hier sitzt und ich dort? Wir sind doch zusammen in Urlaub. Verdammt noch mal!» Plötzlich packte es ihn, und er warf den Flakon mit aller Kraft in eine Ecke der Terrasse, wo er auf den Fliesen zerschellte. Es war passiert, bevor es ihm bewußt wurde, aber doch nicht so schnell, als daß er nicht vorher noch den Stopfen abgezogen hätte.

Sein Herz schlug heftig. Er wußte, daß sie nun den ganzen Tag kein Wort mehr mit ihm sprechen würde. Sie stellte die Schüssel mit den Garnelen auf den Boden, stand auf und ging ins Haus. Sogar ihrem Rücken war anzusehen, daß es sie jetzt störte, so wenig anzuhaben. Weder die Geburt ihrer Kinder noch ihr Alter hatten ihrer Figur etwas anhaben können, aber es war nicht diese Ästhetik, die ihn erregte. Vielmehr gerade die Abweichung davon: etwas Komisches und Wackeliges in der Form ihrer Beine, ihre Arme, die etwas zu kurz waren, die breiten Schultern, ihr weißes Haar. Die Vollkommenheit gehörte in die Kunst, sie war die Vernichtung der Natur, und Venus war nicht aus Fleisch und Blut, sondern aus Marmor, das keinen Mann erregte. Vollkommen schöne Frauen gehörten in den Film oder in die Mode, sie mußten in Lichtbilder verwandelt werden, und die einzigen, die darauf ansprachen, waren andere Frauen – genau wie schöne Männer, die nur andere Männer faszinierten, Frauen aber eher kalt ließen. Männer, die sich nur mit bildschönen Frauen zeigten, taten dies ausschließlich für Männer, sie interessierten sich nicht für Frauen, sondern für Männer; und für Frauen mit schönen Männern galt dasselbe. Aber das nur nebenbei.

Zitternd und machtlos blieb Arnold auf der Terrasse stehen und hielt den Stopfen mit der Luft aus den zwanziger Jahren in den Händen. Er wäre jetzt gerne in sie hineingekrochen, nicht nur in ihren Körper, sondern auch in dasjenige, was sie war, in ihre Seele, um dort etwas zu verschieben: ein Hindernis, einen erratischen Block, der dort irgendwann heruntergebrochen war und ihm jetzt schon seit Jahren den Weg versperrte. Manchmal, wenn er ihr Gesicht betrachtete, war ihm, als könnte er ihn sehen und spüren: einen riesigen Felsen, Gneis mit glänzenden kleinen Tupfern, kalt und noch naß von der großen Höhe, aus der er gekommen war.

Und sie? Wenn er mich nur nicht schlägt, dachte sie, während sie sich im Schlafzimmer auf den Rand des Bettes setzte, und sie dachte das nicht wegen des Schmerzes, denn der ließ sie kalt (Schmerz ist etwas für Männer, sie können keine Kinder gebären), sondern wegen der Demütigung. Was nun? Wie sollte es weitergehen? Natürlich wußte sie, daß ihre Streitereien nichts mit den Anlässen zu tun hatten, aus denen sie entstanden waren, sondern immer die gleiche Ursache hatten. Sollte sie einen Psychiater etwas wegräumen lassen, um eine andere zu werden? Sollten sie sich vielleicht scheiden lassen? Und dann? Wie zwei einsame Trottel in den Lebensabend wakkeln? Abwechselnd die Kinder empfangen, einander anrufen, zusammen in der Stadt in einem teuren Restaurant zu Abend essen, sich auf einem zugigen Parkplatz verabschieden, um dann jeder in seine eigene geschmackvolle Wohnung zu fahren? Das war unmöglich, aber so ging es auch nicht. Nichts ging. Das einzige, was im Leben zunimmt, dachte sie, ist die Wehmut.

10

Hinter den Dünen hatte Herbert so etwas wie einen Privatstrand, der links und rechts durch Felsen begrenzt wurde. Hier und dort ragte aus dem dünnen Sand wie der kahle Schädel eines uralten Mannes der abgeschliffene, weißliche Fels. An diesen Strand gingen sie von nun an regelmäßig. Herbert schleppte in einem tragbaren Kühlschrank aus orangefarbenem Plastik Getränke an, und nach dem Baden duschten sie sich bei ihm zu Hause, wo sie manchmal auch zum Essen blieben. Er wußte alles über die Insel und ihre Bewohner, lachte gerne und war gastfreundlich, aber weiter ging es nicht. Arnold fand das in Ordnung: eine angenehme Urlaubsbekanntschaft. Obwohl er wußte, daß Herbert etwa zwölf Jahre älter war als er, und obwohl er begriffen hatte, daß jeder sah, daß er selbst nicht viel mehr als zwölf Jahre jünger sein konnte, hatte er immer das Gefühl, daß Herbert sein Vater sein könnte. Das Duzen, mit dem Herbert schon bald angefangen hatte, hatte er nur mit Mühe übernommen, er hätte es lieber gelassen. Merel hingegen machte es nichts aus.

Von Herberts Strand aus war die Insel am Horizont gut zu sehen. Wie ein riesiger Brontosaurus lag sie im Meer: der hohe

Rücken, der Hals, der unter Wasser verschwand, der Kopf, der wieder herausragte. Eines Nachmittags, vor nun genau drei Tagen, als sie ihre zweite Flasche rosé Champagner schon fast geleert hatten, näherte sich von dort ein schnelles Motorboot, das geradewegs auf sie zu fuhr.

«Da kommt Dirk», sagte Herbert.

Es wurde gewunken, das Boot ließ plötzlich die Nase in das blaue Wasser sinken und glitt langsam näher. Als es zehn Meter vom Strand entfernt vor Anker ging, watete ihm Herbert entgegen. Zusammen mit dem Mann, der offensichtlich Dirk war und trotz seines Bäuchleins behende ins Wasser sprang, half er einer alten Dame in einem geblümten Badeanzug, von Bord zu gehen. Am Strand stellte Dirk sie als seine Mutter vor; da er mindestens fünfzig war, mußte sie wohl gut siebzig sein. Sie hatte blondierte Locken und war fett eingecremt, aber ihr dunkelbrauner Teint hatte das Verwitterte, das bei älteren Frauen auftritt, die im Sommer eigentlich nur unter Sonnenschirmen aus weißem Leinen nach draußen gehen sollten; auf ihrer Brust lag die Haut wie bei einem Elefanten in tiefen, gegerbten Falten. Sie bat um eine Filterzigarette und ließ sich von Herbert gutgelaunt Feuer geben. Dirk nahm sich neben seiner Mutter etwas besorgt aus. Er war klein und gesetzt, zwar in Badehose, aber seine glatte Frisur, die nicht einmal bei der Überfahrt zerzaust worden war, zeigte unwiderruflich in Richtung Geschäftsleben und war, wie ihn die Erfahrung gelehrt hatte, erforderlich, um ohne Reibungen durch die Welt der Zahlen, Obligationen, Promessen, Diskonten und Dividenden zu steuern.

Sie schwammen, faulenzten, tranken, unterhielten sich über Holland, auch Dirk lebte dort nicht mehr, ließen sich auf Wasserskiern über das Meer ziehen, lachten auf dem Rücken liegend in der Sonne – und dann passierte etwas Unangenehmes.

«Was habe ich denn da?» fragte Dirks Mutter, als sie nach dem Schwimmen aus dem Meer kam und auf den Seetang sah, der sich um ihre Knöchel gewunden hatte. «Ich sehe aus wie die Primavera von Botticelli.»

«Ich werde Ihnen behilflich sein», lachte Arnold, und sein Gesicht wurde noch offener und verletzlicher, er ließ sich ein wenig ausgelassen auf die Knie fallen – und stöhnte sofort auf vor Schmerzen. Unmittelbar unter dem Sand lag der Fels, auf den er mit einem Knie aufgeschlagen war. Es kam ihm tatsächlich vor, als hätte er sich am ganzen Erdball gestoßen.

Der Nachmittag war verdorben. Arnold blutete und versuchte aufzustehen, was ihm jedoch nicht gelang.

«Laß mal sehen», sagte Merel und bückte sich. «Es ist gar keine große Wunde. Ich kann es nicht gut sehen.»

«Oh, paß bloß auf, paß bloß auf», sagte die alte Dame, die noch immer die dunklen Schleifen an den Beinen hatte. «Mit den Knien muß man immer vorsichtig sein.»

«Weißt du, was?» sagte Herbert mit einer Flasche und einem Glas in den Händen. «Du solltest zum Arzt gehen.»

«Ach was», sagte Arnold. Aber sein Knie schmerzte so sehr, daß er eine Grimasse nicht unterdrücken konnte.

«Eine Aufnahme machen lassen», sagte Herbert, während er das Glas füllte. Es lag etwas Ungerührtes in seiner Stimme, als ob er in seinem Leben weiß Gott größere Wunden gesehen hätte.

Merel nahm ihre Tasche.

«Ja, das werden wir tun. Komm.»

Sie legte seinen Arm über ihre Schultern, und Dirk tat dasselbe mit dem anderen. Durch allen Schmerz hindurch roch Arnold sein After Shave.

«Verdammt ärgerlich ist das jetzt», sagte Dirk, und Arnold hinkte kurz darauf zwischen ihnen zum Auto. «Wie lange bleibt ihr noch hier?»

«Bis Freitag», sagte Merel.

«Dann seid ihr Freitag meine Gäste. Ihr nehmt doch das Flugzeug, nehme ich an? Es geht um halb acht. Wenn ihr morgens kommt, hole ich euch vom Hafen ab, und abends bringe ich euch zum Flughafen, o. k.? Ihr nehmt das Boot um elf. Ich erwarte euch, denkt daran. Ihr könnt auch bei mir übernachten, wenn ihr das möchtet. Der Unfall hat ja schließlich damit zu tun, daß Mama mal wieder wie verrückt aussah.»

II

Es ist, als wären wir gar nicht weggewesen, die Müllgrube brennt immer noch. Auch Merel steht immer noch bei den aufgeschobenen Terrassentüren. Arnold dreht sich um und hebt die Hand zum Zeichen, daß er kommt. Aber als er zurückgeht, sieht er den kaputten Liegestuhl im staubigen Gras; er kehrt wieder um und wirft ihn ins Feuer. Erst als das Leinen brennt, geht er langsam zurück zur Terrasse. Als er hineingeht, ist Herbert gerade dabei, ihre Koffer hinauszutragen.

«Hast du schon abgeschlossen?»

Verwundert sieht Merel ihn an.

«Das machst du doch immer?»

Arnold macht seine letzte Runde durch das Haus. Er verriegelt die Türen und schließt die Fensterläden. Er merkt, daß er leichte Kopfschmerzen hat, im Nacken; die dunkler werdende Wohnung tut ihm gut. Die Schlüssel hängt er an ihren festen Platz im Regal in der Küche.

«Guten Morgen, liebe Freunde», sagt Herbert, als er wieder hereinkommt. «Ich habe das Gepäck in mein Auto gepackt, dann können wir eures zuerst zurückbringen. Wie geht's dem Meniskus?»

«Gut. Danke.» Arnold lächelt und nickt. Es ist ihm nicht recht, daß Herbert ihm Arbeit abnimmt; er nimmt ihm den Überblick, so daß er nicht weiß, was alles noch erledigt werden muß. «Wo ist meine Luft?» Panikartig sieht er sich um.

«Schon im Auto», sagt Merel. «Soll ich noch schnell Kaffee kochen?»

«Laß uns lieber am Hafen etwas trinken.» Unsicher schaut Arnold sie an. Alles ist gespült und weggeräumt, Gas und Wasser sind abgedreht: Der Urlaub hier ist vorbei. «Komm, wir gehen.» Er verläßt als letzter das Haus. Während er die Haustür abschließt, sagt er zu Merel: «Steig du besser zu ihm ins Auto.»

Er setzt die Sonnenbrille auf. Die Autos stehen auf dem Sandweg auf der anderen Seite der kleinen Mauer, im Schatten der Bäume. Während Herbert und Merel schon losfahren, schaut er sich am Steuer noch einmal nach seinem Haus um und sieht eine hellgraue Rauchsäule darüber aufsteigen. Im selben Augenblick setzt sein Herz einen Schlag lang aus, und er schwebt kurz durch einen klammen Raum, in dem nichts mehr sicher ist: eine bedrohliche, widerliche, leere Welt, in der sich der Mensch seit Menschengedenken Götter geschaffen hat und Kirchen und Bilder und komplizierte Systeme, die diese Leere ausfüllen sollen, ohne nennenswertes Ergebnis. Kurz darauf tauchen die vertrauten Umrisse des Armaturenbretts wieder auf, die fahlroten Kunstlederbezüge, die versandete Gummimatte am Boden. Er hustet, atmet tief durch, öffnet alle Fenster und fährt schnell hinter Herbert und Merel her, als ob er sie brauchen würde. Erst auf der anderen Seite der Bucht, zwischen blendenden Salzseen, reglosen, verlassenen Spiegeln in der Sonne, holt er sie ein.

In dem ärmlichen Hafendorf warten sie vor der Autowerkstatt auf ihn. Durch den heißen Benzingeruch hindurch geht er zu einem kleinen chaotischen Büro, er mag diesen Geruch noch immer. Hinter einem altmodischen Zylinderschreibtisch, mit dem Rücken zu ihm, sitzt ein Mann in einer kurzen Hose und einem dreckigen Unterhemd; ohne ihn auch nur einmal angesehen zu haben, schiebt er das Geld zu sich herüber und reicht ihm über die Schulter eine vergilbte Empfangsbestätigung. Danach fährt Arnold mit Herbert zum Hafen.

Sie haben einander nicht viel zu sagen. In einem Straßencafé im Schatten, mit Kaffee und Brötchen vor sich, sehen sie hinüber zur Fähre, die sich zwischen den kleinen Felseninseln aus

der Ferne nähert. Es ist heiter, aber überall auf dem petroleum-
blauen Meer erscheinen und verschwinden unaufhörlich
Schaumkronen, wie die Rücken von großen weißen Fischen,
die in riesigen Schwärmen vorbeischwimmen.

«Ob ihr eine angenehme Überfahrt haben werdet, weiß ich
nicht», sagt Herbert und schaut auf das Schiff, dessen Schwan-
ken sogar aus dieser Entfernung zu sehen ist.

Die Insel am Horizont scheint heute viel näher zu sein als
sonst, so klar ist der Tag.

«Ob Dirk es vielleicht vergessen hat?» fragt Merel.

«Darm-Dirk etwas vergessen? Ich stelle fest, daß ihr ihn
nicht kennt.»

«Darm-Dirk?» wiederholt Arnold.

«So heißt er unter Freunden. Weil er sein Vermögen mit Gedärmen verdient hat, eine schöne Geschichte, aber die erzählt
er selbst zu gerne.»

«Ist er reich?»

«Das kann man wohl sagen.»

Sie schauen dem Schiff beim Anlegen zu, und als die Tages-
ausflügler kurze Zeit später vom Laufsteg kommen und sich
erleichtert auf der Mole verteilen, geht Herbert zum Auto,
während Arnold und Merel schon zum Boot schlendern. Har-
tes weißes Licht scheint auf die Steine. Merel ist barfuß, ihre
Schuhe hat sie in der Hand. Herbert fährt das Auto bis unmittelbar an den Laufsteg, und in geschäftigem Treiben laden sie
das Gepäck aus.

«Du brauchst nicht zu warten», sagt Arnold und gibt ihm die
Hand. «Herzlichen Dank, und bis nächstes Jahr. Ich freue
mich, dich kennengelernt zu haben.»

«Im Winter werde ich ab und zu mal nachsehen, ob alles in
Ordnung ist mit eurem Haus. Wenn etwas ist, laß ich es euch
wissen.»

«Wenn du das tun würdest...», sagt Merel, «eine gute Idee.
Weiß du was, ich gebe dir meinen Schlüssel. Man weiß nie,
wozu es gut ist.»

«Und wenn du meine Tochter siehst, dann grüß sie schön von mir.»

«Mach ich.»

Sie verabschieden sich, Herbert küßt Merel auf beide Wangen, und sie winken, bis er zwischen den Lagerschuppen verschwunden ist.

«War das eine gute Idee, das mit dem Schlüssel?» fragt Arnold, als sie die Koffer an Bord bringen. «Am Ende raubt er uns noch das ganze Haus aus.»

«Da gibt es ja auch was zu rauben. Der Verdacht wird dann übrigens schon sehr bald auf den Mann mit dem Schlüssel fallen.»

Erst als der Laufsteg eingeholt ist und die Fähre sich mit schäumender Spundwand löst, sieht Merel, daß sie ihre Schuhe vergessen hat. Leer und einsam stehen sie nebeneinander auf der Mole, als ob dort eine unsichtbare Frau stünde.

12

Auch die Zeit selbst verändert sich. Wie jeder andere auch wird Arnold – der jetzt auf dieser mittelgroßen Fähre zwischen zwei Inseln ist – schneller fünfzig geworden sein, als er dachte. Auch er kann in seinem Leben keinen Zeitpunkt angeben, zu dem sein Bewußtsein von Ewigkeit in das von Endlichkeit überging; und womöglich gibt es gar keinen solchen Punkt, vielleicht ist es ein langsamer Prozeß, aber auch ein Prozeß muß einen Anfang haben, und in jedem Fall ist der Übergang von der Unendlichkeit in die Endlichkeit aller Philosophie und Mathesis noch unmöglich – und dieses Unmögliche ist es, was früher oder später in jedem Menschenleben geschieht. Arnold hat zwar noch keine Stellen am Körper, die er nicht mehr erreichen kann, am Rükken beispielsweise, er kann sich noch überall kratzen, aber trotzdem wird er in acht Monaten fünfzig. Vor einem halben

Jahrhundert gab es ihn also schon – in unendlichen Gewässern, unbestimmt, namenlos, ewig, weil ohne Alter, dessen Jahre erst später abgezählt werden würden. Der Rhein floß durch Europa, um das Mittelmeer herum sendeten Salzseen Signale zu anderen Planeten, die Erde drehte sich um die Sonne, Orion erschien herbstlich am Horizont, und auch im Nebel M 42 – dem Geschlecht des Großen Jägers – muß seine Existenz Folgen gehabt haben: zwar wenige und völlig unbedeutende, aber immerhin.

Von der großen Höhe, aus der wir das alles nun betrachten, sind die Wellen kaum noch sichtbar, und wir sollten deshalb wieder etwas näher herangehen. Dort sitzt er, auf einer der Holzbänke, die quer auf dem Achterdeck stehen: Er kämpft gegen seine Übelkeit an, indem er fortwährend auf den Horizont blickt. Hinter ihm sitzen drei Portugiesen; mit einem halben Ohr lauscht er ihrer Sprache, es ist die schönste auf Erden zum Zuhören, und auch das hilft. Daß viele Leute die Treppe zur Kajüte hinuntergegangen sind, um dort womöglich Karten zu spielen, ist ihm ein Rätsel. Merel macht das alles nichts aus. Sie sitzt auf der anderen Seite der Koffer und Taschen neben dem Pappkarton und blättert in einer Zeitschrift mit blassen Bildern, die auf der Bank lag. Sie hat sofort gemerkt, wie es um Arnold steht, und es scheint ihr am besten, ihn in Ruhe zu lassen. Während seine Augen den unverrückbaren Horizont festhalten, denkt er an ein Gemälde von Bellini, das in Venedig hängt. Das weiß er zwar nicht, genausowenig wie, daß es «Allegoria» heißt und daß es noch drei weitere Bellinis gibt, aber es ist das Gemälde in seinem Leben, an das er sich am längsten erinnern kann. «Kindchen in Wasser gefallen» nannte er es, wie seine Mutter ihm später erzählte. Eine Schwarzweiß-Reproduktion war in einem großen, dünnen Buch mit einem Umschlag aus dunkelbraunem, geädertem Papier, das sich wie Leder anfühlte: Am Heck einer Gondel in einem wehenden Gewand eine große Frau mit dem Gesicht einer klassischen Göttin, ihr rechter Arm nackt und weiß, die Hand auf einem großen Ball oder einer großen Kugel, die ein kleiner nackter Junge auf seinem Rücken trägt, ein zweiter Junge verkriecht sich in ihren Schoß, einen dritten umfaßt sie mit dem linken Arm, ein vierter hat kleine Flügel und spielt auf einer Panflöte, ein fünfter, oder vielleicht ist es auch ein Mädchen, hängt bis zur Taille im Wasser und versucht wieder an Bord zu klettern; aber das sechste Kind, das jüngste, liegt rücklings im dunklen Wasser, nur sein Gesicht und die Knie sind über Wasser, doch das ohne die geringste Panik; auch die anderen kümmern sich nicht darum. Im Hintergrund geheimnisvolle Berge, der Eckturm eines geträumten Schlosses, ein Himmel kurz nach Sonnenuntergang.

Nein, er denkt jetzt nicht an die Luft aus dem Jahre 1500, die in der Kugel ist. Während er auf den Horizont sieht, ist ihm plötzlich, als hätte er, seit er dieses Gemälde zum erstenmal gesehen hat, umsonst gelebt, als sei er haarscharf am Zentrum, am Mittelpunkt vorbeigerast. Mit den Augen des Sechsjährigen sieht er plötzlich endlose Felder brachliegen, vergessene Fluren, vergessene Räume, Länder, Hallen, in denen er gewesen ist. Er denkt nicht oft an seine früheste Jugend zurück; zwischen jetzt und damals steht eine nahezu undurchdringliche Barriere aus Toten, Angst und Hunger. Dennoch: Der Krieg ist vielleicht sein kostbarster Besitz, ohne den er sich selbst kaum vorstellen kann. Wie das wohl ist, ein Leben zu leben wie seine Kinder, das ohne einen solchen Katarakt, ohne ein solches Schaffhausen wie ein gleichmäßiger Strom in der Vergangenheit liegt; er kann sich das kaum vorstellen. Auch wenn der Krieg seine Kindheit versperrt hat – zugleich hat er das Gefühl, als ob sie dadurch sicher aufbewahrt sei wie in einem Safe.

Als das Schiff in die Bucht fährt, hat die Insel die Form des Brontosaurus längst verloren, und plötzlich beruhigt sich auch das Meer, während die Sonne wieder zu brennen beginnt. Auf vorspringenden Felsen hier und dort ein Sarazenenturm, die grünen Hänge voller Häuser. An den Stränden große Hochhäuser und Hotels, jedes Jahr mehr. Er spürt, wie die Anspannung nachläßt, auch die Mitreisenden auf der Fähre scheinen dieses Gefühl zu haben: Sie stehen auf, und plötzlich wird wieder gelacht. Auch auf den mächtigen Kapitän oben in seinem Steuerhaus werden keine schnellen Blicke mehr geworfen, er ist wieder zum Knecht geworden, ein bedeutungsloser Funktionär in einem entlegenen Winkel Europas; das Bewußtsein hat die gußeisernen Abgrenzungen des Schiffes bereits wieder verlassen. Im Hafen, in dem auch größere Schiffe liegen, die die Verbindung zum Festland herstellen, herrscht geschäftiges Treiben: Touristen, Verkehr, übervolle Straßencafés. Obwohl es sich auch hier um einen kleinen Ort handelt, kommt er ihm nach den Wochen auf seiner stillen Insel wie eine Metropole vor.

Viel zu früh steht jeder mit seinem Gepäck an der Reling. Auf der Mole wird hier und dort gewunken.

«Siehst du ihn?» fragt Merel.

«Er ist nicht da, glaube ich. Wir warten genau eine halbe Stunde, und dann machen wir, wozu wir Lust haben. Oder weißt du vielleicht noch seinen Nachnamen, dann könnten wir ihn anrufen?»

«Keine Ahnung. Und überhaupt, wer nicht will, der hat schon. Wir bringen den Tag auch so hinter uns.»

Als sie auf der Mole stehen und ihre Koffer gerade einem schwitzenden Gepäckträger geben wollen, zeigt Merel schweigend auf einen offenen weißen Rolls-Royce, der gegenüber am Trottoir parkt. Davor steht ein uniformierter Fahrer, der ein großes Stück weißen Karton vor der Brust hält, auf dem mit rotem Filzstift geschrieben steht:

Mr. Arnold
&
Mrs. Merel

«Er hat unseren Nachnamen auch vergessen», sagt Arnold.

Der Herr lasse sich entschuldigen, sagt der Fahrer und drückt einen Knopf auf dem Armaturenbrett, so daß der Gepäckraum sich langsam öffnet. Seine Mutter sei gestern unerwartet verstorben.

13

Und jetzt fahren sie – langsam überholt von Käfern – aus dem Massentourismus heraus und kommen auf immer ruhigere und besser ausgebaute Straßen; sie fahren bergan zum silbrigen Viertel der Reichen. Palmen und Zypressen, Bungalows wie auf den Fotos der teuren ausländischen Journale. Oft ist hinter den Zäunen und gewundenen Auffahrten und Felspartien nur ganz kurz ein Stück des Anwesens zu sehen, manchmal gar nichts. Verhaltene Gewalt hängt in der Luft, Verschanzung, Gefahr, aber es sieht alles schön und friedlich aus. Das Auto, das hellbeige Leder der Polster, der Kragen des Fahrers, das leise Schnurren des Motors, alles hat dieselben zwei Bedeutungen. Als sie da sind, öffnet sich auf telepathischem Wege, wie es scheint, ein weißgestrichenes Tor, und zwischen Rasenflächen, auf denen hier und dort ein Rasensprenger steht und wie der Papst von der Sedia Gestatoria seinen Segen verteilt, rollen sie im knirschenden Kies auf die Treppe zu. Danach sind nur noch die Grillen zu hören.

Verschüchtert folgen sie dem Fahrer in die Eingangshalle, wo es dank der Klimaanlange sofort kühl ist. Vor einer weißverputzten Wand steht auf einem Gestell aus dunklem Holz ein mehrere Meter breites ägyptisches Relief aus gelbem Sandstein: Hieroglyphen, eine Waage, neben der eine Gestalt mit einem Hundekopf kniet, hinter ihr eine Gestalt mit einem langen, gebogenen Schnabel, die etwas aufschreibt, und dahinter wiederum ein mißgestaltetes Monster. Die barfüßige Merel sagt:

«Ich habe ein Gefühl, als träumte ich.»

Arnold nickt. Der Fahrer ist verschwunden. Kurz darauf erscheint aus einem Gang Dirk, in weißem Bademantel und ebenfalls barfuß, in der Hand hat er ein Glas Whisky.

«Da seid ihr ja. Entschuldigt bitte diese Unannehmlichkeit, ihr habt es sicher schon erfahren. Eine Tasse Kaffee? Maria!»

Ehe sie etwas sagen können, erscheint in der Tür ein schwarzgekleidetes Mädchen, das eine kleine weiße Schürze trägt; sie hält ein Tablett mit einem Spitzendeckchen, darauf stehen zwei Tassen, eine Dose Zucker und ein Kännchen Sahne.

«Mein Gott, Dirk», sagt Arnold, während er sich von Merel bedienen läßt, «das wäre doch nicht nötig gewesen. Du hättest doch –»

«Ach, hör schon auf, ich bin froh, daß ihr da seid, verstehst du das denn nicht?»

«Wie in aller Welt ist das so plötzlich passiert?» fragt Merel, als sie mit dem Kaffee zur Terrasse hinter dem Haus gehen. «Vor ein paar Tagen ging es ihr doch noch blendend.»

«Ja», sagt Dirk. «Ja. Ihr kennt doch den Witz von dem Mann, dessen Frau gestorben ist. Was fehlte ihr denn? fragt sein Freund. Ich verstehe es nicht, sagt der Mann, nur eine kleine Grippe. Woraufhin der Freund sagt: Oh, zum Glück nichts Ernstes. Ja. Nichts fehlte ihr, aber immerhin war sie gestern auf einmal tot. Typisch Mama.»

Nebeneinander starren sie in das blaue Wasser des Pools, dessen gefliester Grund langsam hin und her weht wie eine Fahne in der Vergangenheit in einem Stummfilm.

«Weißt du noch», sagt Dirk plötzlich, «die Primavera von Botticelli? Du hast auch noch vor ihr gekniet.» Er wartet die Antwort nicht ab. «Die Primavera von Botticelli», wiederholt er, und Arnold sieht, daß ihm die Tränen in die Augen steigen. Aber ehe es soweit kommt, hat er sein Glas auf den Boden gestellt, seinen Bademantel abgeworfen, und nackt taucht er ins Wasser.

Arnold und Merel haben die Tassen noch in den Händen, sehen den Plumps und dann den Schemen, der unter Wasser zur anderen Seite des Beckens schwimmt. Dort taucht er wieder auf, schleudert eine Kreissäge aus Wasser aus seinem Haar, dreht sich um und ruft:

«Kommt doch auch! You'll like it!»

Arnold krempelt ein Hosenbein hoch und zeigt den Streckverband.

«Mein Knie!» Und zu Merel: «Geh du nur.»

«Ich hätte schon Lust, aber dann muß ich erst meinen Badeanzug aus dem Koffer holen.»

«Bist du verrückt», ruft Dirk und klettert behende die stählerne Leiter herauf, «hier sieht dich kein Mensch.» Triefend kommt er auf sie zu. «Nur zu.» Ehe er sich den Bademantel anzieht, rubbelt er sich damit kräftig durchs Haar, Hemmungen scheinen nicht zu seinen Problemen zu gehören. «Komm», sagt er und winkt Arnold, «dann werden wir inzwischen einen Drink nehmen.»

Während Merel beginnt, sich mit einem Blick zum Haus etwas unbehaglich auszuziehen, geht er Arnold voraus und eine Steintreppe hinunter. Sie kommen in eine dämmrige Bar unter der Terrasse. Eine Wand ist aus Glas, hinter der das Wasser des Swimmingpools steht; auf der Unterseite der Wasseroberfläche bewegt sich ein silbernes Netzwerk aus Licht. An der anderen Wand, unter einem grellbunten Mosaik, das vermutlich die Geburt der Venus darstellt, stehen einige Ruhebänke. Arnold setzt sich auf einen Hocker, mit dem Gesicht zum Aquarium; er ist froh, aus der Sonne zu sein, und setzt seine dunkle Brille ab. Dirk streckt hinter der Theke seine Hand in Richtung der Flaschen aus und sieht ihn an.

«Was wünscht der Herr?»

«Gin and Lime.»

Er gibt Eiswürfel ins Glas, und während er einschenkt, wird das Silber mit einem Schlag zerstört, Merel ist nackt, mit geschlossenen Augen und in einem Strom glitzender Luftblasen in die blaue Welt eingetaucht. Dirk dreht sich um und schaut kurz zu ihr, bis sie enthauptet und wassertretend in der gebeizten Holzumrahmung steht.

«Immer nett bei Fêten», sagt er, aber ohne dabei zu lachen.

14

«Machst du solche Fêten öfter?»

Dirk setzt sich mit dem Rücken zur Glaswand hinter die Theke. Er hat die Frage offenbar nicht gehört, denn etwas später sagt er:

«Ich hatte noch so viel mit ihr zu besprechen. Aber wenn sie jetzt von dem Bett da drinnen aufstünde, ich würde es wieder nicht machen. Sag schon, du weißt doch alles, wie kommt das?»

«Weiß ich alles?»

«Etwa nicht? Herbert sagte, daß du sogar alles über die Luft weißt.»

«Über die Luft, ja. Ich weiß nicht. Vielleicht hast du eigentlich gar nichts mehr mit ihr zu besprechen gehabt. Vielleicht bildest du dir das jetzt nur ein.»

«Weshalb sollte ich mir das einbilden?»

«Vielleicht, weil sie tot ist. Damit du sie in Gedanken von ihrem Bett aufstehen lassen kannst, damit sie wieder lebt. Das hast du doch gesagt? Was hättest du ihr denn sagen wollen?»

Dirk nimmt einen großen Schluck und zuckt die Schultern.

«Du hast wahrscheinlich recht.»

«Hat sie hier gewohnt?»

«Nein, sie war im Urlaub hier. Übermorgen überführe ich sie nach Holland. Du kannst mir jetzt schon eine gute Reise wünschen.» Sein Haar ist durcheinander, was einen anderen Menschen aus ihm macht, aus dem Geschäftsmann ist ein mutterloser Junge geworden.

«Wenn ich könnte, würde ich bei dir bleiben, aber ich muß

morgen unbedingt wieder arbeiten. Es kommt jemand aus Amerika zu mir.»

Dirk nickt. Er schaut in sein Glas und dreht es, so daß die Eiswürfel klirren. Arnold sieht seine Frau wie im Kino, sie zieht jetzt mit dem kräftigen Kraulschlag, den er ihr nie hat nachmachen können, ihre Bahnen. Bei der professionellen Wende, mit der sie ankommt und sich abstößt, kann er ihr zwischen die Beine schauen, und er ist froh, daß sie unter Wasser die Augen immer geschlossen hat, so daß sie den Spanner, mit dem sie verheiratet ist, nicht plötzlich bei Gin and Lime an der Bar sitzen sieht.

«Weißt du», sagt Dirk, «wenn die Dinge passieren, passieren sie immer anders, als du gedacht hast. Du kannst es dir tausendmal ausmalen, aber die Wirklichkeit ist immer anders.»

«Du sagst es.»

«In einem Hotel in Moskau habe ich mich einmal mit einem Schachmeister unterhalten, Großmeister war er sogar, glaube ich, ein Ungar, und der sagte etwas, das ich immer behalten habe. Wir waren im Gesellschaftsraum und spielten Bridge – Schachspieler spielen nämlich immer Bridge –, und nachdem er irgendeinen dummen Fehler gemacht hatte, falsch gestochen oder so, raufte er sich mit beiden Händen die Haare und rief: «Ich könnte mir den Penis ausreißen!» Danach erzählte er, daß es ihm auch beim Schachspielen regelmäßig passierte, daß er sehr lange über den richtigen Zug nachdachte, alle Möglichkeiten in Gedanken durchspielte, und dann schließlich den besten Zug ausführte. Aber in dem Augenblick, in dem er die Figur loslasse, sagte er, wisse er mit hundertprozentiger Sicherheit, daß es der falsche Zug gewesen sei, und zugleich auch, was er statt dessen hätte tun sollen. Verstehst du? Wenn die Dinge geschehen, ist das ganz etwas anderes als das ganze Nachdenken.»

«Und was lernen wir daraus?»

«Lernen, lernen... Er sagte auf jeden Fall, daß die größten Schachspieler, die Weltmeister, gar nicht so schrecklich viel nachdächten, sondern eher aus der Intuition heraus spielten, eher träumerisch, nach dem Motto: Vielleicht sollte ich das Pferd mal bewegen, warum, weiß ich nicht, aber es steht dort viel schöner als hier. Und am Schluß bestimmt das Pferd an ebendieser Stelle dann plötzlich das Matt, ohne daß er es vorausgesehen hätte.»

«Das ist wahr», sagt Arnold und schaut über Dirks Kopf hinweg zu Merel, die jetzt mit dem Bauch vor der Scheibe hängt und mit den Füßen vergeblich einen Halt sucht.

«Ist sie schön?» fragt Dirk, ohne sich umzusehen.

«Ich denke, daß jede echte Aufmerksamkeit etwas Träumerisches hat. Hast du schon einmal den Blick eines Jagdleoparden gesehen? Es sieht immer so aus, als ob er fast einschläft, aber er sieht alles. Die Wachsamkeit auf dem Stuhlrand ist vermutlich die zweitrangige Qualität.» Er stockt plötzlich und sieht Dirk mit hochgezogenen Augenbrauen an. «Sag mal, was meinst du eigentlich? Daß der Tod deiner Mutter etwas wie ein *Zug* ist von dir?»

Dirk wird etwas blaß.

«Bist du vielleicht verrückt, oder was?»

«Entschuldige bitte», sagt Arnold erschrocken. «Ich habe es nur gesagt, weil du... mit diesem Vergleich... ich fühle mich auch nicht recht wohl. Entschuldige bitte.» Er sieht Dirk an, wie er dasitzt in seinem weißen Bademantel auf dem Hocker hinter der Theke, das Haar etwas durcheinander. Vor ihm in der nebligen Ferne des Wassers der violette Schemen von Merel; hinter ihm die Geburt der Venus aus dem Meeresschaum. Er spürt, wie etwas Unangenehmes seinen Körper durchzieht, vom Kopf zu den Beinen. Er drückt den Rücken durch. «Wie sind wir eigentlich darauf gekommen?»

«Oh», sagt Dirk, während er noch einen Gin in das Glas gießt, das Arnold mit zwei Händen umklammert, «nicht nur, daß du verrückt bist, nein, du gehörst auch zu den Leuten, die ein Gespräch irgendwann ständig wieder rückwärts bis zum Anfang aufrollen wollen. Forget about it.»

15

Vergeßlichkeit ist natürlich die Bedingung der Welt. Steine haben nie etwas gewußt, sie sind deshalb ewig; für Pflanzen gilt das schon weniger: Lepidodendren existieren nicht mehr. Bei Tieren schlägt die Zeit heftiger zu, aber noch nicht essentiell. Bei den Menschen hingegen muß jede Generation aus Selbsterhaltungstrieb fast alles vergessen, was der vorigen geschehen ist und was sie daraus gelernt hat. Wenn jemand alles wüßte, was je geschehen ist, oder auch nur, was in diesem Augenblick in der Welt passiert – Grausamkeit, Qual, Schmerz, Krankheit, Hunger, langsame Vernichtung, Angst und Tod, auch von Kindern –, bliebe sein Herz im selben Augenblick stehen. Er würde sich schlagartig in unbeseelte Materie verwandeln, denn mit diesem Wissen ist Leben nicht mehr möglich. Es ist nur möglich aufgrund von Unkenntnis, Vergeßlichkeit, Spott, Hohn, auf Kosten von Hornhaut und Abstumpfung. Auch die Geschichte erzählt nicht, was wirklich passiert ist, nämlich die Einzelheit. Das Geschehene besteht ausschließlich aus Einzelheiten, aber sie sind unendlich in der Zahl, und so bleibt die Existenz möglich durch Mangel an Erfahrung. Die Menschen können leben dank dessen, was sie von den Steinen geerbt haben: das schlechte Gedächtnis.

Wo ist Arnold?

Laß ihn jetzt. Er trinkt seinen dritten oder vierten Gin, die Kopfschmerzen reichen immer noch bis in den Nacken. Über die Leiter, die im tieferen Wasser wie abgeschmolzen aussieht, verschwindet Merel aus der blauen Welt: zuerst Arme und Oberkörper, dann Gesäß und Beine, und schließlich ihr Fuß – ein Zuckerwürfel, der aus einer Tasse Tee verschwindet.

Alte Luft. Das kleine Haus, in dem sie zusammen mit ihrer Mutter gewohnt hat, in einer stillen Straße im Dorf, das damals – einige Jahre nach dem Krieg – noch nicht von der Stadt auf der einen und der Industrie auf der anderen Seite eingezwängt war. Als er es zum erstenmal sah, verstand er sie plötzlich besser. Zu jener Zeit studierte er, und um nebenbei etwas zu verdienen, gab er Schülern der Mittelstufe abends Nachhilfeunterricht. Als er sie mit blondem Pferdeschwanz und von einem Strahlenkranz ungeben in seinem Zimmer sitzen sah, dachte er: Die muß immer hier bleiben. Und das passierte dann auch. Es war nicht eigentlich ein Vorsatz oder eine Entscheidung, sondern der Widerschein von etwas völlig anderem: vielleicht eine Reflexion der Zukunft, die ihr Bild in dieser Form vorauswarf. Auf jeden Fall hatte er an diesem Tag in einer Zimmerecke, fast unter der Decke, eine Marienkäferplage. Alle Varianten der Spezies Coccinellidae wimmelten zu Hunderten durcheinander, während er ihr bei der Stereometrie half und so dicht neben ihr an seinem Rollo-Schreibtisch saß, daß er ihre Wärme spüren konnte. Was er sagte über die Projektion des Dodekaeders, die sie anfertigen sollte, war gleichzeitig der Code einer weniger abstrakten Welt (und als sie drei Jahre später heirateten, schenkte er ihr ein Kunststoffmodell dieses regelmäßigen Körpers mit zwölf Flächen, das er den Gehilfen in seinem Labor hatte anfertigen lassen). Nach dem Unterricht stellten sie sich auf Stühle und sahen sich die Marienkäfer an, die geschäftig herumliefen wie in der Abflughalle eines Flughafens. Manchmal klappte jemand langsam die gepunkteten Schildchen aus, und zwei zitternde Hautflügel transportierten ihn im Nu drei Zentimeter weiter; danach ragten die Flügelchen noch kurz wie ein kleiner Schwanz unter den Schildchen hervor, bevor sie langsam eingezogen wurden.

«Töten geht natürlich nicht», sagte Merel. «Du wirst dich wohl von ihnen auffressen lassen müssen.»

«So ist das. Ich sehe es schon vor mir in der Morgenzeitung: *Student von Marienkäfern aufgefressen.* Zweite Überschrift: *Am Vorabend der Ehe.*»

«Ehe?»

Am selben Abend gingen sie ins Theater. Es wurde der «Sommernachtstraum» gespielt, mit den berühmten Schauspielern von damals, die inzwischen fast alle zu Bildern in den

Gängen und Aufgängen des Theaters geworden waren, aber er bekam kein Wort von dem Stück mit. In der Pause ließ er sich im Gedränge an der Kaffeetheke an sie herandrücken und half auch selbst ein wenig nach, und als der Pausengong ertönte, blieben sie im Foyer. Dicht aneinandergedrängt küßten sie sich auf den Stufen der Marmortreppe, um sie herum das Klirren und Klappern, mit dem die Büffetdamen die Kaffeetassen einsammelten und die Aschenbecher ausleerten. Es war klar, was passieren würde.

«Gehen wir?» fragte er und machte eine Bewegung mit dem Kopf.

Sie nickte, und über den roten Plüsch der verlassenen Gänge gingen sie Hand in Hand zur Garderobe. Ganz leise hörten sie Stimmen im Saal, während sich die Garderobenfrau mit ihrer Marke durch die Mäntel wühlte – zurückgelassene, einsame, aber stolze Mäntel: Shakespearemäntel.

Sie setzte sich auf den Gepäckträger seines Fahrrads, legte einen Arm um seine Taille und eine Wange an seinen Rücken und fuhr mit ihm zu seinem Zimmer, wo sie miteinander ins Bett gingen. Notgedrungen muß es bei dieser Feststellung bleiben, denn das Geheimnis, das sie offenbar besaß (ein kleiner Krampf in der Tiefe ihres Körpers, eine seltsame, winzige anatomische Begebenheit, ein Zufall, dem er für den Rest seines Lebens verfallen war), ist nicht zu beschreiben.

Als er danach ins Waschbecken pinkelte und dabei ein Glas Wasser trank, betrachtete er sie im Spiegel. Sie hockte auf dem Bett, sah sich einen Blutfleck auf dem Laken an und hatte ein kleines Lächeln in den Mundwinkeln – aus irgendeinem Grund war es ihm, als ob sie nackt am Strand säße bei den letzten Ausläufern der Brandung, wo der Sand für einen Moment heller wurde, wenn man darauf trat, und dann wieder dunkel, und sich das alles ansah.

16

Sie hatten sich für das Wochenende verabredet, aber schon am nächsten Tag hielt er es nicht mehr aus. Da sie kein Telefon hatte, fuhr er mit dem Fahrrad gegen Mittag durch ein Niemandsland aus Schrebergärten, Schuppen, kleinen Werkstätten und der Ruine einer mittelalterlichen Burg zu ihr. Er kannte das Dorf, in dem sie lebte. In einem kleinen Pavillon hatte damals ein reicher Sammler eine Fossiliensammlung ausgestellt und der Allgemeinheit zugänglich gemacht; da außer einer schläfrigen Frau am Eingang selten jemand da war, hatte er seine eigene Sammlung ohne große Mühe aus den Vitrinen ergänzen können. Noch einfacher war es, wenn das Museum geschlossen war: Ein Zettel an der Tür teilte mit, daß man den Schlüssel für Studienzwecke bei der Frau abholen konnte. In aller Ruhe suchte er sich dann die schönsten Trilobiten, Ammoniten, Belemniten (noch mit einer scharfen Spitze) und Seesterne aus Sandstein aus und ordnete den Rest dann so, daß es nicht sofort auffiel. (Das war 1944 und in dieser Zeit also ein winziges Verbrechen; in der gleichen Zeitspanne, in der er etwas hochhob, betrachtete und in der Hosentasche verschwinden ließ, wurden hundert Unschuldige ermordet).

Im Dorf mußte er sich nach dem Weg erkundigen. Eine stille Straße am Dorfrand. Kleine Reihenhäuser mit ordentlichen Vorgärten, hier und dort unterbrochen von einem älteren freistehenden Haus. Merels Haus stand weiter nach hinten versetzt als die anderen und war von einem großen, verwilderten Garten umgeben. Als Folge irgendeiner Vorgeschichte, die im Katasteramt einzusehen war, erstreckte sich dieser Garten bis zur Straße und unterbrach den Bürgersteig, so daß Fußgänger auf die Fahrbahn ausweichen und sich in Lebensgefahr begeben mußten. Als er das Haus im Schatten einer Kastanie sah, mußte er an die Häuser in den Märchen seiner Kindheit denken, an Häuser aus Honigkuchen, an Hänsel und Gretel, und hatte das Gefühl, das dies ein bezeichnendes Licht auf Merel warf. Sie unterschied sich von anderen Menschen auf genauso märchenhafte Weise wie ihr Haus von anderen Häusern: Sowohl sie als auch ihr Haus waren aus einer anderen Welt heruntergelassen worden.

Er schloß sein Fahrrad ab und ging in den Vorgarten, in dem Akelei und Nachtschattengewächse blühten. Im Wintergarten und im Wohnzimmer war niemand zu sehen; als er läutete, öffnete auch niemand. Er ging ums Haus: Auch im Zimmer nach hinten und in der kleinen Küche keine Menschenseele. Aber die Küchentür war nicht abgeschlossen. Er öffnete sie und rief laut Merels Namen. Als keine Antwort kam, ging er hinein.

Die Stille im Haus umfing ihn wie eine Muschel. Alles war tadellos aufgeräumt. Auf der Anrichte standen eine Flasche Milch und ein Becher, daneben ein Teller, auf dem umgekehrt ein zweiter lag. Darauf lag ein Zettel: *Ich bin kurz zu Vater und Tante Lies.* Das hatte natürlich ihre Mutter geschrieben. Arnold zog daraus den (richtigen) Schluß, daß ihr Vater eine andere Frau geheiratet hatte, die für Merel «Tante Lies» hieß. Es war jetzt zwölf Uhr, Merel würde bestimmt gleich aus der Schule kommen. Vorsichtig hob er den oberen Teller und sah die Butterbrote, die auf sie warteten: Ein entrückter Glanz lag um das Brot, das sogleich von ihrem Körper aufgenommen würde. Mit der Spitze seines Mittelfingers berührte er es kurz und stülpte den Teller wieder darüber. Er ging weiter. An der Garderobe im Flur nur Frauenkleider; im Schirmständer nur Damenschirme und ein Hockeyschläger. Als er in das Wohnzimmer ging, sah er auf der anderen Seite der Straße einen Mann am Fenster stehen, der zu ihm herübersah. Um nicht für das gehalten zu werden, was er war, nämlich für einen Eindringling, ging er mit festen Schritten zu einem kleinen Sessel vor dem Kaminofen, setzte sich und öffnete die Zeitung, die unter dem Tischchen lag: eine progressive, kulturorientierte Wochenzeitung, die vor allem von älteren Menschen gelesen wurde, die in den zwanziger Jahren die Internationale gesungen hatten und jetzt eine vergessene Gemeinschaft bildeten. Auf dem Kaminsims stand ein

Bild von Merel, vermutlich mit ihrer Mutter. Sie war etwa acht Jahre alt und hatte Zopfflechten im Haar, ihre Mutter war bereits weißhaarig und hatte ein feinsinniges, ironisches Gesicht, das in den Mundwinkeln dasselbe Lächeln zeigte wie am Tag zuvor Merel. Ein Vater fehlte, dafür hing über dem niedrigen Bücherschrank ein wildes Seestück. Das Zimmer und vor allem der Wintergarten, wo die Sonne auf viele Pflanzen hereinschien, wirkte hell und angenehm. Er fühlte sich wohl in der warmen Stille; daß er hier nichts zu suchen hatte, störte ihn nicht. Er wußte, daß er öfter hierherkommen würde, daß es sein zweites Zuhause werden würde, daß sie ihn nicht mehr loswerden würden. Der Mann gegenüber war inzwischen wieder verschwunden, vielleicht rief er jetzt die Polizei. Arnold stand auf und ging auf Zehenspitzen ins Hinterzimmer, obwohl das nicht nötig war. Es war ihr Zimmer. Er beschloß, hier auf sie zu warten, oder auf den, der eben kommen würde. Er war von ihren Dingen umgeben. Die Dinge waren immer dasjenige, was ihn am meisten rührte. Als er ihr einige Wochen später bei ihrem ersten Streit eine Ohrfeige gab, waren es nicht ihre Tränen, die bewirkten, daß er es sofort bereute, sondern der Kessel in ihrer Hand; sie hatte bei ihm zu Hause auf dem Gaskocher im Gang Wasser gekocht, und nun lief es aus dem Kessel, den sie weinend in der Hand hielt, auf den Boden, der vergessene Kessel in einer vergessenen Hand – erst da stiegen ihm die Tränen der Reue in die Augen. Aber dort, in ihrem Zimmer in dem stillen Haus, war es noch unvorstellbar, daß er sie je schlagen würde, ihren Körper, das Ding, das sie *war*.

Es war warm, aber er öffnete die Tür zum Garten nicht, er wollte in der reglosen Luft bleiben. Ihr Klappbett. Auf dem Regal um das Bett standen Romane und Gedichtbände, die er selbst nie gelesen hatte und auch nie lesen würde. An der Wand eine große Reproduktion des Adam von Michelangelo in der Sixtinischen Kapelle. Auf dem Regal über ihrem Schreibtisch lag neben einer Reihe von mit Schutzumschlägen eingebundenen Schulbüchern ein Album. Er nahm es zur Hand, setzte sich in den Korbsessel am Fenster und blätterte es durch. Fotos am Strand und in Segelbooten, manchmal hatte sie den Kopf auf die Schulter eines Jungen gelegt, eines blonden, militärpolizei-ähnlichen Typs, den er absolut nicht ausstehen konnte: einer von der Sorte, die sich jetzt freiwillig für den Einsatz in Indonesien meldete und einige Jahre zuvor noch freiwillig für die Ostfront gemeldet hatte. Diese Bilder hätte er gerne herausgerissen, wenn auch nicht in erster Linie aus politischen Gründen. Eingeklebte Ansichtskarten, Zuckertüten, Eintrittskarten, Programme, Zugfahrkarten, Kassenzettel, Bierdeckel mit Unterschriften und komische, nicht weiter identifizierbare kleine Lappen, die manchmal unverständliche Untertitel hatten wie: *Der Anfang vom Anfang*. Allmählich bekam er das Gefühl, daß er zu weit ging. Er schloß das Buch und legte es wieder an seinen Platz, setzte sich und zündete sich eine Zigarette an. Stille im Haus. Ihre Dinge. Adam, der mit einer unbeschreiblich zärtlichen Geste seinen Finger nach Gott ausstreckte. Er drückte die Zigarette aus, kreuzte die Arme und blieb reglos sitzen.

17

«Daß ihr jetzt hier euer Lunch nehmt, und zwar mit Kaviar, das verdankt ihr einer zufälligen Begegnung, die ich vor dreißig Jahren in Ulan Bator hatte, der Hauptstadt der Mongolischen Volksrepublik: Bügd Nairamdach Mongol Ard Uls», deklamiert Dirk mit erhobener Hand, in der er ein Glas Champagner hält. Sein Haar ist wieder glattgebürstet. «Ich wette, daß ihr nicht einmal genau wißt, wo das liegt. Ewig weit weg jedenfalls. Ich hatte dort geschäftlich zu tun, im Auftrag eines Chefs, kleine Geschäfte, über die ich nicht mehr sprechen möchte. Damals ging noch niemand nach Ulan Bator; ich war fünfund-zwanzig. Eines Abends komme ich in der Bar meines Hotels mit einem mongolischen Herrn ins Gespräch, der ganz gut englisch spricht. Wir reden über die Wirtschaft des Landes und die zig Millionen Schafe, Ziegen, Kühe und Kamele, die sie dort halten. Davon werden jährlich Zigtausende geschlachtet, und als ich fragte, was sie denn mit den Gedärmen machten, sagte er, daß sie einen Teil für die Wurstherstellung verwendeten, aber das meiste wegwürfen. Nun wußte ich zufällig, daß es in Amerika zu wenig Gedärme gab, nicht nur für Wurst, sondern auch für Saiten und chirurgisches Garn. Also sagte ich, daß ich ein bescheidenes Angebot für den Abfall machen wollte, wenn ich nur wüßte, wie ich an den richtigen Mann kommen könnte, der über die Gedärme zu entscheiden hatte. Daraufhin stellte er sich vor: *Tsedenbal*. Er war der Bruder des Staatschefs.»

«Tsedenbal», wiederholt Arnold mit demselben Nachdruck. «Ist das nicht erschreckend?»

«Das liegt an der Sprache. *Dschingis Khan* – weißt du noch? Das war auch so ein Fall. Übrigens ein prima Kerl, Tsedenbal, meine ich, aber Dschingis Khan auch, und vollkommen anders als der, von dem sie uns in der Schule erzählt haben, das kannst du mir glauben. Ein Mann mit Weitblick. Wäre vielleicht gar nicht so schlecht gewesen, wenn es ihm gelungen wäre, seine Vorstellungen in die Tat umzusetzen. Nun gut. Noch in derselben Woche bekam ich über den Genossen Tsedenbal einen Vertrag für zehn Jahre. Alle Gedärme für einen Spottpreis. So laufen die Dinge. Großes Geld wird immer sehr schnell verdient. Ich habe in meinem ganzen Leben noch keinen Darm gesehen, außer wenn ich in Brüssel Tripes esse. Die ganze Schweinerei wurde direkt per Bahn aus der Mongolei nach Wladiwostok gebracht und von Wladiwostok per Schiff nach San Francisco. Das einzige, was ich zu sehen bekam, war der Unterschied zwischen dem Spottpreis und den Beträgen, die die Amerikaner auf mein Konto in der Schweiz überwiesen – zehn Jahre lang, und das reicht aus, und wenn ich hundert Jahre alt werde.»

«*Dom Pérignon 1969*», liest Arnold auf dem Etikett der Champagnerflasche, während das Dienstmädchen ihm einschenkt. Und zu Merel sagt er: «Siehst du, das nenne ich Talent.»

«Ha, ha, ha», lacht Dirk, «bist du eifersüchtig?»

«Ja. Aber nicht auf dein Geld.»

«Auf was denn dann?» fragt Merel.

Arnold überlegt kurz. Sie sitzen im Schatten einer Zeder auf der Terrasse, die niedrige Balustrade ist mit Bougainvillea bewachsen. Das Meer. Wie ein kurzer, dunkler Strich liegt am Horizont die kleine Insel, von der sie kommen. Von der Balustrade aus führt eine steile Treppe im Felsen nach unten; in der Tiefe liegt an einem Steg das Motorboot. Aus irgendeinem Grund schweigen die Grillen.

«Ich bin eifersüchtig, weil es bei dir wirklich passiert ist.»

«Was?»

«Es. Als ich jung war, dachte ich auch, daß mein Leben auf ein Ereignis zusteuert, auf ein ganz bestimmtes und beeindruckendes Ereignis, das eines ganz bestimmten Tages stattfinden würde.»

«Das habe ich nie gedacht.»

«Darin liegt vermutlich genau der Unterschied. Bei dir ist es passiert, aber bei mir ist die Erwartung allmählich verschwunden.»

«Ich höre das zum erstenmal», sagt Merel. «Was hast du dir denn vorgestellt unter diesem Ereignis?»

«Was soll ich sagen...» Arnold wendet sich zu ihr, sieht sie aber nicht an. Er schaut auf die Brotkrümel auf der Tischdecke. «So etwas wie den totalen Orgasmus der ganzen Welt.»

«I see», nickt Dirk, faltet die Hände über dem Bauch und lehnt sich zurück.

«Ja, daß das lächerlich klingt, ist mir auch klar. Ich bin Chemiker, viel mehr als der Nobelpreis ist für mich nicht drin. Angenommen, ich bekäme ihn für eine Entdeckung, die ich mache oder schon gemacht habe, dann müßte das also dieses Ereignis sein. Aber das wäre es nicht. Wenn ich ihn mit vierzehn Jahren bekommen hätte, weil ich in meinem Zimmer auf dem Dachboden Sauerstoff aus Kaliumchlorat gewonnen hätte, dann ja. Aber jetzt würde ich ihn einfach nur bekommen, und fertig. Ich glaube, daß diese Art von Erwartung nur existieren kann *als* Erwartung. Sie kann nicht erfüllt werden. Und wenn sie nicht erfüllt wird, verschwindet sie allmählich, eben weil sie nicht erfüllt wird.»

Lachend legt Dirk seinen rechten Arm über den Kopf und greift sich mit der rechten Hand an das linke Ohr.

«Das ist die Art, wie du denkst.»

Mit der flachen Hand streicht er sein Haar wieder glatt, und Arnold nickt mit einem kurzen Lachen durch die Nase. Aber Merel sagt:

«Diese Erwartung, die du hast, wird eines Tages sicher erfüllt werden. Vielleicht genau in dem Augenblick, in dem sie endgültig verschwunden ist. Ich glaube, Arnold, wenn du mich fragst, sprichst du von deinem Tod.»

18

Dirk starrt sie einige Augenblicke lang an, legt seine Serviette auf den Tisch und geht ohne ein Wort ins Haus.

«Hab ich einen Fauxpas begangen?» fragt Merel mit großen Augen.

«Aber nein. Vielleicht hättest du das Wort ‹Tod› nicht aussprechen sollen. Ich glaube, daß er es gerade kurz vergessen hatte.»

«O Gott, natürlich, ich auch.»

«Laß uns auf unser Zimmer gehen.»

Ihr Gepäck ist vom Fahrer in das Gästezimmer gebracht worden, wo sie vor dem Essen geduscht haben. Im Haus ist niemand zu sehen. Sie gehen die Treppe hinauf. Oben bleibt Arnold plötzlich stehen und hält Merel am Arm zurück.

«Sei mal still . . . Hörst du das?»

Von irgendwoher kommt ein merkwürdig tickendes und leise rollendes Geräusch. Kurz daruaf erscheint aus einer offenen Tür auf dem Gang ein hellbrauner Dackel, sein Kopf ist fast weiß, so alt ist er. Als er sie bemerkt, bleibt er kurz stehen und sieht sie an, macht dann einen Bogen und dreht um: An seinem Hinterkörper ist mit zwei Riemen ein zweirädriger kleiner Karren befestigt. Als sie durch die Tür schauen, sehen sie nicht nur den gelähmten Dackel, sondern auch die tote Frau auf dem Bett. Dirk steht mit dem Rücken zu ihnen daneben. Obwohl er sie gehört haben muß, dreht er sich nicht um.

«Das war natürlich ihr Hund», sagt Merel, als sie in ihrem Zimmer sind. «Ich sehe es geradezu vor mir, wie sie mit ihm an den Grachten spazierengeht.»

Arnold hat sich auf das Bett gelegt. Durch die offenstehenden Türen schaut er hinaus aufs Meer, das jetzt plötzlich im Dunst liegt. Ihre Insel ist unsichtbar geworden. Er hat immer noch leichte Kopfschmerzen, aber er hat keine Lust, darüber zu reden. Merel sitzt in einem Liegestuhl auf dem Balkon in der Sonne.

«Merel?»

«Ja?»

«Darm-Dirk ist wirklich sehr nett zu uns, ich finde, wir sollten uns irgendwie erkenntlich zeigen.»

«Ja, aber mit was?»

«Es hat ihn mehr mitgenommen, als er sich anmerken lassen will. Vielleicht war seine Mutter ja die einzige, die er auf der Welt hatte. Ich habe hier zumindest keine Anzeichen von Frau oder Kindern gesehen. Du vielleicht?»

«Nein, aber was willst du tun?»

«Morgen vormittag kommt Sorensen aus Berkeley, ich muß unbedingt im Labor sein. Aber du könntest ja zwei Tage später kommen. Übermorgen überführt Dirk seine Mutter nach Holland. Du könntest ihm Gesellschaft leisten.»

Merel kommt herein und setzt sich neben ihm auf den Bettrand.

«Meinst du, daß er das möchte?»

«Wir sollten ihn fragen.»

«Ja. Vielleicht ist das eine gute Idee.»

Als Dirk sie eine halbe Stunde später vom Dienstmädchen zum Kaffee bitten läßt, gehen sie hinter ihr her nach unten. Die Tür auf dem Gang ist jetzt geschlossen. Das Dienstmädchen führt sie in ein Zimmer, das bis in die letzte Ecke orientalisch eingerichtet ist. Orientalische Teppiche am Boden und an den Wänden, niedrige Tische mit gewirkten Kupferblättern, an der Decke eine riesige, tiefhängende bizarre Lampe. Aus Lautsprechern das Violonkonzert von Max Bruch. Dirk sitzt auf einem Kissen am Boden und raucht eine lange Havanna.

«Macht es euch bequem. Entschuldigt, daß ich plötzlich weggegangen bin.» Er zeigt auf den Plattenspieler. «Das war ihre Lieblingsplatte.»

Aus kupfernen Kasserollen schenkt das Dienstmädchen türkischen Kaffee in kleine Tassen ein und verschwindet. Schweigend lauschen sie dem Konzert: eine ganz unasiatische, hochromantische Musik, nicht ganz lupenrein, weniger von Max als von Felix. Als der letzte Satz verklungen ist, sagt Dirk:

«Ich muß nachher noch etwas in der Stadt erledigen. Wahrscheinlich sehe ich euch also nicht mehr, ihr Lieben. Außerdem sind noch ein paar Dinge im Office zu tun. Nichts Besonderes, ein paar Leute, die geschäftlich noch ein bißchen was für mich machen. Eigentlich eher ein Hobby.»

«Dirk», sagt Merel. «Arnold muß nachher auf jeden Fall weg, aber wenn du möchtest, bleibe ich noch da und fliege mit dir zurück.»

Dirks Reaktion ist überraschend. Er schluckt, und seine Augen werden feucht.

«Gut Merel, dann gib mir dein Ticket, ich lasse das gleich ändern.» Er schaut hinaus. «Hol es am besten jetzt gleich.»

Langsam gleitet ein schwarzer Leichenwagen über die Auffahrt und hält vor der Eingangstreppe.

«Wie schrecklich», sagt Merel und geht schnell aus dem Zimmer.

Auch Arnold und Dirk sind aufgestanden.

«Ja, sie muß jetzt fort von hier», sagt Dirk, nimmt Arnolds Hand und hält sie fest. «Du verstehst, bei diesen Temperaturen… Sie werden sie wahrscheinlich in eine Plastiktüte stekken.» Er drückt Arnold noch einmal die Hand und ist dann verschwunden.

Arnold tritt einige Schritte zurück, so daß er nicht gesehen wird, aber dennoch sehen kann, was geschieht. Draußen ist das Licht fahler geworden, es gibt kaum noch Schatten. Der Sarg wird von ein paar Männern aus dem Auto gezogen, die nicht dem Anlaß entsprechend gekleidet sind; sie tragen bunte Hemden und Kordhosen. Er hört Stimmen in der Diele, dann ein Rumpeln über seinem Kopf. Merel kommt wieder herein und setzt sich schweigend auf den Boden, mit dem Rücken zum Fenster. Nach etwa zehn Minuten wird der Sarg aus dem Haus getragen und die Heckklappe des Autos geschlossen, die Männer zünden sich eine Zigarette an. Als der Leichenwagen wenig später losfährt, öffnet sich gegenüber dem Haus die automatische Tür der Garage. Neben dem Rolls-Royce steht ein großer amerikanischer Kombi; er rollt ins Freie, Dirk sitzt am Steuer. In der Türöffnung erscheint der Fahrer neben ihm, das Dienstmädchen und eine kleine dicke Frau mit einer weißen Schürze, mit der sie sich die Augen reibt. Als die Wagen um die Kurve verschwunden sind, ist im Haus des Sonntagskinds nur noch das leise Heulen des Dackels zu hören.

19

Arnold und Merel liegen nebeneinander auf dem Bett und schlafen, sie haben beide noch die Kleider an, und beide liegen sie auf dem Rücken. Siehst du sie? Sie erinnern an zwei Figuren auf einem mittelalterlichen Grabmal in einem bleifarbenen Keller unter einem Hochaltar, irgendwo in Ungarn. Bevor das Dienstmädchen kommt, um sie zu wecken, wachen sie verfroren auf.

Ein kalter Nebel vom Meer hängt über der Terrasse und dem Balkon bis in ihr Zimmer. Steif steht Arnold auf und schließt die Balkontüren, Merel geht durchgefroren ins Bad und läßt Wasser in die Badewanne ein. Nachdem sie nacheinander gebadet haben, fühlen sie sich besser; auch aus dem Rost der Klimaanlage kommt inzwischen warme Luft. Da es dämmert, macht Arnold Licht. Der Nebel hängt weiß an den Fenstern.

«Wenn nur der Flughafen nicht dicht ist», sagt Merel.

«Das will ich nicht hoffen.» Mit dem Knöchel des Zeigefingers klopft Arnold dreimal an die Unterseite des Tisches, wovon wir – du auch, gib's zu – ein wenig erschrecken. «So nah am Meer ist es immer am schlimmsten.»

«Vielleicht solltest du kurz anrufen?»

«Bist du verrückt? Dann sagen sie: zwei Stunden Verspätung, und am Ende fliegt er doch nach einer halben Stunde. So was darf man hier nie machen. Wo ist meine Luft?»

Sie haben beschlossen, daß er in seiner Aktentasche nur das Nötigste mitnimmt, und natürlich den Karton. Übermorgen wird er Merel mit dem Auto in Schiphol abholen.

Als sie nach unten gehen, wartet der Fahrer in der Halle bereits auf sie; vor der Eingangstreppe steht der Rolls, jetzt mit verschlossenem Verdeck. Unterwegs sprechen sie wenig. Ein paar Meter vor dem Wagen werfen die Scheinwerfer gleißendes Licht in den Nebel, aber der Fahrer fährt fast genauso schnell wie auf dem Hinweg. Unten wir die Sicht etwas besser, und auf der Straße zum Flughafen gibt es hier und da Stellen, an denen die Welt für einige Sekunden klar und genau umrissen ist. Arnold hat jedesmal das Gefühl, als wache er aus einem Rausch auf.

Beim Einchecken in der kleinen, überfüllten Abfertigungshalle hört er, daß die Maschine gerade gelandet ist.

«Geh du nur schon», sagt er zu Merel, «du brauchst nicht zu warten.»

«Was soll ich da allein im Haus? Er ist mit Sicherheit noch nicht da.»

Sie setzen sich auf eine Holzbank und schauen sich die Leute an; meist sind es Touristen, deren Kleidung jetzt schlecht zu der Witterung paßt. An der Bar stehen lautstark kleine Gruppen von Holländern und betrinken sich; Geschrei von herumrennenden Kindern; ihnen gegenüber steht ein Indonesier mit einer schlafenden Tochter in seinen Armen, auf seinem Gesicht der in sich gekehrte Ernst der gesamten Menschheit. Merel sieht, daß er zu dem Indonesier schaut.

«Hast du Heimweh?»

Verwundert sieht er sie von der Seite an.

«Nach was?» Sie zündet sich eine Zigarette an und sagt nichts. Er versteht nicht, was sie meint, aber er weiß, daß es nicht Holland ist, was sie im Kopf hat. Er sieht sie weiterhin an. Ihr Profil *durchschneidet* die Luft – genau so sieht er es plötzlich. Es ist dort neben ihm in der Luft, genau dort, wo sie ist, und nirgendwo sonst. Das scheint keine aufsehenerregende Erkenntnis zu sein, aber für ihn hat das in diesem Augenblick den Charakter einer Entdeckung, als ob er das so bis jetzt noch nicht gewußt hätte. Und uns hier kommt es überdies höchst zweifelhaft vor, ob man das so sagen kann, daß ein Mensch einfach ist, wo er ist, wie zum Beispiel ein Stein oder eine Leiche, oder daß die kritische Temperatur der Luft bei $-141\,°C$ liegt (unterhalb dieser Grenze wird sie zu einer Flüssigkeit, die so blau ist wie der Himmel). Der Mensch macht die Wissenschaft, ist aber selbst unwissenschaftlich: In gewissem Sinne ist er gerade nicht, wo er ist. Eher als in seinem Auge ist er beim Stern, den er betrachtet. Er ist ein Widerspruch, eine logische Unmöglichkeit. Eher als Merel ist es Arnold, der in diesem Profil dort neben ihm ist, in diesem Profil, das er besser kennt als sie und besser als sein eigenes und das stark und klassisch die Luft durchschneidet wie das einer Frau in einer Gondel auf einem alten Gemälde.

20

«Ich liebe dich», sagt er.

Lächelnd wendet sie ihm ihr Gesicht zu. Er drückt einen Kuß auf ihren Mundwinkel und schaut nach vorn. Aus seiner Brusttasche ragt die grüne Bordkarte. Was er ihr jetzt sagen sollte, aber nicht sagt, ist folgendes:

O Merel! Ich habe nicht solange mit dir gelebt, um schließlich von dir langsam, ganz langsam in die ewige Stille hinein wegzutreiben wie eine Antriebsstufe von einer Rakete; oder um in der Atmosphäre in einer blendenden Spur verglühenden Lichts zu vergehen, so daß die Kinder, die das von ihrem Bett aus sehen, sich etwas wünschen dürfen; oder um in die Sonne zu stürzen. Erinnere dich an unseren Sommernachtstraum: Zauberei, Metamorphose, das Liebeslabyrinth:

Either death or you I'll find immediately.

So still und leer ist die Welt doch schon, daß wir das immerhin festhalten sollten. Wir müssen doch treu sein – wenn schon nicht einander, dann wenigstens dem, was einmal zwischen uns war, diesem Dritten, das ausschließlich zwischen uns beiden entstehen konnte. Unsere Körper und die Dinge und all die anderen Handgreiflichkeiten, das macht nicht unsere Welt aus, nur die Verhältnisse dazwischen: Die gehören uns. Die Dinge gab es schon lange, aber erst mit den Menschen sind die Beziehungen in der Welt erschienen, und mit uns wird auch unsere Beziehung daraus verschwinden. Sollten wir deshalb nicht sparsam mit diesem Beitrag umgehen? Er ist so ätherisch! Unsere Kinder sind nur die Schlagschatten davon, sie sind es nicht selber. Sie sind andere Menschen, der Schatten ist hier härter als das Ding selbst – denn, o Merel, der Mensch lebt in einer verkehrten Welt. Ich liebe dich. Wir haben es der Zeit schon viel zu lange erlaubt, unsere ätherische Schöpfung auszulaugen; es ist ohnehin schon nicht viel mehr übrig als eine Formalität, eine Heiratsurkunde mit Eselsohren. Aber dennoch glüht immer noch ein kleiner Funke in der Asche – vielleicht sollten wir jetzt pusten! Pusten sollten wir, pusten und nicht seufzen. Unser Atem, Merel! Pneumatisch-platonisch-asthmatisch sollten wir uns... ich meine, unsere Liebe... das heißt...

Aber nein, jetzt wird er doch allzu aufgeregt: Er springt auf die Bank, und mit der linken Hand auf dem Herzen und dem Rücken der rechten an der glühenden Stirn starrt er ekstatisch in das Neonlicht an der Decke; und obwohl es ihm ernst ist, droht er schließlich alles lächerlich zu machen, so daß es im nachhinein wohl besser ist, daß er gar nichts gesagt hat und schon minutenlang schweigend neben Merel auf der Bank sitzt.

Die Glastür wird aufgerissen, und aus dem Nebel erscheint ein Mann von etwa dreißig Jahren in einer kurzen Hose und in Wanderschuhen, er hat weißliche Beine und einen Rucksack. Ohne aufzusehen, geht er mit idiotischen, viel zu großen Schritten zwischen den Wartenden hindurch und pfeift in voller Lautstärke *Stille Nacht, Heilige Nacht.* Arnold und Merel schauen ihm nach, bis er an einem Schalter stehenbleibt, und sehen sich an.

«Verrückt ist lästig», sagt Merel.

«Wir werden es nie ganz verstehen.»

«Hat letztes Jahr wohl zu viele Weihnachtskringel gegessen. Übrigens mußt du mir versprechen, daß du morgen nicht versuchst, etwas aus der Dose zu kochen. Geh gemütlich in der Stadt essen.»

«Mal schauen. Ruf mich auf jeden Fall heute abend oder morgen an, wann du ankommst.»

«Klar. Ach, was ich noch sagen wollte –»

«Passengers for Flight MA 703 to Amsterdam: Gate 1, please.»

«Das ist für dich.»

Sie stehen auf.

«Was wolltest du noch sagen?»

Sie überlegt kurz, zuckt dann die Schultern.

«Es fällt mir nicht mehr ein.»

«Na...» Er nimmt sie in die Arme. Da sie jetzt Slipper trägt, ist sie viel kleiner als sonst; er schlingt seine Arme um sie.

«Was für ein Abschied!» Lachend schaut sie zu ihm auf und macht sich los. «Es sieht gerade so aus, als würden wir uns monatelang nicht mehr sehen.»

Mit einem Arm um ihre Schultern bringt er sie zu der Glastür. Dort küssen sie sich auf die Wange.

«Richte Dirk einen schönen Gruß aus.»

«Mach ich. Und gute Reise.»

Weiß steht der Wagen am Bürgersteig. Nachdem er sie noch kurz durch das Heckfenster hat winken sehen, verschwindet das Auto im milchigen Nebel, zerfließt in ihm, weiß in weiß.

21

Am Heck des Flugzeugs ist eine Treppe heruntergelassen worden, die Motoren laufen bereits, die Passagiere rennen auf der Landebahn gegen den Luftstrom und die höllische Gewalt an, auf das Flugzeug zu, Babys weinen, die älteren Passagiere am Rande eines Zusammenbruchs.

Im Flugzeug ist alles wieder ganz ruhig: gedämpfes Licht, lächelnde Stewardessen, leise Musik, die wie gebundene Hühnersuppe klingt. Er findet seinen Fensterplatz und legt Jacke und Tasche ins Gepäckfach; den Karton stellt er zwischen die Füße und schnallt sich dann sofort an. Draußen im Nebel sind nur verschwommen einige Scheinwerfer sichtbar. Kurz darauf setzt sich der Mann mit dem *Stille Nacht, Heilige Nacht* neben ihn. Einen Augenblick keimt in Arnold der Gedanke, daß es nicht richtig, ja, vielleicht sogar nicht ungefährlich ist, in kurzer Hose zu fliegen, man taucht ja auch nicht ohne Sauerstoffmaske in die Tiefsee, aber der Gedanke verflüchtigt sich ebenso rasch, wie er aufgetaucht ist. Mit seinen plumpen Schuhen schiebt der Mann seinen Rucksack unter den Sitz vor ihm und fängt an zu lesen. Daß es Menschen gibt, die im Flugzeug lesen, ist Arnold ein Rätsel. Es kommt ihm vor, als würde man während des

Essens lesen oder auf der Toilette: solche Menschen gibt es, sie legen ein Buch neben ihren Teller oder nehmen eine Zeitschrift mit aufs Klo; er jedoch ist der Meinung, daß so elementare Dinge wie essen oder scheißen oder sich fortbewegen mit voller Aufmerksamkeit geschehen sollten; einen Schritt weiter, und man liest beim Geschlechtsverkehr die Börsenberichte oder beim Sterben eine Novelle.

Musik und Klimaanlage werden abgeschaltet, die Maschine beginnt zu rollen. Er schaut aus dem Fenster. Die Tragfläche wackelt. Auf ihrer Unterseite vibriert ein Stahlstift, der sich an der Spitze zerfranst, um elektrische Ladungen abzuleiten. Holprig fährt das Flugzeug über das Rollfeld, es holpert wie jemand, der eine Diskussion mit einem Unterlegenen führt. Eine Stewardess kommt durch den Mittelgang, um nachzusehen, ob auch jeder angeschnallt ist, und natürlich ist der Mann neben ihm der einzige, der mit einem Blick der unsterblichen Liebe und ewigen Treue aufgefordert wird, seinen Gurt zu schließen. Das Flugzeug macht eine Vierteldrehung und bleibt stehen. Nach einigen Sekunden wird das Licht plötzlich schwächer, und die Motoren fangen an zu brüllen. Mit einem Ruck setzt die Beschleunigung ein. In einer Mischung aus Wohlbehagen und Spannung, mit einem Gefühl wie an einem Spieltisch läßt Arnold sich in seinen Sitz drücken und sieht hinaus, wo nichts als die Tragfläche zu sehen ist. Er starrt so lange darauf, bis das Holpern plötzlich aufhört und er unter seinen Füßen das rumpelnde Einziehen des Fahrgestells spürt. Die Klimaanlage fängt wieder an zu blasen, und kurz darauf machen sich die Stewardessen an die Arbeit.

Er stellte seine Rückenlehne etwas nach hinten und schließt die Augen. Dort unten, irgendwo in der Tiefe fährt Merel jetzt im Rolls-Royce den Hügel hinauf. Ob sie heute nacht mit Dirk ins Bett geht? Nach dem Essen werden sie zusammen im mongolischen Zimmer einen Kognak trinken. Merel wird dafür sorgen, daß etwas anderes auf dem Plattenteller liegt als am Nachmittag. Gestern ist die Mutter gestorben, heute hat er sie ins

Leichenschauhaus gebracht – unter diesen Umständen ist es fast ausgeschlossen, daß sie *nicht* miteinander ins Bett gehen in dem stillen Haus. Der Tod, die Musik und eine Flasche mit Hochprozentigem, wer kann da schon widerstehen? Und es wäre auch alles nicht so schlimm, wenn es nur nicht so wäre, daß sie *ihn* nicht mehr will. Aber auch das ist es eigentlich nicht, was ihn quält, sondern die Frage, ob er Darm-Dirk seine Frau angeboten hat. Warum hat er ihr vorgeschlagen, noch zu bleiben? Weil er, Dirk, ihm so sympathisch war? Er weiß es nicht.

Zum Geschwätz einer unverständlichen Frauenstimme in den Lautsprechern führen zwei Stewardessen im Mittelgang eine Pantomime mit gelben Schwimmwesten auf. Während er ihnen zusieht, fragt er sich, warum er eigentlich nicht on behalf of captain soundso and his crew welcome aboard geheißen wurde; übrigens schweigt auch der Captain: kein Wort über Geschwindigkeit, Höhe, Außentemperatur und das Wetter in Amsterdam, nicht eine einzige angenehme und lehrreiche Mitteilung, die unterbrochen werden sollte von kleinen Erschöpfungspausen, die den echten Mann verraten. Kurz darauf erscheinen die Wagen mit dem metaphysischen Essen und dem transparenten Besteck, von dem er alle Gabeln und Löffel verwendet, bis auch der letzte transzendentale Krümel verschwunden ist. Danach bestellt er eine halbe Flasche Mâcon Blanc.

22

Die Anzeige No Smoking ist kurz nach dem Start erloschen, aber Fasten Your Seat Belts leuchtet auch eine Stunde später noch. Ab und zu gibt es ein paar Turbulenzen, wie in einem Auto, das über eine schlechte Straße fährt, mehr nicht. Mit geschlossenen Augen – in den Ohren den monotonen Gesang der Motoren – denkt er an seinen Bungalow auf der Insel, weit weg. Auch dort ist die Nacht gekommen, und ihm ist, als führe er dorthin zurück, käme dort an, ginge umher und könnte alles sehen. Die erloschene Müllgrube, in der das Holz des Liegestuhls nicht ganz verbrannt ist. Daneben den noch halb vollen Benzinkanister, den er vergessen hat, wieder mit ins Haus zu nehmen. Den Garten, die Terrasse, den Schlüssel, den er ins Schloß steckt. Drinnen dann die stillen Stühle, die Öllampen, das Bett. Alles unverändert, wie sie es zurückgelassen haben. Die Einsamkeit dieser Dinge jetzt, dunkel und abgeschlossen und allein, und zugedeckt von dem Schweigen, das im Innern eines Steines hängt.

In diesem Augenblick dreht sich sein Magen um, er sperrt die Augen auf und sieht die kleine Weinflasche in Höhe seines Gesichts in der Luft hängen, und daneben das durchsichtige Kunststoffglas – im nächsten Augenblick schießen sie schräg nach unten, in Richtung des Fensters. Es wird geschrien, und überall sieht er jetzt Sachen umherfliegen, Taschen, Regenschirme, vorne sogar ein kleines Kind, das von verschiedenen Händen wieder aus der Luft gerissen wird. Die Maschine stampft und bäumt sich auf, im einen Augenblick brüllen die Motoren auf, im nächsten scheint es, als ob sie abgeschaltet wären. Sie sind in ein Unwetter geraten, denkt er, vom Blitz getroffen, oder vielleicht ist etwas schiefgegangen, eine Bombe im Gepäckraum explodiert. Er sieht noch, daß der Mann neben ihm mit einem gereizten Knall sein Buch zuschlägt wie jemand, der durch etwas Unangenehmes gestört wird, er sieht noch den Titel des Buchs: *Gli studi Danteschi* – dann ist von hinten ein pfeifender Lärm zu hören, und es fährt ein jäher Windstoß durch die Kabine, oder eigentlich das Entgegengesetzte davon, denn kurz darauf ringt er nach Atem, nach Luft, die nicht mehr da ist. Während die Maschine trudelnd nach unten taucht, greift er sich, den Kopf im Nacken, panisch mit den Händen an die Brust und den Hals, pumpend, japsend, röchelnd; über sich sieht er die Düse der Klimaanlage, ein Auge, das auf ihn gerichtet ist, er denkt noch kurz an die Luft in den Kugeln im Karton zu seinen Füßen, und dann: Das ist es – bevor er das Bewußtsein verliert.

Wo er jetzt ist? Das ist hier aber auch ein Gedränge, ein einziges Kommen und Gehen von Gott und der Welt! Wo ist er? Da, da ist er ja!

Das erste, was er wieder hört, ist Rufen und leises Stöhnen. Er setzt sich auf und atmet tief durch: Außenluft! Es zieht. Er lebt, nirgends Schmerzen. Er öffnet den Gurt und steht auf. Die Motoren schweigen. Menschen klettern über das Chaos aus Koffern und Taschen zu den offenen Notausgängen auf halber Kabinenhöhe; auch der Ausgang im Heck ist offen, ebenso die Tür zum Cockpit. Besatzungsmitglieder in Hemdsärmeln und Stewardessen helfen blutenden Passagieren, die eingeklemmt oder vielleicht tot sind. Trotz der Geschäftigkeit hängt so etwas wie Stille in der Luft. Der Mann neben ihm sitzt vornübergebeugt, den Kopf zwischen den nackten Knien. Arnold zieht ihn hoch und bewegt seine Arme auf und ab, in einem ungelenken Versuch, sich daran zu erinnern, wie die künstliche Beatmung funktioniert. Mund-zu-Mund-Beatmung, denkt er und schaut auf die fahlen Wangen voller großer Mitesser; aber zu seiner Erleichterung sieht er kurz darauf, daß sich der spitze Adamsapfel auf und ab bewegt. Als der Mann sich selbst aufrecht halten kann, will Arnold über dessen Schoß steigen, aber dann erinnert er sich an die Kugeln. Die Schachtel ist voller Scherben – nur der Stopfen von Herberts Flakon ist unversehrt geblieben. Er steckt ihn in die Tasche und bahnt sich einen Weg zum Hinterausgang. Die Treppe ist hinuntergelassen worden, aber die Erde ist ganz nah. Er springt hinunter.

Draußen in der Nacht liegen Menschen im Gras, neben ihnen knien andere. Es ist still. Nur aus dem Flugzeug kommt Licht, der Rumpf liegt flach auf dem Bauch und glänzt in der dunklen Landschaft. Sie haben eine Notlandung gemacht. Es ist warm und windstill. Kein Nebel. Auch die Kopfschmerzen sind verschwunden. Er macht einige Schritte und bleibt dann regungslos stehen. Mit offenem Mund und mit dem Rücken zum Flugzeug sieht er in das Land hinein und fühlt sich in ein Geheimnis hineingehoben. Es sind keine Konturen zu sehen, aber aus dem dunklen Raum kommt ihm etwas entgegen, das ihn mit einem unsäglichen Wohlbehagen erfüllt. Langsam geht er weiter. Er geht, als ob in der Ferne etwas auf ihn warte, etwas, mit dem er schon seit langem eine Verabredung hat. Das Gras unter seinen Füßen ist trocken und gemäht, wie in einem Garten. Erst in diesem Augenblick merkt er, daß er seine Schuhe nicht mehr anhat. Er sieht sich nicht mehr um. Es gibt nur noch das Licht der Sterne. Plötzlich bemerkt er, daß er an einer Mauer entlanggeht: an einer mannshohen, schwarzen Mauer. Er streicht mit der Hand daran entlang und bemerkt, daß sie unregelmäßig ist und Rundungen und scharfe Kanten hat. Sie ist mit Reliefs bedeckt, die er kaum ausmachen kann. Dann stehen plötzlich überall Büsten von einer Person da, die manchmal auch als Karyatide dargestellt ist. Darum herum verwitterte Gartenvasen mit Blumen. In der Ferne hört er die Dudelsackband der Asiatischen Polizei. Er atmet, von einem großen Glück umfangen, tief durch und geht weiter.

Da kommt er. Bald wird er wissen, wo er tatsächlich ist, hier, bei uns, im *Konkludierten Garten*.

(1975–1976)

SYMMETRIE

I

Es ist nicht auszuschließen, daß an einem Tag im Winter 1871 (während in Paris die Kommune ausgerufen wird) auf der Karlsbrücke in Prag an den Figuren der Heiligen ein Schneegestöber entlangfegte. Unten führt die Moldau Eisschollen mit sich, darüber der Mond und die Sterne, unsichtbar hinter grauen Wolken, und um die Brücke herum die alte, alchimistische und noch lange nicht kommunistische Stadt: verwachsen und verschlungen wie die Wurzeln eines Baumes. Und es ist, als ob ich meinen Großvater nun vor mir sehe: den neunzehnjährigen Studenten in seinem Hinterhofzimmer in der Innenstadt, am Fuße des Hradschin.

Der hohe, gekachelte Ofen ist heiß, und vor dem Spiegel bindet er seine schwarze Krawatte. Er schaut in ein bleiches, glattrasiertes Gesicht mit schmalen Lippen und leicht schrägen Augen, das braune Haar glatt und lang. Hinter ihm sein Tisch mit Büchern und Papieren; Mengers ‹Grundsätze der Volkswirtschaftslehre›, gerade erschienen, liegt aufgeschlagen. (Marx' ‹Kapital›, dessen erster Teil schon seit ein paar Jahren veröffentlicht ist, ist nirgends zu sehen.) Er knöpft seine Weste zu und befestigt seine silberne Uhrkette am obersten Knopf. Bei diesem Wetter würde er viel lieber zu Hause bleiben, aber er hält es für Verschwendung, seine Karte verfallen zu lassen. (Später wird er Bankdirektor werden.)

Auf einer Tafel in der Halle des Carolinums wurde der Vortrag angekündigt

Im deutschen Casino spricht
Prof. Dr. Ernst Mach
über Symmetrie
Anfang 20 Uhr

Freunde behaupteten, daß Mach ein Genie sei, nicht nur auf dem Gebiet der Physik, sondern auch auf dem der Philosophie. Vor sieben Jahren, im Alter von sechsundzwanzig Jahren, wurde er Hochschullehrer. Solche Berichte von neidischen Freunden pflegt mein Großvater gelassen anzuhören. Er selbst hat diese Ambitionen nicht; das einzige, was er sich wünscht, ist eine gute Anstellung, ein schönes Haus, eine liebe Frau und drei gehorsame Kinder. Aber ein einziges Mal dann will auch er ein Genie in Aktion sehen, denn so jemanden hat er noch nie erlebt.

Vornübergebeut, die eine Hand in der Tasche seines Mantels, mit der anderen den Hut auf dem Kopf festhaltend, läuft mein Großvater über die Karlsbrücke zum deutschen Casino. Eine bösartige Kälte, anders als die zwischen den Häusern, kommt über den Fluß auf ihn zu. Kann ich behaupten, daß mindestens ein Viertel von mir bereits tief unter diesem schwarzen Wintermantel schlummert, dessen Vorderseite und Schultern schon bald weiß geworden sind? Natürlich kann ich das behaupten, wer will mich daran hindern – auch wenn ein Mensch nur nach Meinung der Mörder im nachhinein noch zu vierteilen ist. Unter seinen hohen Schuhen kracht der Schnee, der das Licht der Gaslaternen in einen traumhaften Schimmer verwandelt. Auch die schwarzen Statuen sind auf einer Seite weiß geworden. In der Tiefe hört er die Schollen dumpf gegen die Pfeiler schlagen. Einsam läuft er dort zwischen beiden Ufern, gefangen im neunzehnten Jahrhundert, seine Nase rot von der Kälte.

Durch ein niedriges Tor gelangt er auf einen trapezförmigen Platz. Hier fällt der Schnee plötzlich leise herab; vor dem Casino liegt ein großer Fleck gelben Lichts. Aus den Zufahrtsstraßen kommen Menschen zu Fuß und in Fahrzeugen in eine wollige Stille, die Pferde haben Dampfwolken vor den Nüstern, als ob sie nicht hinter den Maschinen zurückbleiben wollen, die sie binnen kurzer Zeit aus der Welt vertreiben werden. Hohe Hüte, Spazierstöcke, verzierte Röcke. Er schaut sich kaum um, aber solche Szenen sind es, die Jahre später unerwartet aus der Erinnerung auftauchen – auf seinem Sterbebett vielleicht: das erleuchtete Gebäude und die Menschen im stillen Schnee; Szenen, die dann zu sagen scheinen, wie gut das Leben war, wie es nie mehr sein wird. Vielleicht wird er sich dann fragen, wann das war, dieser Winterabend; aber der Vortrag Machs wird aus seinem Gedächtnis verschwunden sein. (1915 wird er schon sterben; im nachhinein ist es, als ob eigentlich alles sinnlos war, die gute Stelle, das schöne Haus, die liebe Frau und die drei gehorsamen Kinder – weil es nicht jetzt ist.)

Die Symmetrie ist kein Thema, worüber sich mein Großvater den Kopf zerbricht. In seinem Studium kommt sie nicht vor, höchstens die Symmetrie von Aktiva und Passiva links und rechts in der Bilanz, aber das ist doch mehr eine Sache der Buchhalter. Im Gegensatz zu Paris (wo das Volk sich nun bewaffnet) kommt sie in Prag überhaupt nicht vor: Hier ist alles asymmetrisch, krumm, wie die Karlsbrücke, kurvenreich, schief, geschwungen. Da herrscht nicht Descartes mit seinem Geist in der Maschine, sondern Rabbi Löw, der den Golem gemacht hat. Und vielleicht ist gerade das der Grund, warum es so voll wird in dem viel zu warmen Saal. Man will etwas hören über das exotische Phänomen der Symmetrie, so wie man auch an Berichten über die Gegebenheiten auf dem Mond interessiert ist.

II

Der populärwissenschaftliche Vortrag, den der junge Professor an diesem Abend in Prag hielt, ist im nachhinein veröffentlicht worden, so daß wir also wissen, daß er in der Tat mit einer Bemerkung über den Mond begann.

«Ein alter Philosoph», so hob er an, nachdem er den Willkommensapplaus mit einer fast rücksichtslosen Handbewegung unterdrückt hatte, «meinte, die Leute, welche über die Natur des Mondes sich den Kopf zerbrechen, kämen ihm vor wie Menschen, welche die Verfassung und Einrichtung einer fernen Stadt besprächen, von der sie doch kaum mehr als den bloßen Namen gehört haben.» Der wahre Philosoph, sagte er, müsse seinen Blick nach Innen wenden, sich und seine Begriffe von Moral studieren, daraus würde er wirklichen Nutzen ziehen. «Wenn nun dieser Philosoph aufstehen und wieder unter uns wandeln könnte, meine Damen und Herren, so würde er sich wundern, wie ganz anders die Dinge heute liegen.»

Der Sprecher hatte glattes, nach hinten gekämmtes Haar und einen großen Bart – zwar nicht mehr so groß wie die Bärte der Professoren, die älter waren als er und von denen einige im Saal saßen, aber doch so, daß sein sprechender Mund unter dem Haar unsichtbar war. Über dem Schnurrbart stand das rechtwinklige Dreieck einer schmalen, spitzen Nase, eine metallene Brille auf der Spitze der Hypotenuse. So sah also ein Genie aus. Außer einem Pult und einer Staffelei mit einer Tafel stand noch ein Stativ mit einem großen Spiegel auf dem Podium: Dieser würde natürlich bald zu Demonstrationszwecken gebraucht werden. Der Flügel stand dort vermutlich noch vom vorherigen Abend, ein Konzert wahrscheinlich, von Liszt, oder eine Hochzeitsgesellschaft.

Während Mach eine Manschette aus dem Ärmel seines langen Mantels zum Vorschein brachte, sagte er, daß wir mehr über den Mond als über uns selbst wüßten. Die ‹mécanique céleste› war aufgestellt, aber eine ‹mécanique sociale› oder eine ‹mécanique morale› müsse erst noch geschrieben werden: «Die Menschen sind von der ihnen entschieden widerratenen Reise in den Weltraum etwas klüger zurückgekehrt. Nachdem sie die einfachen großen Verhältnisse dort draußen im Reich kennengelernt, fangen sie an, ihr kleines, verzwacktes Ich mit kritischem Auge zu mustern. Es klingt absurd, ist aber wahr: Nachdem wir über den Mond spekuliert, können wir an die Psychologie gehen.» Und als kleines Beispiel dafür wolle er nun über die Tatsache sprechen, daß einige Dinge uns angenehm sind und andere nicht.

Mein Großvater schlug die Beine übereinander und setzte sich zum Zuhören zurecht. Dann und wann schaute er verstohlen in den Spiegel auf dem Podium: Darin sah er das hübsche Gesicht eines Mädchens in der ersten Reihe. In ihrem hochgesteckten Haar saß an der Seite eine rote Blume; bewundernd schaute sie zu dem 33jährigen Genie auf, so daß sich nun doch so etwas wie Eifersucht in meinem Großvater regte.

Die Wiederholung. Die Symmetrie. Mach zeigte auf den Spiegel und sagte, daß darin eine rechte Hand zu einer linken Hand werde, ein rechtes Ohr zu einem linken Ohr, daß aber an unserem Körper niemals eine linke Hand eine rechte Hand ersetzen könne oder ein linkes Ohr ein rechtes Ohr, ungeachtet aller Gleichheit der Form. Ein Spiegelbild eines Gegenstandes könne niemals den Platz des Gegenstandes einnehmen. Eine Uhr in einem Spiegel sei keine Uhr mehr. Bei dieser Bemerkung hob er den Zeigefinger und flocht eine vielsagende Stille ein, in der meinen Großvater ein merkwürdiges Gefühl einer in die Vergangenheit zurücklaufenden Zeit beschlich. Dadurch verpaßte er ein paar Sätze, bekam den Faden aber wieder zu fassen, als der Gelehrte sagte, daß unser Körper wie ein gotischer Dom vertikal symmetrisch sei: Der imaginäre Spiegel verläuft vertikal durch uns hindurch. Eine Landschaft an einem Meer mit ihrem Spiegelbild ist dagegen horizontal symmetrisch. – Wie komme es nun, daß uns vertikale Symmetrien sofort auffielen, während horizontale selten bemerkt würden?

Nachdem er kurz fragend in den Saal geschaut hatte, kam er hinter seinem Pult hervor und schrieb vier Buchstaben an die Tafel:

d b

q p

Kleine Kinder, sagte er, pflegen regelmäßig das d und das b zu verwechseln, ebenso das q und das p; aber niemals das d und das q oder das b und das p. Bei diesen Worten erhob sich ein von Müttern und Schullehrern verursachtes zustimmendes Gemurmel im Saal. Er lächelte und sagte, das komme dadurch, daß die Paare d-b und q-p vertikal symmetrisch seien und für das Kind zueinander gehörten, während es zwischen den horizontal-symmetrischen Paaren d-q und b-p keinen Zusammenhang sehe. Mein Großvater bemerkte, daß verschiedene Herren nun in ihren Taschen nach Papieren suchten, um Notizen zu machen, während sie kurz an der Spitze ihres Bleistiftes leckten. Mach sah es auch, und um ihnen Zeit zu geben, gab er noch ein Beispiel: Zwei Porzellanbildchen von Mädchen mit einer roten Blume im Haar, die eine links, die andere rechts, könnten leicht verwechselt werden, aber ein umgekehrtes Gesicht sei nicht zu erkennen, auch das wußten wir aus der Kinderstube. Das Mädchen! Im Spiegel sah mein Großvater sie erröten, und er wurde immer eifersüchtiger auf die Macht des Sprechers.

Was war nun die Ursache des Ganzen? Die Ursache des Ganzen war, daß unsere Augen selbst ein vertikal-symmetrisches System bilden. Sie sind nicht gleich. Vertauscht man sie – mit Hilfe eines einfachen Prismenapparates –, befindet man sich sofort in einer anderen Welt. Er bückt sich und holte ein fremdartiges hölzernes Fernrohr aus einem Futteral, das neben dem Pult stand.

«Hierin», sagte er, während er das Instrument hochhielt, «ist alles Hohle gewölbt, alles Gewölbte hohl, all das Nahe fern und alles Ferne nah. Wer darin interessiert ist, kann gleich einmal einen Blick hindurchwerfen.»

In diesem Moment beugte sich der Student, der vor meinem Großvater saß, zur Seite und flüsterte seinem Nachbarn zu: «So 'n Ding sollte man für die Zeit erfinden.»

«Wie meinst du das?»

«Worin die entfernteste Vergangenheit am nähesten herankommt. Das wär' doch mal was.»

«Ssst», sagt mein Großvater.

Mach sprach sehr deutlich und langsam. Nach einer etwas schwierigeren Feststellung – zum Beispiel, als er sagte, daß eine gerade Linie sowohl horizontal als auch vertikal symmetrisch zu sich selbst sein könne – hielt er kurz inne und ließ seine Augen mit einem schalkhaften Seitenblick über seine Zuhörer schweifen, wie ein Zauberer, der schon wieder das Karo-As aus dem Kragen hervorgeholt hat. Ein einziges Mal sagte er plötzlich sehr schnell etwas, das niemand begriff, etwa: «Daß man den ersten und zweiten Differentialquotienten einer Kurve sofort sieht, die höheren aber nicht, kommt natürlich dadurch, daß der erste die Lage der Tangente angibt, also die Abweichung der Geraden von der Symmetrielage, der zweite die Abweichung der Kurve von der Geraden.» Bei solchen Bemerkungen schaute er stets zu einem bestimmten Platz im Publikum, wo mein Großvater dann einen kahl werdenden Hinterkopf nicken sah.

Plötzlich rief er:

«Betrachten Sie einmal ein Klavier im Spiegel!»

Er rief es laut, wie einen Befehl, so daß hier und da nun Köpfe, die eingedöst waren, mit einem Ruck in die Höhe schossen. (Vielleicht war das der Augenblick, in dem weit weg, in Simbirks, der kleine Wladimir Iljitsch, noch kein Jahr alt, zu heulen anfing, weil er seinen Bären, mit dem er immer schlief, verloren hatte; später würde er über Mach schreiben, daß dessen Philosophie sich zu den Naturwissenschaften verhalte wie der Kuß des Judas zu Christus.)

Er stellte sich wieder hinter das Pult und rollte nun das Stativ mit dem Spiegel hinter den Flügel, so daß das Mädchen plötzlich daraus verschwand und das Manual darin sichtbar wurde.

So ein Klavier wie dieses hier, sagte er, während er in den Spiegel zeigte, hätte man noch nie gebaut. Die tiefen Töne lägen auf der rechten Seite, die hohen links. Wenn man einen Lauf in Moll ausführte, wäre er in Dur hörbar, und umgekehrt. Wahrscheinlich hätten wohl schon viele einmal einen Pianisten ein Konzert in einem Spiegelsaal geben sehen, aber hatte sich jemand auch nur einmal gefragt, was dieser Pianist in dem Spiegel eigentlich spielte? Fragend schaute er in den Saal. Töne spiegelten sich ja nun mal nicht in Spiegeln, sie würden durch sie ausschließlich zurückgeworfen; die Musik des Spiegelpianisten bliebe ihrerseits im Spiegel verborgen. (Diese Bemerkung steht nicht in seinem Text, er improvisierte sie an diesem Abend.) So ein kostbares Spiegelklavier bauen zu lassen kam natürlich nicht in Frage, aber es war auch nicht nötig, denn man konnte auch auf eine andere Art experimentieren.

«Ich werde nun», sagte Mach, «etwas spielen, währenddessen in den Spiegel sehen und dann auf dem Klavier nachspielen, was ich gesehen habe.»

Während er in den Spiegel sah, spielte er eine Anzahl von Takten aus ‹Für Elise› und imitierte dann das Wahrgenommene. Herzliches Gelächter machte sich im Saal breit: Das war in der Tat äußerst, äußerst merkwürdig!

«Von Elise!» rief der Student, der vor meinem Großvater saß, und das Gelächter nahm noch zu, während viele Menschen einander ansahen und es lachend wiederholten.

Lachend strich auch Mach über seinen Bart, die Bemerkung schien ihm zu gefallen. Etwas Hilfloses erschien in dem intelligenten, untragischen Gesicht des Positivisten. Daraufhin nahm er die Partitur von ‹Für Elise› vom Flügel und zeigte diese dem Publikum, was wiederum Gelächter zur Folge hatte. Aber das geschah ausschließlich deshalb, weil man gerade einmal lachte; etwas Witziges war nicht zu erkennen, und es war dann auch der Beginn eines neuen Experimentes.

Es stellte sich heraus, daß auf dem Flügel noch ein flacher Spiegel lag, über dem er die Partitur aufstellte.

«Und nun werde ich», sagte er, nachdem er wieder mit dieser rücksichtslosen Handbewegung zur Stille gemahnt hatte, «von dem Notenblatt spielen, das ich im Spiegel sehe.»

Er streckte seinen Rücken und spielte die gespiegelten Noten, und man hörte dieselbe merkwürdige Zukunftsmusik, die auch der Spiegel-Mach schon gespielt hatte. Ja, in der Tat, äußerst, äußerst, äußerst merkwürdig.

III

Mein Großvater hat seine Beine wieder nebeneinander gestellt und hört gespannt zu. Aber obwohl der Professor mit seinen seltsamen Demonstrationen noch nicht am Ende ist, nehme ich nun Abschied von ihm, und von dem Herrn mit dem kahlen Hinterkopf, und von dem Studenten, der vielleicht auch ein Genie ist, und von dem Mädchen mit der roten Blume in ihrem hochgesteckten Haar (die vielleicht meine Großmutter werden wird, so daß sich mein Großvater doch für immer an diesen Abend erinnern wird). Wir werden sie niemals wiedersehen. Das alles muß unvollendet bleiben – auch wenn es schon lange vollendet und vergessen ist –, ich lasse sie dort zurück in diesem deutschen Casino, weit weg im Jahre 1871.

Das vorletzte Mal, daß ich selbst in Prag war, Freitag, den 27. Dezember 1968 (nachdem auch mein Vater inzwischen gestorben war), hatte ich nur ein paar Stunden Zeit. Ich war auf der Durchreise nach Kuba – legitimer Erbe der Pariser Kommune –, und da ich auf das Flugzeug warten mußte, ging ich in die Stadt. Es war düster und kalt. Die Tage zwischen Weihnachten und Neujahr sind ein Niemandsland, mit dem kein Mensch etwas anzufangen weiß. In einen grauen Nebel, in dem eilige Gestalten durch die dunklen, gewundenen Straßen liefen, fielen große Schneeflocken auf die trostlosen Weihnachtsbäume, die hier und da noch auf dem Bürgersteig standen. Von den öffentlichen Gebäuden strahlten rote Sterne mit goldenen Hämmern und Sicheln eine ungeheure Macht aus. In meiner leichten Sommerkleidung, die für die Tropen gedacht war, aus denen ich erst im Frühjahr zurückkehren würde, und nur durch meinen holländischen Regenschirm geschützt, lief ich über die Karlsbrücke. Tschechen in großen Mänteln und mit dicken Fellmützen warfen dann und wann einen Blick zu mir herüber, aus dem deutlich wurde, daß sie es aufgegeben hatten, alles im Leben begreifen zu wollen. Zu Hause in Amsterdam hatte ich in den vergangenen Tagen den Flug der Apollo 8 verfolgt, mit der die ersten Menschen die Anziehungskraft der Erde verlassen hatten, um den Mond zu umkreisen. Ich schaute auf meine Uhr. Zu meiner Überraschung sah ich, daß es noch genau drei Minuten dauern würde, bis die Kapsel über dem Stillen Ozean in die Atmosphäre zurückkehren würde. Ich beschloß, dies auf der Brücke zu erleben.

Bei der Figur des heiligen Nepomuk, der an dieser Stelle ins Wasser gestoßen worden war und nun eine Schneemütze trug, blieb ich stehen und wartete. Ich zitterte vor Kälte, ich hätte ebensogut nackt sein können, und doch wußte ich sicher, daß ich nicht krank werden würde. In der Tiefe wurden die dicken Flocken plötzlich ein Teil der Moldau, so daß es war, als hätte es sie nie gegeben. Still lag rundum die Stadt unter den Wolken auf der Erde, mit ihren Kirchtürmen, in der Höhe der reglose Hradschin mit der ummauerten Kathedrale.

Als die drei Minuten verstrichen waren, lief ich weiter – gleichzeitig wußte ich, daß auf der anderen Seite des Planeten, irgendwo im Sommer, die Kapsel nun über dem blauen Ozean in die Luft eingetaucht war wie der Kopf eines Streichholzes an der Schachtel, mit einer Geschwindigkeit von 33 Mach.

(1975)

DAS STANDBILD UND DIE UHR

End fact. Try fiction.
Ezra Pound, *Near Perigord*

Zum Gedenken an Hein Donner, meinen Erzfreund

EINS

Es hat natürlich öfter Standbilder gegeben, die von ihrem Sokkel heruntergestiegen sind, das weiß jedes Kind; aber es ist denkbar lange her, daß dies zum letztenmal geschah. Die Zeiten eignen sich nicht mehr dazu. Sicher bin ich mir übrigens nicht – überall auf der Welt stehen unzählige Standbilder auf ihren Sockeln –, aber ich hätte bestimmt davon gehört. Selbst hatte ich es jedenfalls nie getan, und ich hatte auch nicht vor, es je zu tun. Seit der Mitte des vorigen Jahrhunderts, als ich auf einem großartigen Volksfest enthüllt wurde, stehe ich hier auf dem Grote Markt in Haarlem zwischen der gotischen Kathedrale und dem mittelalterlichen Rathaus und lasse mir stoisch die Tauben gefallen, die sich auf meinem Humanistenhut niederlassen und nicht selten mit hüpfendem Schwanz mein Gesicht beschmutzen mit ihren lächerlichen weißen Exkrementen. Auf einem vier Meter hohen Sockel, und selbst ebenfalls vier Meter lang, halte ich, grün oxidiert und in vorwärtsschreitender Haltung, bei einem Baumstumpf, mit der rechten Hand einen Stempel mit dem Buchstaben A hoch, während ich mit der linken ein Buch an die Brust drücke. Die Unveränderlichkeit dieser Haltung über nahezu anderthalb Jahrhunderte würde manchen ermüden, uns Standbildern jedoch ist das fremd. Im Gegenteil: In dieser Unbeweglichkeit fühlen wir uns in unserem Element. Inmitten all der Bewegung und Veränderung um uns herum besteht, so könnte man sagen, in unserer Reglosigkeit nun gerade unsere Moral. Nur alle Schaltjahre strecke ich mich bei Neumond mitten in einer stürmischen Herbstnacht, wenn ich sicher sein kann, daß mich keiner sieht.

Und nun möchte ich, gleich zu Beginn dieses Berichts, das gängige Mißverständnis aus der Welt schaffen, ein Standbild sei ausschließlich die Abbildung desjenigen, den es darstellt. Das ist nicht der Fall. Wir selbst sind auch etwas – keine Menschen natürlich, denn wir haben keinen eigenen Namen (im Volksmund manchmal nur Spitznamen), aber dennoch etwas, das nichts mit den Personen zu tun hat, die wir darstellen: Wir sind eben diese *Standbilder*, die wir sind. Es ist nämlich so, daß diejenigen, die wir darstellen, nicht mehr da sind, während es uns gibt; und wenn es sie noch gibt, ist der Unterschied um so deutlicher. Es gibt Menschen, die mehr als ein Standbild haben; Lenin hat Tausende. Außerdem gibt es Standbilder, die keine Individuen darstellen, sondern höhere Entitäten, wie zum Beispiel Götter oder den Sieg oder die Gerechtigkeit oder den Widerstand, wobei man dann ja wohl nicht von «Abbildern» sprechen kann. Am ehesten sind wir vielleicht mit Schauspielern zu vergleichen.

Diese Verwirrung ist in meinem Fall doppelt peinlich. Ich stelle einen gewissen Laurens Janszoon Coster dar, über den auf meinem Sockel behauptet wird, er sei der Erfinder der Buchdruckerkunst. Vor allem Ausländern bleibt der Mund offen stehen, wenn sie das lesen. Im Haarlemer Hout, dem Wald südlich der Stadt, soll er vor mehr als fünfhundert Jahren einen Buchstaben aus der Rinde einer Buche geschnitten haben, der auf die Erde fiel. Als er ihn aufhob, sah er den Abdruck des Buchstabens in der Erde. Eureka! Er machte sich mit Holz und Eisen und Tinte an die Arbeit, aber einer seiner Knechte – so die Fabel –, Johann Faust geheißen, stahl am Heiligen Abend die gesamten Gerätschaften und floh damit nach Deutschland, wo er sie jemandem verkaufte, der dann den Ruhm einheimste. Man wird verstehen, daß ich mich immer belächelt fühle, wenn ich an meinen Kollegen in Mainz denke, der dort den tatsächlichen Erfinder der Buchdruckerkunst darstellt. Aber auch er ist nicht Gutenberg.

Inzwischen glaubt auch in Holland keiner mehr an diese komische Geschichte, nicht einmal in Haarlem. Gerade in diesem Jahr, 1988, ist es vierhundert Jahre her, daß der Name dieses sogenannten Erfinders der Buchdruckerkunst zum erstenmal in den Archiven auftaucht; gleich um die Ecke wurde der Angelegenheit eine etwas ironische Ausstellung gewidmet, und jetzt bin ich endgültig dazu verurteilt, eine Witzfigur darzustellen, eine Unwahrheit, ein historisches Kuriosum. Aber so ist das nun einmal, man kann es sich nicht aussuchen in dieser Welt. Glücklicherweise wußte niemand, wie Coster aussah, also ist es ziemlich sicher, daß ich keine Ähnlichkeit mit ihm habe. Mein Schöpfer hat sich selbst zum Vorbild genommen für mein edles, entschlossenes Gesicht.

Übrigens, solange man mich hier stehen läßt, ist mir alles gleich, und mich zu entfernen ist eigentlich nicht mehr möglich nach all den Jahren. Abtransportiert und sogar zerstört zu werden ist ein schreckliches Schicksal, das unzählige Kollegen in den Ostblockländern ereilt hat, die Stalin darzustellen hatten, ganz zu schweigen vom Bildersturm, dem Holland seine Identität verdankt: Die leeren Sockel an der Kathedrale zeugen davon. Ich bin natürlich Befürworter eines ganz anderen «Bildersturms»: eines *Sturmes der Bilder!*

Einige Male dachte ich schon, jetzt hätte meine Stunde geschlagen, aber ich wurde nur an eine andere Stelle gebracht; ich stehe jetzt nicht mehr in der Mitte des Grote Markt. Durch wen sollte man mich auch ersetzen? Ich habe hier die Pferdebahn kommen und gehen gesehen und die elektrische Bahn und die Autos – all die Tage, all die Generationen, die Sonne, wie sie sich um mich drehte auf diesem Platz mit den sieben Zufahrtsstraßen, all die Freude, die Feste und die Trauer, all die einsamen Nächte, manchmal mit dem leisen, traurigen Klang der Nebelhörner im Ohr, von weit her, vom Meer...

ZWEI

Nicht lange her, zu Beginn des Herbstes, kam eines Nachmittags wieder der Meister vorbei. Er gehört zu diesen seltsamen Leuten, die den Schatten eines anderen haben. In der Literatur gibt es verschiedene Berichte über Männer und Frauen, die zu ihrem Unglück ihren Schatten verloren oder verkauft haben oder in irgendwelche anderen Verwicklungen verstrickt waren; aber jemand mit dem Schatten eines anderen, das ist vielleicht sogar einzigartig. Jeder hat seinen nächtlichen Doppelgänger in Gestalt seines Schattens, aber der Meister ist jemand ohne Doppelgänger. Es ist, als ob eine Kugel einen viereckigen Schatten würfe. Der Frage, wessen Schatten der seine ist, und wer seinerseits seinen Schatten besitzt, widmet er sich seit seiner Jugend.

Ich hatte diesen großen Sohn der Stadt Haarlem schon seit einigen Jahren nicht mehr gesehen. Ich kenne ihn seit dem Krieg, als er noch ein Junge war. Seine Mutter, die ich hier auch schon gesehen habe – wie übrigens auch seinen Vater –, lebte damals schon in Amsterdam. Ab und zu ging er in das Café zu meiner Rechten (wo jetzt eine Einkaufspassage ist), was nicht ganz ungefährlich war, oder ins Kino (jetzt ein Friseur), und zu meinen Füßen feierte er die Befreiung. Nach dem Krieg, als er seine Studien über seinen Schatten systematischer betrieb, erschien er fast täglich. In diesen optimistischen Jugendjahren war er noch der Meinung, daß irgendwo auf der Welt jemand mit seinem Schatten herumlaufe, und daß er diese Person anhand des Schattens, den er selbst warf, erkennen könne. Er war arm, saß meistens einsam am Fenster im Café und las oder schrieb – obwohl er dann doch oft in weiblicher Gesellschaft war, sobald das Lokal schloß. Wie das genau funktionierte, habe ich nie herausfinden können; aber auch seine Attraktivität wird bestimmt etwas mit seinem Schatten zu tun gehabt haben, obgleich er sich als Gentleman nie darüber ausgelassen hat.

Als er seine ersten Ergebnisse veröffentlicht hatte und in kleinem Kreis etwas bekannter wurde, saß er bei schönem Wetter manchmal schon um halb elf vormittags auf der Terrasse, in immer wechselnder Gesellschaft, sah sich – während die Sonne über den belebten Platz zog, wo Straßenbahnen und Autos unvergeßlich die Straßen hinauf und hinunterfuhren – das Büropersonal an, daß in der Mittagspause beim Spazierengehen Butterbrote aß, und er saß noch immer da, wenn die Angestellten um sechs Uhr nach Hause gingen, und aß mit Freunden in seiner Stammkneipe zu Abend, in einem Keller unter dem Café, aus dem er erst nachts wieder zum Vorschein kam – in galanter Gesellschaft natürlich.

Als Standbild überlegt man sich dann, daß es in der Welt ungerecht zugeht. Einerseits ist man ein heißblütiger Flegel, der strotzt vor Gesundheit und Selbstvertrauen, ein Liebling der Frauen mit dem Schatten eines anderen, andererseits ein kaltes Wesen, das dazu verurteilt ist, reglos sein A hochzuhalten, ein Buch an sich zu drücken und mit einer Taube auf dem Kopf so zu tun, als hätte man nichts bemerkt. Aber ich schöpfe Trost aus dem Gedanken, daß ich das immer noch tun werde, wenn es nur noch seinen Schatten gibt.

Seine Mutter war inzwischen nach Amerika ausgewandert, und nach dem Tod seines Vaters zog er um nach Amsterdam. Haarlem war zu klein für ihn geworden und verfiel außerdem langsam. Die Hoffnung, er werfe den Schatten eines Lebenden und könne diesen finden, hatte er zu dieser Zeit bereits aufgegeben. Er fing an, bei den Toten zu suchen, unter Künstlern und Gelehrten der Renaissance, unter Philosophen und Herrschern der Antike, deren Standbilder er in Italien und Griechenland studierte, dort, wo die Schatten so viel tiefer sind. Aber die einzige wirkliche Bewegung, die er je vollzogen habe, so scheint er einst behauptet zu haben, sei die von seiner Vaterstadt in seine Mutterstadt gewesen, von Haarlem nach Amsterdam.

Das bedeutete nicht, daß er sich hier nicht mehr blicken ließ. Jedes Jahr sah ich ihn mindestens einmal über den Platz schlendern, sich umsehen und in einer der sieben Straßen verschwinden. Im Laufe der Jahre wurde er eine Berühmtheit, seine Kreise wurden immer größer und zeigten weiße Schaumkronen der Bewunderung und Gewogenheit, die freilich manchmal von schwarzen Haiflossen aus Mißgunst und Haß durchschnitten wurden; aber es war, als ob er gerade aus diesem Grund den Kontakt zum Ort seiner Herkunft nicht verlieren wollte: zu diesem Platz mit den sieben Straßen, dem Grundriß von Haarlem, der sich wie eine Art Skelett in seiner Seele befand. Vor einigen Jahren – auch Amsterdam war inzwischen heruntergekommen – wurde er für etwas, das er in seinem Profil entdeckt hatte, im Rathaus mir gegenüber gewürdigt. Ich kann nicht in sein Herz schauen, aber ich nehme an, daß es eine gewisse Genugtuung für ihn war, denn überheblich ist er glücklicherweise nie geworden. Aber er weiß natürlich sehr gut, daß er Haarlem in der Welt bekannter gemacht hat als eine gewisse Witzfigur, die ein Standbild auf dem Grote Markt hat – obwohl sein guter Geschmack es ihm verbietet, das je auszusprechen.

Inzwischen lebt er hier schon genauso lange nicht mehr, wie er hier gelebt hat. Seit er auch unter den Toten nicht das fand, was er suchte, scheint er jetzt seine Hoffnung auf die Schatten von Göttern verlegt zu haben: griechische, ägyptische, griechisch-ägyptische... Manchmal frage ich mich, ob er sich eigentlich bewußt ist, in welchen Gefilden er mittlerweile verkehrt. Ganz ungefährlich scheint mir das nicht zu sein.

DREI

Magerer geworden und zerbrechlich, aber nicht wirklich verändert, trat der Meister am Freitag nachmittag, dem dreißigsten September, in schwarzem Anzug und blutroter Krawatte, auf dem Kopf einen eleganten *Porkpie*, aus dem Schlagschatten der Kirche auf den sonnigen Platz, wo unverzüglich der berühmte Schatten, der so wenig Ähnlichkeit mit ihm aufweist, zu seinen Füßen sprang. Nur ich war sonst auch auf dem auto- und damit auch nahezu menschenfrei gemachten Platz, wo heutzutage – nach dem gelungenen Mordanschlag von Beamten und Politikern – die sonntägliche Langeweile der Provinz herrscht, die mich an meine ersten langweiligen Jahrzehnte hier erinnert. Aber vielleicht sah er gerade deshalb kurz zu mir auf und blinzelte mich an.

Er blinzelte! Das war mir noch nie passiert! Ein Mensch, der mir zublinzelte! Ist denn etwas Wundersameres denkbar? Eine Welle der Rührung durchfuhr mich, so daß mir fast das Buch entglitt, ich mußte die Hand mit dem Buchstaben sinken lassen, um es festzuhalten. Auch er schoß auf mich zu, um das Buch aufzufangen, das ihn hätte erschlagen können, und beide brachen wir im selben Moment in Lachen aus. Ich hatte noch nie gelacht. Aus meinen sechzehnhundert Kilo hohler Bronze dröhnte das Lachen mit dem Klang einer verrückt gewordenen Glocke über den Platz und die Stadt. Erschrocken schauten wir einander an und hörten, wie die Glocken der Sint-Bravo-Kirche leise mitschwangen. Daraufhin lachten wir noch einmal, ich jetzt so laut, wie ich konnte, und ehe ich wußte, was ich tat – was trieb mich dazu! –, sprang ich ausgelassen von meinem Sockel, so daß sich das Metall meines langen Mantels gefährlich aufbauschte. Der Schlag, mit dem ich auf dem Boden auftraf, erschütterte den Grote Markt, ich ging kurz in die Knie, weil meine Beine eingeschlafen waren, aber dann hatte ich mich wieder in der Gewalt.

Fenster wurden geöffnet, und aus allen Straßen kamen jetzt

Menschen angerannt, die Beifall klatschten, als sie mich endlich neben meinem Sockel stehen sahen. Auch der Meister nickte zufrieden.

«Hoppla», sagte er. «Das wurde auch Zeit.»

Da ich gut doppelt so groß war wie er, mußte er zu mir aufblicken, wofür ich mich genierte; ich fühlte mich wie ein Zirkuselefant, der seinem Dompteuer gegenübersteht. Und was jetzt? Sollte ich gleich wieder hinaufklettern, um die Dinge wieder in ihr Recht zu setzen?

«Komm», sagte der Meister, «laß uns einen Spaziergang machen, wo du nun schon mal unten bist. Ich habe Lust, mir eine Uhr zu kaufen. Oder hast du keine Zeit?»

Ich mußte zugeben, daß ich alle Zeit der Welt hatte.

«Wirklich brauchen tue ich sie nicht», sagte er, «denn ich habe schon fünf. Ich habe sie heute alle zu Hause gelassen. Wenn ich das finde, was ich suche, werde ich mit der sechsten sieben haben.»

Ich nickte, obwohl ich es nicht verstand; aber er schien öfter in Rätseln zu sprechen.

«Ich finde, daß man Uhren in Haarlem kaufen sollte, vielleicht verstehst du das. Ich werde dir übrigens auch etwas Nettes zeigen, im Hout, das wird dich interessieren.» Er deutete auf meinen Buchstaben und auf mein Buch. «Laß die Sachen besser solange hier.»

Gehorsam legte ich sie auf den Sockel neben den bronzenen Baumstumpf, und während die Turmuhr zwölf Uhr schlug, wischte ich mir mit einem Ärmel knirschend den Taubendreck vom Gesicht, und wir gingen in die Grote Houtstraat. Ich war nie gelaufen, aber ich konnte es offenbar sofort, wie eine Ente, die aus dem Ei schlüpft und schwimmen kann.

VIER

Die Bewohner von Haarlem, die schon Merkwürdigeres erlebt hatten im Laufe der Geschichte, hatten sich schon bald an das komische Paar in ihrer Mitte gewöhnt und widmeten uns weiter keine Aufmerksamkeit. Durch spiegelnde Schaufenster mußte ich sogar feststellen – ein wenig verstimmt, zugegeben –, daß sie sich öfter nach ihm als nach mir umdrehten. Eine Frau, die uns entgegenkam, wandte den Kopf ihrem Begleiter zu, damit wir ihre Lippen nicht sehen könnten, wenn sie sagte: «Nicht gleich hinschauen, da ist der Meister», woraufhin der Mann natürlich doch gleich mit großen Augen herübersah, als ob der Meister noch mehr wandelndes Standbild wäre als ich.

Offenbar erriet der Meister meine Gedanken.

«Mach dir nichts draus. Die Hauptsache ist, daß ein Mensch nicht auch vor sich selbst zum Standbild wird. Wenn man anfängt, an sich selber zu denken wie an einen anderen, den Namen nennt, wenn man von sich selbst spricht, in der dritten Person, dann ist man verloren.» Mit einem ironischen Blick sah er kurz zu mir auf, und dieser Blick schien zu sagen, daß dieser gute Rat in meinem Fall vielleicht besonders schwer zu befolgen war. «Laß uns in den Schatten gehen.»

Es stimmte, als Standbild war ich verloren von Anfang an, damit hatte ich mich schon längst abgefunden. Aber jetzt hatte mich der Meister mit seinem Blinzeln aus der ewigen Erstarrung der dritten Person erweckt, und gierig sah ich mich in der Stadt um, in der ich schon länger weilte als irgendwer sonst, die ich jedoch beileibe nicht kannte. Diese Geschäftigkeit, die Läden, aus denen Musik herausschallte, das Reden und Lachen und Drängeln, die vollen Cafés... Komischerweise schien der Meister an diesem Leben nicht besonders interessiert zu sein. Während ich nichts lieber wollte, als mir all dieses Konkrete anzuschauen und darüber zu reden, sprach der Meister in den wenigen Stunden, die wir zusammen verbrachten, überwiegend abstrakt. Aber vielleicht ist das gar nicht so ungewöhnlich für jemanden, der sein Leben dem Schatten widmet. Was ist ein Schatten? Eine immaterielle, zweidimensionale Stelle, wo etwas *nicht* ist, oder zumindest weniger ist, nämlich Licht, mit nur einer Kontur.

Obwohl ich ihn gerne über seine Frau und seine Kinder hätte sprechen hören, erzählte er, er habe ein Buch über das Licht geschrieben und ein Buch über Lampen; genauso könne er auch ein Buch über die Zeit schreiben und ein Buch über Uhren.

«Da besteht ein Zusammenhang», dozierte er. «Eine Uhr ist ein Instrument, das die Position der Sonne am Firmament wiedergibt. Nur ganz grob natürlich. Ich gehe links von dir, wir gehen in südlicher Richtung, also ist es für mich hier im Osten etwas später als für dich dort im Westen. Eine Sonnenuhr ist in dieser Hinsicht genauer.»

Ob ich übrigens wisse, daß im Jahr meiner Enthüllung, 1856, nicht nur Freud geboren sei, sondern man zur gleichen Zeit in London auch den Big Ben installiert habe? Nicht zu verwechseln mit dem Big Bang übrigens – obwohl auch das miteinander zusammenhänge. Seit er den Big Ben während des Krieges täglich im englischen Rundfunk gehört habe, sei der Klang dieser Uhr für ihn die absolute Stimme der Hoffnung. Immer, wenn er in London sei, stelle er sich zur Mittagszeit zu meinem Kollegen, der auf dem Parliament Square Churchill darstelle, lasse diese Hoffnung durch seinen Körper schallen und staune noch immer ungläubig, daß er nun tatsächlich dort stehe, daß er überlebt habe und daß das Böse vom Guten tatsächlich besiegt worden sei.

«Ich bin ein wenig verwirrt und fahrig», sagte er, «laß dich davon nicht stören. Das ist der *Jet-lag*.»

Außerdem könne er sich, bis zurück zu seinem vierten Lebensjahr, nicht nur an alle seine Kleider und Schuhe erinnern, sondern auch an alle Uhren, die er je besessen habe – angefangen mit der dicken Taschenuhr für einen Gulden, die ihm sein Vater geschenkt habe, als er acht oder neun Jahre alt geworden sei. Auch die ziselierte Platintaschenuhr seines Vaters sehe er noch vor sich; und was dessen beide Armbanduhren betreffe, so lägen diese bei ihm zu Hause, er trage sie regelmäßig. Auch seine Mutter habe zwei Uhren: sie seien seit einigen Tagen in seinem Besitz, obwohl seine Mutter noch lebe.

So kam er auf seinen zweiten Beweis zu sprechen, daß die Erde rund sei. An jenem Morgen in aller Frühe habe er ihn vollendet.

FÜNF

Seinen ersten Beweis – über Indien, Thailand, Japan und die Vereinigten Staaten – habe er, während ich auf meinem Sockel vor mich hin oxidierte, vor zweiundzwanzig Jahren geliefert. Zu einer zweiten Reise um die Welt habe er zunächst keine Lust gehabt. Allein in diesem Jahr sei er schon mehrmals in Deutschland gewesen, außerdem in Marokko, Portugal, Jugoslawien und Italien; nächste Woche müsse er nach Österreich und nächsten Monat nach Los Angeles; zwischen Weihnachten und Silvester werde er dann noch für einige Tage in Paris erwartet. Überall umbristische Kongresse, Kolloquien, Foren, Seminare und andere Manifestationen, die den Schatten zum Thema hatten. Wenn ich nun aber dächte, daß er nichts anderes tue, als kostenlose Vergnügungsreisen zu machen, und das seien sie natürlich auch, so hätte ich mich getäuscht: Je mehr man tue, desto mehr tue man. Und ob er dann auch noch im September nach Australien wolle. Nein, das habe er durchaus nicht gewollt, sei dann aber doch gefahren. Warum? Nicht, um dort als bekannter Niederländer mit dem Schatten eines anderen, der vermutlich gar kein Niederländer war, die heimatliche Kultur zu vertreten, sondern aus Anlaß des festlichen Ereignisses, daß der Kontinent seit zweihundert Jahren nicht mehr in Händen der Ureinwohner, sondern der Eroberer war – aber letzt-

endlich habe er eben doch die niederländische Kulutur vertreten. Eine Arbeitsgruppe, die sich des schrecklichen Schicksals
der Aborigines angenommen habe, habe versucht, ihn von der
Reise abzuhalten; seine Adresse sei veröffentlicht worden, und
er habe Postkarten erhalten von beunruhigten Personen, die
alle in der Umgebung der Arbeitsgruppe wohnten. Er möge
keine Gruppen, die Adressen veröffentlichten; das habe für
ihn etwas mit dem Krieg zu tun. Ob er etwa auch in Amerika
seinen Schatten nicht mehr zeigen dürfe? In Südamerika würden die Indianer ja wohl auch heute noch ausgerottet, und in
Kanada habe er vor einigen Jahren das Reservat Six Nations
der Mohawks besucht: die Letzten der Mohikaner. Eine iso-
lierte Niederlassung wie eine offene Wunde, ein Hinterhof,
eine Enklave der Dritten Welt im sie umgebenden Wohlstand.
Das rechteckige Straßenmuster der amerikanischen Städte
habe es dort auch gegeben, aber nur zwischen trostlosen Un-
terkünften, Baracken, Scheunen, Autowracks auf Holzblök-
ken und Indianern in Niethosen und mit der Bierflasche am
Mund. Der Stolz auf eine erbärmliche Ballettschule, wo die
Kinder eine Aufführung gegeben hätten, die nur zum Weinen
gewesen sei! Kurz, er sei nach Australien gefahren. Nicht um
Kultur weiterzutragen, nicht um Mißstände anzuklagen, sondern aus einem einzigen Grund, dessen Wichtigkeit die Aborigines eher als die Australier begriffen hätten: um mit eigenen
Augen festzustellen, daß sich die Sonne dort tatsächlich von
rechts nach links bewege.

Er unterbrach seine Geschichte und blieb vor einem Schaufenster mit Uhren stehen. Wir waren zu einer belebten Kreu-
zung mit Ampeln gekommen. Hungrig ließ ich meine Augen
über die Bewegung schweifen und ließ mir nichts entgehen,
denn ich begriff, daß sich eine Gelegenheit wie diese kein
zweites Mal bieten würde. Bald würde ich wieder auf meinem
Sockel stehen, und dann mußte ich diese Entdeckungsreise in
meinem Gedächtnis endlos wiederholen können. Zudem
wollte ich zuhören, was der Meister sagte.

Als er offenbar nicht das fand, was er suchte, fragte ich:

«Von rechts nach links? Geht denn in Australien die Sonne im Westen auf und im Osten unter?»

«Da haben wir es mal wieder!» rief er. «Fast niemand versteht, wovon ich rede, dabei war das für mich schon als Schuljunge sonnenklar. Sogar die Menschen, die schon mal auf der südlichen Halbkugel gewesen sind, sehen mich völlig entgeistert an. Es scheint nie jemand bemerkt zu haben, ich habe nie etwas darüber gelesen. Wir gehen jetzt nach Süden, die Sonne scheint uns gerade ins Gesicht. Links, im Osten, ist sie aufgegangen und rechts, im Westen, wird sie heute abend untergehen. Hinter uns drehen sich unsere Schatten währenddessen von West nach Ost, denn dafür sind es Schatten. Diese Bewegung der Sonne von links nach rechts ist in mein Hirn eingepflanzt wie die Knochen in mein Fleisch. Aber nehmen wir nun ein Flugzeug, das von Amsterdam aus über unsere Köpfe hinweg in Richtung Meer fliegt: In Haarlem-Nord sieht man es von links nach rechts fliegen, von Ost nach West, aber in Haarlem-Süd von rechts nach links, obwohl es auch dort von Ost nach West fliegt. Auf der nördlichen Halbkugel bewegt sich die Sonne also für denjenigen von links nach rechts, der mit dem Gesicht zu ihr steht, auf der südlichen Halbkugel aber von rechts nach links. Dann drehen sich die *Schatten* von links nach rechts. Hätte man die Uhr auf der südlichen Halbkugel gefunden, würden die Uhren entgegen dem Uhrzeigersinn laufen, wenn du verstehst, was ich meine; wie die Uhren, die man manchmal beim Friseur sieht: die im Spiegel abgelesen werden müssen. Solche Uhren müßten sie eigentlich auf der südlichen Halbkugel haben, denn dort steht alles auf dem Kopf. Australien liegt nicht irgendwo im Süden, Richtung Den Haag, sondern dort unten», sagte er, während er gerade nach unten zeigte. «Wäre die Erde aus Glas und du sähest zwischen deinen Sandalen hindurch, würdest du den Frauen dort in den Schritt schauen; du könntest es sogar ganz deutlich sehen, denn die gläserne Kugel würde wie eine riesige Linse wirken. Wenn man auf dem Äquator wohnt, in Singapur, oder in Nairobi; oder in Quito, dann bewegt sich die Sonne ein halbes Jahr von links nach rechts, dann genau über dem Kopf, so daß kein Schatten mehr geworfen wird, und dann ein halbes Jahr von rechts nach links. Das ist alles wissenschaftlich überprüft und ziemlich logisch, aber physiologisch und metaphysisch ist es so unglaubwürdig, daß ich zumindest einmal in meinem Leben die Sonne sehen wollte, wie sie sich in die falsche Richtung bewegt. Dafür ließ ich sogar eine Konferenz in Delphi aus. Stell dir vor! Delphi! Wo das Orakel zu Hause war, das Ödipus prophezeite, er würde seinen Vater töten und mit seiner Mutter schlafen!»

SECHS

Er flog also nach Australien. Vor zweiundzwanzig Tagen, erzählte er, am Freitag abend des neunten September kurz vor acht Uhr, fuhr das Luftschloß zur Startbahn, und am Sonntag morgen um sechs würde er in Brisbane sein. Wahrscheinlich ging ich also davon aus, daß die Reise vierunddreißig Stunden dauern würde, aber es mußten acht Stunden Zeitunterschied abgezogen werden, er hatte also sechsundzwanzig Stunden Flugreise vor sich. Es gibt Menschen, die finden das lang, aber es gab Zeiten, in denen es Wochen oder Monate gedauert hatte; wer mit dem Bus nach Rom fuhr, war genauso lange unterwegs. Gleich beim ersten Glas australischem Champagner, auf dem Weg zur Zwischenlandung in Frankfurt, ergab sich das Problem mit der Uhr. Sollte er die Uhr, die noch seinem Vater gehört hatte, bis Australien in der niederländischen Zeit lassen, sollte er sie gleich auf die ostaustralische Zeit stellen, oder sollte er die Zeiger jeweils eine Stunde weiterdrehen? Am besten wäre natürlich eine Uhr gewesen, die pro 24 Stunden eine Stunde vor ging und somit immer die richtige Zeit anzeigte, aber das gab es nicht – obwohl eine solche Uhr leicht zu konstruieren wäre. Er beschloß, daß die Zukunft Vorrang habe, also stellte er seine Uhr an jenem Abend um acht Uhr während des Starts auf vier Uhr früh des nächsten Tages, Samstag, den zehnten September. Diese acht Stunden waren also verschwunden aus seinem Leben. Und vielleicht hatte damit der Traumzustand zu tun, in den er jetzt immer mehr verfiel. Bis Frankfurt war es ein Flug wie jeder andere; es wurde zu Abend gegessen, die Nacht brach herein, neben ihm saß ein japanischer Herr, der glücklicherweise nichts sagte, die Maschine lag so fest in der Luft wie ein Backstein auf einem Eisentisch, das Licht wurde gedämpft, und der Chefstewart zog einen kleinen Bildschirm herunter, auf den der erste Teil der Route projiziert wurde. Das hypnotisierte ihn ein wenig. Die Landkarte von Europa mit einem kleinen, stilisierten Flugzeug darauf, das alle paar Minuten ein kurzes Stück vorwärts sprang wie eine Hornisse auf einer Pferdeflanke und eine rote Spur hinterließ, die jetzt schon von Amsterdam bis Salzburg, bis Sarajewo reichte. Dazu laufend Daten über Geschwindigkeit, Höhe und Außentemperatur und eine Digitaluhr, die jede Minute die Reisezeit bis zum Punkt Null der Ankunft abzählt. Ab und zu verschwand das kleine Flugzeug für einen Augenblick, um dann noch einmal schnell seine rote Linie von Amsterdam bis Sofia und Istanbul zu ziehen, oder es wurde die Weltkarte mit einer roten Linie vom Nordwesten zum Südosten gezeigt, aus der ersichtlich wurde, daß die Reise gerade erst begonnen hatte. Dabei bemerkte er plötzlich, daß Australien die gleiche Form hatte wie das Schwarze Meer. Die anderen Fluggäste lasen oder schliefen, er war der einzige, der ununterbrochen auf den Bildschirm sah und das Geschehen verfolgte; aber zugleich war er ganz und gar nicht bei der Sache, sein Bewußtsein befand sich so sehr in dem kleinen Flugzeug, daß er vergaß, daß Salzburg, Sarajewo, Sofia und Istanbul tatsächlich dort unten in der warmen Nacht lagen und die Menschen in dem warmen Abgrund vielleicht die Triebwerke der Maschine hörten, die zwölftausend Meter hoch in einem Polarwinter mit sechsundfünfzig

Grad unter Null dahinzog. Er saß im Bug, und auch er hörte sie,
hörte ihr leises Timbre, aus dem sich in seinen Ohren ständig
Harmonien, Dreiklänge und Melodien lösten, die sich langsam
zu getragenen, endlosen Streicher-Symphonien fügten. Er däm-
merte weg, fuhr wieder hoch und sah, daß sie über den Bosporus
flogen. Mit einem merkwürdigen Schrecken registrierte er, daß
er dabei war, Europa in einer unanständigen Richtung zu verlassen. Noch zwanzig Stunden. Er sah auf die Uhr, sie zeigte zehn
Uhr vormittag an, er zog acht Stunden ab und begriff, daß es Zeit
zum Schlafengehen wurde. Er stellte die Lehne zurück, dra-
pierte sich die Decke um die Beine, und sein letzter Gedanke
war, daß er natürlich zwei Uhren hätte mitnehmen sollen.

SIEBEN

Als er aufwachte, zog das kleine Flugzeug gerade seine rote
Linie von Amsterdam nach Saudi-Arabien am Persischen Golf.
Die Türkei, Syrien und den Irak hatte er schlafend überflogen,
ein Drittel der Strecke war zurückgelegt. Den östlichen Horizont hatte die Samstagssonne bereits hellblau und orange einge-
färbt, die Flügelspitze und ein Triebwerk, das er gerade noch
sehen konnte, sahen in der süßen, sanftrosa Glut aus wie aus
Marzipan, aber unten hing noch der Erdschatten: Reglos lagen
ausgestreckte Vierecke und Rechtecke aus Tausenden von Lich-
tern im Meer, wie in einem Traum von Euklid. Gehörte dieses
Schauspiel noch in die Welt, in der er lebte? In Bahrein eine
kurze Zwischenlandung, um aufzutanken; als VIP durfte er als
einziger kurz von Bord, um eine Pfeife zu rauchen. Durch die
Abflughalle schlenderten Dutzende orientalische Polizisten, die
alle die gleiche Art von Schnurrbart hatten, Modell erbarmungs-
loser Held; auf den Bänken schliefen hundert pakistanische
Mädchen, als ob sie niedergeschossen worden wären: aneinan-
dergelehnt, übereinander, zerbrechlich, mit einem roten Punkt

zwischen den Augen und in Gewändern, in denen keine einzige Farbe vergessen worden war. Seine Uhr zeigte inzwischen fünf Stunden mehr an als die Uhren, die er sah. Kurz darauf war das Bild schon wieder fast vergessen, und er flog an Pakistan vorbei, über den Golf von Oman und das Arabische Meer nach Indien. Stunde um Stunde zog unter ihm das leere, versengte, sandfarbene Land vorbei, ein unermeßlicher Raum, während vor seinen Augen nun immer wieder das kalte Zimmer auftauchte, das er im letzten Kriegswinter nicht mehr hatte verlassen können, in dem er jedoch, hungrig und beim Schein einer letzten Kerze, zum erstenmal seine Silhouette entdeckt hatte. Welcher war der größere Raum? Mit den Händen hatte er Schatten an die Wand geworfen, die nicht die Schatten von Händen waren, sondern von Kaninchen, Gänsen, Hunden, und dann hatte er plötzlich gesehen, daß auch sein eigener Schatten nicht sein eigener war. Der Schock dieser Einsicht hatte sein Leben bestimmt; daß er jetzt in diesem Flugzeug saß und auf dem Weg nach Australien war, war eine Folge dieses Augenblicks.

Symphonien, Außentemperaturen, Frühstück, Souper, Champagner. Vier Uhr nachts, elf Uhr morgens, zwei Uhr mittags... Über dem Golf von Bengalen schlief er wieder ein, über Burma wurde er von einer Stewardess geweckt: *Fasten Seat Belts*. Die Maschine holperte wie ein Bauernwagen auf einem Feldweg, er versuchte, in Leonardo da Vincis *Traktat über die Malerei* zu lesen, das er mitgenommen hatte, legte es aber bald beiseite. Mit einem Gewitter vor den Fenstern setzte die Maschine zum Landeflug an und fiel über einem trüben Thailand ruckelnd aus den Wolken. Auf dem Flughafen von Bangkok schauten ihn asiatische Gesichter an, und als sie zwei Stunden später wieder aufstiegen, ging die Sonne mit der überwältigenden Farbenpracht unter, die ihn dort vor zweiundzwanzig Jahren schon einmal fasziniert hatte.

Von diesem Moment an kam er in jeder Sekunde dreihundert Meter weiter nach Süden, als er je zuvor gewesen war. Der Flug nach Singapur, der nicht länger dauerte als der von Amsterdam nach Venedig, ließ das kleine Flugzeug auf dem Bildschirm einige kleine Hornissensprünge machen. Dort stieg er um in die Maschine nach Brisbane. Es war Nacht, sechs Stunden später als in Amsterdam: Noch immer ging seine Uhr vor, im Vergleich zu der Uhr in der Abflughalle zwei Stunden. Wieder hatten die Gesichter sich verändert. Wäre das Flugzeug, überlegte er, zugleich mit dem Menschen entstanden, hätte es keine Rassenunterschiede und auch nicht die dazugehörigen Massenmorde gegeben. Er war müde und mittlerweile so steif, wie ich mich seiner Meinung nach Jahr und Tag fühlen mußte. Er saß als einziger in der kleinen Oberetage der Boeing, legte die schwarze Augenmaske an, die er bekommen hatte, und nicht lange nach dem Start schlief er ein – vielleicht, nein, ganz sicher genau in dem Augenblick, in dem er zwischen Sumatra und Borneo den Äquator überflog.

ACHT

Auch ich war von seiner Erzählung ganz träumerisch geworden. Während ich ihm zuhörte, kamen mir alte Erinnerungen an die Reise wieder in den Sinn, die ich selbst einmal gemacht hatte: im Mai 1856 von der Gießerei in Den Haag, wo ich geboren wurde, nach Haarlem. Das ist eigentlich alles, was ich von der Welt gesehen habe, wenn wir den ewigen Grote Markt einmal beiseite lassen. Der mit Fahnen und Wimpeln geschmückte Kahn wurde von zwei Schindmähren gezogen: So glitt ich, mit dem Buch unter dem Arm und dem A in der Hand, an einem schönen Frühlingstag langsam durch die Wiesen und Äcker nach Norden. Die Bauern ließen ihre Mistgabeln sinken und zeigten ihre fauligen Zähne, degenerierte Kinder vergaßen ihre Diabolos Teufeleien und säbelrasselnde Wachmänner marschierten unwirsch neben dem Schleppkahn her, denen ein Wagen mit in ihre langen Bärte versunkenen Würdenträgern folgte. Beim Ruder, neben dem verblödeten Steuermann, saß mein Schöpfer mit einem großen Strohhut auf dem Kopf in einem Korbsessel und rauchte eine Zigarre; er war mir wie aus dem Gesicht geschnitten. In Leiden wurde es belebter, es wurden nationalistische Reden zum besten gegeben und patriotische Festlieder zu Gehör gebracht; danach wurde es wieder ruhiger. Die Alpenlandschaft der holländischen Wolken. In Haarlem erwartete mich sogar ein kleiner Volksauflauf, aber das war nichts im Vergleich zu den Ereignissen bei meiner Enthüllung, zwei Monate später.

Überwältigt von Erinnerungen, hörte ich dem Meister zu, bis wir an eine Gracht mit einem Platz dahinter kamen, wo glücklicherweise wieder Geschäftigkeit und Verkehrslärm herrschten. Im ersten Stock der niedrigen, zu Geschäften umgebauten Häuser drehten sich wieder überraschte Gesichter in meine Richtung, wenn sich meine dröhnenden Schritte näherten und mein Kopf im Vorbeigehen plötzlich Schatten in die Wohnzimmer warf; ich mußte ständig aufpassen, keine kleinen Kinder oder Hunde zu zerschmettern. Aber von der Mole kam plötzlich ein älterer Jogger in einer geschmacklosen kurzen Hose um die Ecke gerannt und prallte mit seiner Stirn auf meinen Oberschenkel, so daß ich dröhnte und er blutete.

Wütend fing er an zu schreien.

«Was ist denn das für eine Idiotie, daß dieser eiserne Kerl hier rumläuft!»

«Bronze», sagte ich gekränkt.

Und als er den Meister erkannte, der die Arme gekreuzt hatte und amüsiert zusah:

«Wenn du alles überstanden hast, blüht dir das auch noch.»

Aber die Haarlemer lachten den unangenehm schwitzenden Trottel aus, verletzt rannte er weiter und drückte sich ein Papiertaschentuch gegen die Stirn.

«Dieser Physiopath», sagte der Meister, während er einige Autogramme gab, rennt herum, um keinen Herzinfarkt zu bekommen, bekommt aber gleich einen vom Rennen, und dann meint er, daß er nicht genug herumgerannt ist. Treibe nie Sport – aber das brauche ich dir nicht zu sagen. Das einzige, was ich wirklich gut konnte als Junge, war eine Sportart, die es nicht gibt, weil sie zu schwierig ist. Ich konnte», sagte er, während er nach oben zeigte, «einen Baseball zehn oder fünfzehn Meter senkrecht in die Luft werfen und wieder auffangen, ohne die Füße zu bewegen. Darin bin ich mit Sicherheit Weltmeister.»

Wir gingen über die Brücke und er war plötzlich ziemlich ausgelassen, wahrscheinlich weil seine ganzen biologischen Uhren durcheinander waren von seiner Weltreise. Auf dem Platz blieb er wieder vor dem Schaufenster eines Juweliers stehen und sah sich die ausgestellten Uhren an.

«Das ist doch eigenartig», murmelte er in einem merkwürdigen Ton, «bin gleich wieder da.» Er verschwand in dem Geschäft.

Da ich nicht durch die Tür paßte, wartete ich wie ein Hund, der nicht in die Metzgerei darf. Am unterdrückten Lachen der Passanten merkte ich, daß irgend etwas nicht stimmte: Ein schwarzer Dackel stand mit gehobenem Bein an meinem Knöchel. Ich ließ ihn gewähren: Solange es mich gab, hatte ich eigentlich nur Kontakt zu Tieren. Kurz darauf erschien der Meister mit einem kleinen Stapel Prospekte, er blieb stehen, blätterte darin und murmelte wieder:

«Aber das ist doch überaus merkwürdig.»

«Hatten sie das, was Sie suchen?»

In Gedanken versunken schüttelte er den Kopf.

«Ich glaube, daß ich plötzlich auch etwas ganz anderes suche.»

Erneutes Rätselraten. Da ich keine Lust hatte, dumm herumzustehen und ihm zuzusehen, sagte ich, um ihm wieder zurückzuhelfen:

«Und dann sind Sie also aufgewacht.»

«Ich?» fragte er und sah zu mir auf. «Wann?»

«Nachdem Sie den Äquator überquert hatten.»

«Natürlich», sagte er, steckte die Prospekte in die Tasche und ging weiter. «Dann wachte ich auf der südlichen Halbkugel auf. Auf dem Bildschirm sah ich, daß wir bereits über die australischen Wüsten flogen. Draußen hing noch die Nacht von Samstag auf Sonntag. Ich starrte ins Dunkel, da das Glas jedoch zu dick und zu schmutzig war, konnte ich keine Sterne sehen. Ab und zu hörte ich eine Stewardess in ihrer kleinen Kabine rumoren wie eine Nachtschwester auf der Station. Während ich so still dasaß, stiegen Erinnerungen an meinen Tod in mir hoch, vor sechs Jahren, als mein Schatten sich plötzlich wehrte und sich gegen mich wandte. Es war beabsichtigt, daß ich sterben sollte, aber er hatte die Rechnung ohne den Wirt gemacht, denn so einfach lasse ich mich nicht sterben. Auch Schatten müssen – genau wie du – wissen, wo ihr Platz ist: deiner auf deinem Sockel, ihrer flach auf dem Boden.»

Wäre ich nicht aus Metall gewesen, wären mir jetzt vielleicht kalte Schauer über den Rücken gelaufen.

«Wie ist es möglich, da –», versuchte ich zu fragen, aber er fiel mir augenblicklich ins Wort:

«Über das Attentat möchte ich jetzt nicht reden, dazu ist die Zeit noch nicht gekommen. Als anorganisches Bild würdest du im übrigen sowieso nicht verstehen, um was es geht. Das kannst du ruhig als Kompliment auffassen.»

Er hatte mir unwirsch den Kopf zurechtgerückt, und ich konnte es ihm nicht verübeln. Nicht alles ist für alle Ohren bestimmt.

Während wir den Platz überquerten, erzählte er, daß der Himmel im Osten allmählich heller wurde. Er wandte die Augen nicht vom Horizont: Der große Moment rückte näher. Die Stewardess stellte ihm das letzte Frühstück hin, von dem er nur den Kaffee trank. Als die Sonne endlich aufging, konnte er wegen der fehlenden Orientierungspunkte und der Bewegung des Flugzeugs jedoch unmöglich die Richtung ihrer Bewegung ausmachen: Sie stieg einfach auf. Unter ihm zog die endlose Leere des gestohlenen Erdteils vorüber, und als die Maschine schließlich am anderen Ende der Welt in Brisbane landete, landete sie in einer Position, die, wäre sie in ebenderselben Position in den Niederlanden gelandet, bedeutet hätte, daß sie auf dem Rücken aufgesetzt hätte. Wäre die Erde aus Glas, hätte er jetzt die Unterseite meines Sockels sehen können. In der Ankunftshalle stellte sich heraus, daß seine Uhr jetzt richtig ging. Vorgestern war er am Ende des Sommers abgeflogen – am Ende des Winters war er angekommen: der Frühling war im Anmarsch!

NEUN

«Schlagartig war meine Müdigkeit verschwunden. Sobald ich mein Gepäck hatte, nahm ich ein Taxi und fuhr durch den warmen, strahlenden Morgen zum Hotel. Überall standen die Bäume in voller Blüte. Der Mann an der Rezeption gab mir meinen Schlüssel und sagte, ich hätte ein Zimmer nach Norden. Das klang nicht gut, mußte aber gut sein. Meine Suite war sonnendurchflutet. Ich riß die Balkontüren auf, und das erste, was ich tat, war, meinen Schatten zu betrachten, aber er war offenbar unverändert. Als zweites stellte ich meinen Füller senkrecht auf die weiße Kunststoffplatte des Gartentisches. Mit drei Bleistiftstrichen umrandete ich die Spitze seines Schattens und nahm endlich das Bad, an das ich in den letzten vierundzwanzig Stunden gedacht hatte wie ein sterbender Sünder an die Letzte Ölung. Als ich wie neugeboren aus dem Wasser stieg, unternahm ich unverzüglich das nächste Experiment, aber es führte zu keinem Ergebnis. Ich hatte einmal gehört, daß das Wasser auf der südlichen Halbkugel in einem seitenverkehrten Strudel in den Abfluß fließt: auf der nördlichen Halbkugel im Uhrzeigersinn, auf der südlichen entgegen dem Uhrzeigersinn oder umgekehrt, das wußte ich nicht mehr. Ich würde es in Amsterdam überprüfen müssen. Das Wasser strudelte auf eine bestimmte Art davon, aber wie es das tat, das weiß ich nicht mehr. Ich hatte gedacht, ich könnte mir das leicht merken, aber dummerweise hatte ich es nicht notiert, und nun hatte ich es vergessen. Man sollte immer alles sofort aufschreiben. Nackt ging ich auf den Balkon, um mein anderes Experiment in Augenschein zu nehmen. Der Schatten meiner Sonnenuhr hatte sich ein kleines Stück nach rechts verlagert. Die Sonne bewegte sich nach links! Ich war in der umgekehrten Welt!»

War es denkbar, so fragte ich mich, daß Ruhm und Unsterblichkeit nur solchen Menschen vorbehalten waren, die sich mit Dingen beschäftigten, über die ernsthafte Leute mitleidig den Kopf schüttelten? War es vielleicht sogar so, daß nur *Kinder* berühmt und unsterblich wurden und Standbilder bekamen? Vielleicht weil ich selbst nie Kind gewesen war, erfüllte mich dieser Gedanke mit großer Freude.

Wir waren ununterbrochen in südlicher Richtung gegangen, hatten den Platz überquert und kamen zu einer Weggabelung: Geradeaus führte eine breite Allee mit sich herbstlich färbenden Bäumen direkt zum Hout, den ich in der Ferne liegen sah und wo mir der Meister etwas zeigen wollte; rechts davon zweigte nach einer sanften Kurve, aber fast parallel zur Allee, eine belebte Verkehrsader mit Geschäften ab. Der Meister, der noch immer auf der Suche nach einer sechsten und siebenten Uhr war, bog dorthin ab und setzte seinen Reisebericht fort. Aber viel erfuhr ich nicht über Australien. Es kam mir vor, als interessierte er sich kaum für seine eigene Art, weder für Autochthone noch für Eindringlinge, sondern nur für Bewegungen, Richtungen, Uhren, Schatten – und Bilder, muß ich hinzufügen.

«Warum erzählen Sie mir das eigentlich alles?» fragte ich irgendwann. «Warum schreiben Sie es nicht auf? Nachher haben Sie es vergessen.»

«Das interessiert doch keinen Menschen.»

Die Wahrheit war vielleicht, daß *er* sich im Grunde für keinen Menschen interessierte. Eher für Drehtüren. Die drehten sich in Australien ebenfalls in die falsche Richtung, sagte er mit einem kleinen Lachen: und zwar im Uhrzeigersinn. Daß das nichts mit der Sonne zu tun hatte und daher rührte, daß dort wie in England Linksverkehr herrschte, begriff sogar ich. Wenn er die Feststellung aufgeschrieben hätte, hätte er zweifellos sein berühmtes Ironiezeichen dahintergesetzt, für das man ihm mit fünfzig Jahren einen Orden verliehen hatte. Dieses neue Satzzeichen hatte er eingeführt, weil er ständig falsch verstanden wurde. Da das Ausrufezeichen gesehen werden konnte wie die Ziffer 1 mit einem Punkt darunter, ¡, und das Fragezeichen als die Ziffer zwei mit einem Punkt darunter, ¿, war das Ironiezeichen: ¿. Bei der Entgegennahme seines Ordens im königlichen Palast hatte er erläutert, daß folglich noch eine unendliche Anzahl von Satzzeichen möglich seien – mit der Kulminatin: ∞.

Ein Problem, das er noch nicht ganz gelöst habe, sagte er, sei die Tatsache, daß auch auf der nördlichen Halbkugel Veranstaltungen wie Pferderennen und Sportwettkämpfe in Stadien entgegen dem Uhrzeigersinn stattfänden; offenbar gehörten sie auf irgendeine Weise zur Welt der Schatten. Und was schließlich die Menschen in Australien betreffe, so sei auch bei denen alles umgekehrt. Vor zweihundert Jahren noch englische Strafkolonie, bestanden heute die ältesten und vornehmsten Familien aus Nachfahren des letzten Abschaums, der sich begierig darangemacht hatte, noch Schwächere auszurotten. Seitdem feierten sie Weihnachten im Sommer.

«Nehmen Sie es mir nicht übel», sagte ich dreist, «aber ist das tatsächlich alles, was Sie über die Bevölkerung zu sagen haben? War das bei Ihnen nie anders? Kommt das daher, daß ihr Schatten... Ich meine, vorhin ging es mir durch den Kopf, daß ein Schatten doch eigentlich nur etwas ist, wo etwas anderes *nicht* ist, nämlich Licht – so etwas wie ein Loch also eigentlich oder eine Schuld –»

«Lieber Himmel», unterbrach er mich, «*nur?* Woher hast du diesen Unsinn? Jeder Schatten ist eine Sonnenfinsternis, die die Natur aufschreckt. Laß dir von mir sagen, daß Löcher und

Schulden und Schatten genauso real sind wie das, was existiert. Aber dazu muß man natürlich wissen, daß die Welt nicht nur das ist, was sie ist, sondern auch, was sie nicht ist.»

«Verzeihung», sagte ich beschämt, «das wußte ich nicht.»

«Das konntest du auch nicht wissen, denn du schläfst nie, und du träumst nie.»

ZEHN

Es gab Empfänge, Lunches, Diners, Interviews, und an der Universität hielt er eine Vorlesung mit Lichtbildern über seinen Schatten. Aborigines befanden sich nicht unter seiner Zuhörerschaft: Denen brauchte er nichts beizubringen über die eigene Persönlichkeit der Schatten. In gewisser Weise war es sogar so, daß er, indem er über sich selbst sprach, den Studenten etwas über die Aborigines erzählte, ohne daß sie es bemerkten.

Zwei Tage später saß er im Flugzeug nach Sydney, das gut siebenhundert Kilometer weiter südlich lag und wo es schon weniger warm war. Zwei Tage lang wiederholte sich das Programm, dann flog er nach Melbourne, noch einmal siebenhundert Kilometer weiter, am südlichen Ende des Kontinents. Auch dort wuchsen noch Palmen, aber das Licht hatte schon etwas von der klaren, kühlen Präzision, die am anderen Ende der Welt Johannes Vermeer möglich gemacht hatte. Empfänge, Lunches, Diners, Interviews, Vorlesungen. Nach einer Huldigung im Niederländischen Club, in dem an einem Abend ein Film über seinen Schatten vorgeführt worden war (in Los Angeles ausgezeichnet als beste Dokumentation des Jahres), kam er auf den Boulevard und sah über der Bucht die Mondsichel schwindlig auf dem Rücken liegen in einem bedauernswert chaotischen Sternenhimmel, aus dem alle Bären verschwunden waren und den kein Babylonier, Ägypter oder Grieche je für möglich gehalten hätte.

Nicht nur am Himmel, auch in der Lounge seines Hotels war etwas Merkwürdiges geschehen. Der Meister hatte telefonisch einen Termin mit einem Fotografen der Lokalzeitung vereinbart; als er aus dem Lift stieg und sich umschaute, sah er einen Fotografen mit einer Kamera vor dem Auge und einen Mann, der plötzlich davonrannte auf die Straße. Es stellte sich heraus, daß der Fotograf den Mann gefragt hatte, ob er vielleicht der Meister sei, was dieser bejaht hatte, doch ehe der Fotograf abdrücken konnte, sah der Mann den wahren Meister in der Lounge erscheinen.

«Hatte er Ähnlichkeit mit mir?» fragte der Meister den Fotografen.

«Absolut keine.»

«Hatte sein Schatten Ähnlichkeit mit mir?»

«Darauf habe ich nicht geachtet.»

Der Meister stellte sich ans Fenster in die Sonne.

«Hatte er Ähnlichkeit mit meinem Schatten?»

Nachdenklich hielt der Fotograf seine Kamera an die Lippen.

«Ich bin mir nicht ganz sicher...», sagte er nach einer Weile. «Könnte sein...»

Dieser Vorfall hatte den Meister verwirrt. Sollte er zurückkehren zur Auffassung seiner Jugend, sein Schatten sei der eines lebenden Zeitgenossen? Stellte er sich nun als sein Antipode heraus? Diese Unsicherheit kam ihm doppelt ungelegen, denn gerade während seiner australischen Vorträge und Demonstrationen plagten ihn hinsichtlich der Identität seines Schattens wieder große Zweifel: War es wirklich der Schatten eines Gottes?

Am letzten Tag seines Aufenthaltes kam ihm jedoch ein neuer Einfall. Mit dem Generalkonsul, einer bildhübschen Baronin, einem Millionär und einem weiteren niederländischen Meister, dessen Schatten nicht stimmte, unternahm er eine Autotour zum Kap am südlichsten Punkt des Kontinents. «Wenn mir nichts fehlt», vertraute der andere Meister ihm un-

terwegs an, «will ich ständig Selbstmord verüben, kaum aber
fehlt mir was, renne ich zum Arzt.» Wo der Indische Ozean
und der Pazifik sich trafen, sah er von einer steilen Klippe aus
fünf haushohe Brandungen hintereinander. In dem peitschen-
den Sturm, der von den antarktischen Eismassen auf der anderen Seite aus dem äußersten Süden kam, konnte er sich nur mit
Mühe auf den Beinen halten. Unten lief der andere Meister verzweifelt die Flutlinie entlang. Der Meister breitete die Arme
aus. Er könnte jetzt praktisch keinen Schritt weiter von zu
Hause weg machen: mit jedem nächsten Schritt tat er einen
Schritt zurück. Und da dachte er plötzlich:

Ist vielleicht mein Schatten nicht der eines Gottes, sondern
einer Göttin? Von einer Sirene, halb Frau, halb Vogel, die die
Seefahrer mit himmlischem Gesang in den Untergang treibt
und die ich orphisch zähme?

ELF

«Genau!»

Er hatte gefunden, was er suchte. Wir standen wieder vor
einem Juwelier, der einen Totalausverkauf veranstaltete, und er
war im nächsten Augenblick in dem Geschäft verschwunden.
Gegenüber wurde die Häuserreihe von einem Park unterbrochen; in der Mitte stand das Standbild eines anderen großen
Haarlemers auf einem Sockel: Frans Hals. Er hatte mir den
Rücken zugedreht, und das war auch gut so, denn mein Anblick
hätte ihn nur aus dem Konzept gebracht. Armer Kollege. Er
würde vielleicht nie durch ein Blinzeln aus der Erstarrung geweckt werden.

«Na?» rief der Meister und streckte sein linkes Handgelenk
vor. «Was sagst du dazu? Zwei wie eine und das zum Preis einer
halben.»

Es war eine Uhr mit zwei Zifferblättern nebeneinander; das

eine mit arabischen Ziffern und goldfarbenen Zeigern, unter dem *Home-Time* stand, das andere mit römischen Ziffern und schwarzen Zeigern: *Zone-Time*. Sie waren auf dieselbe Zeit eingestellt, fünf vor eins.

«Damit ist ein Problem auf jeden Fall aus der Welt geschafft. Und es ist schön, daß das hier passiert, denn dort drüben», sagte er und zeigte auf ein Gebäude am Rande des Parks, «habe ich lesen und schreiben gelernt.»

Wir gingen weiter. Es habe auch eine Doppeluhr in digitaler Ausführung gegeben, sagte er, aber er habe nicht einen Augenblick daran gedacht, dieses Unding zu kaufen. Digitaluhren seien für Leute, die nicht mit Füllern schrieben, sondern mit Kugelschreibern; jemanden mit einer Digitaluhr betrachte er nicht wirklich als Menschen. Die sich spastisch verändernden Zahlen verkrampften sich ununterbrochen wie bei einem epileptischen Anfall oder wie jemand, der jede Sekunde einen Peitschenhieb bekomme, auch wenn sie oberflächlich betrachtet das Wesen der Zeit besser ausdrückten als die Zeiger auf einem Zifferblatt, allerdings nur den linearen Aspekt, das stumpfsinnige Nacheinander, und das auch noch in kleine Stücke zerhackt. Philosophisch gesehen sei das ein grober Schnitzer; die Zeiger auf einem Zifferblatt hingegen stünden nie still und drückten die Zeit nicht nur zeitlich, sondern auch räumlich aus und seien sozusagen noch beseelt mit der Sonnenuhr verbunden, also mit dem Stand und der kontinuierlichen Bewegung von Sonne und Schatten, und das heiße: mit der vollständigen Wirklichkeit selber. Der Halbkreis sei durch einen ganzen, der tägliche Umlauf der Sonne durch zwei Umläufe des kleinen Zeigers ersetzt worden; und jeder Zeigerstand, jeder Winkel, den die beiden Zeiger zueinander hätten, habe seinen eigenen emotionalen Gehalt, den jeder auf den ersten Blick sehe; dazu seien nicht einmal Zahlen erforderlich, ebensowenig wie die Sonne Zahlen am Himmel brauche. Die obere Hälfte des Zifferblatts habe einen anderen Wert als die untere, die linke einen anderen als die rechte; die vier Viertelsegmente unterschieden sich voneinander wie die Jahreszeiten. Zwischen dem Stand von Viertel vor eins und dem von Viertel nach sechs gebe es einen himmelweiten Unterschied, der niemandem erläutert zu werden brauche, da jeder diese Erfahrung mache. Ich solle auch einmal an den Stand von fünf vor zwölf denken – dieser stelle nichts weniger dar als das drohende Ende aller Dinge. Zeigerstände enthielten genausoviel Ausdruck wie Körperhaltungen; die von Standbildern beispielsweise. Aber für die Zahlenkombinationen zwischen *0:00* und *23:59*, die abgelesen und immer kurz entziffert werden müßten, gelte das nicht. Die seien alle aus demselben Acryl eines Konfektionsanzuges, den nicht einmal die Motten mochten. Was war der emotionale Unterschied zwischen den Ziffern *13:17*, *17:45* und *23:55*? Keiner. Dort herrsche die emotionale Erfrierung: Digitaluhren vertraten den Tod, Zeigeruhren das Leben. Digitaluhren seien wertlos; wenn man ein Auto kaufe, könne man gleich ein Dutzend geschenkt haben, wenn man wolle.

Mich schwindelte ein wenig bei diesem Ausbruch.

«Woher so plötzlich diese Wut?» fragte ich. «Waren Sie in der Schule schlecht in Algebra und gut in Geometrie?»

«Auch das ist wahr», sagte er. «Für ein Standbild ist deine Intuition ausgezeichnet. Aber das ist keine Unzulänglichkeit meinerseits, sondern eine der Algebra. Ich muß Formen sehen. Die Supremation der Zahlen und ihrer Unendlichkeit führt zum Wahnsinn, dafür sind einige Beispiele in der Geschichte der Mathematik bekannt. Cantor, der Gradationen der Unendlichkeit entdeckt – und als Symbol dafür übrigens das Aleph eingeführt hat, das hebräische A –, ist total verrückt geworden. Bei Leuten der Geometrie ist das, soweit ich weiß, nicht passiert; sogar Einstein, mit seinem gekrümmten Raum und den ungleichen Uhren, hat seinen Verstand beisammengehalten. Das Zählen kann zu geistiger Umnachtung der Menschheit führen, und ich sehe Digitaluhren als eine sinistere Ankündigung davon. Nur aus dem Geiste der Geometrie kann der digitale Mensch wieder –»

«Vielleicht», unterbrach ich ihn, «wäre es besser, wenn Sie mit dem Bericht Ihrer Weltreise fortführen, bevor Sie Dinge sagen, die Sie später bereuen.»

«Du hast recht. Danke. Aber sag mir Bescheid, wenn du ein Geschäft für Bürobedarf siehst, denn ich brauche einen Gradbogen. Es ist nicht ausgeschlossen, daß ich eine Entdeckung gemacht habe, aber das muß ich erst nachmessen.»

ZWÖLF

Da alle Routen nahezu gleich lang waren, flog er über Amerika zurück. Der andere niederländische Meister reiste nach Alice Springs im optischen Mittelpunkt Australiens, und er selbst rief seine alte Mutter an und sagte, er sei auf dem Weg zu ihr.

Am ersten Frühlingstag reiste er um halb zwölf vormittags aus Melbourne ab und stieg in Brisbane um in die Maschine nach San Francisco. Während die Küste hinter ihm wegglitt und er zwölf Stunden lang die unermeßliche ozeanische Welt vor sich hatte, erschien auf dem Bildschirm wieder das kleine Flugzeug. Er hatte es vollkommen vergessen, und es versetzte ihn sofort wieder in den Traumzustand seiner Hinreise, so daß es den Anschein hatte, als wäre er inzwischen gar nicht in Australien gewesen, sondern hätte nur eine Weile geschlafen und säße noch immer auf demselben Platz. Nach einer Stunde war an dem roten Strich zu erkennen, daß sich das kleine Flugzeug von Südwesten nach Nordosten bewegte. Er starrte unablässig auf den Schirm, schlummerte ab und zu ein, sah kurz auf den verlassenen Ozean, aß, trank, und da er wieder gegen die Bewegungsrichtung der Sonne flog, wurde es bald Nacht. Wieder hörte er Symphonien mit den endlosen Melodien, die so manchem Komponisten vorgeschwebt hatten, schlief ein, wachte mitten in der Nacht auf – und sah plötzlich, daß sein Dämon einen schier unglaublichen Moment aufs Programm gesetzt hatte.

Das kleine Flugzeug an der Spitze des roten Strichs hatte sich dem Äquator genähert. Links lag der Mikronesische Archipel, rechts der Polynesische. Und genau durch den Punkt, an dem das Flugzeug sogleich den Äquator überqueren würde, verlief auch die senkrechte Datumsgrenze.

Der Meister sagte, daß er am liebsten aufgesprungen wäre und jeden wachgeschrien hätte:

«In Gottes Namen, Leute, könnt ihr denn nie mal wach sein? Begreift doch, was hier geschieht! Die Sonne steht genau auf der anderen Seite der Erde exakt über dem Äquator, genau wie wir jetzt hier! Wir haben heute den ersten Frühlingstag gehabt, und in einigen Minuten werden wir genau diesen Tag noch einmal erleben, zum zweiten Mal durchleben, aber jetzt als den ersten Herbsttag! Vierundzwanzig Stunden lang werden wir unsere eigenen Doppelgänger sein! Gleich kommt der Punkt, dieser Übergang ... das ist doch ... das ist doch so etwas wie ... das Goldene Vlies!»

Er blieb sitzen und schwieg. Er hätte die Wendeltreppe zum Cockpit hinaufsteigen können, wo der Kapitän diesen Moment auf den Instrumenten genau ablesen und den Kurs vielleicht sogar leicht korrigieren könnte, um alles exakt verlaufen zu lassen, aber er hatte das Gefühl, daß er die Passage dieses Punktes auf irgend eine Weise spüren können müßte: in seinem Körper oder in seinem Geist: wie das Aussetzen des Herzens oder wie eine plötzliche Einsicht, wie tags zuvor auf dem Felsen. Nichts geschah. Mit einem Hüpfer hatte die Hornisse den magischen Punkt übersprungen, der Augenblick war vorbei, obwohl alles noch so war wie vorher, war nichts mehr wie vorher. Etwas hatte sich wundersam in sich selbst wie in etwas anderes verändert.

Um zwölf Uhr vormittags, am Tag und zur Stunde seiner Abreise aus Australien, landete er in San Francisco und rief seine Mutter an, um ihr zu sagen, daß er gut angekommen sei.

«Gegenüber ist ein Geschäft für Bürobedarf», sagte ich.

Ich hatte ihn schon früher darauf aufmerksam machen wollen, da ich ihn jedoch nicht hatte unterbrechen wollen, ging ich langsamer und blieb schließlich stehen. Als er im Geschäft war, hatte ich Gelegenheit, meinen eigenen Erinnerungen nachzugehen, die sein Bericht in mir hatte aufsteigen lassen und die zeitlich genausoweit entfernt waren wie die seinen räumlich.

Sie waren so alt, noch aus der Zeit vor meiner eigenen Geburt, daß ich nicht gewußt hatte, daß ich sie noch besaß. Sie hatten auch wieder mit einer Reise zu tun, dieses Mal von Amsterdam nach Den Haag. Ich war noch aus Gips, und im Innenhof der Akademie wurde ich in Stücken und Teilen auf Karren geladen, mein Kopf hier, mein Arm mit dem A dort; ich sah Wassergräben, Seen, Kühe, Schafpferche, die Zugpferde, die den Schwanz hoben und wie einen Bombenhagel ihre Feigen auf die Landstraße fallen ließen, ich hörte die Vögel, roch den Frühling. Irgendwann gab es auch einen Regenschauer, woraufhin falsche Streifen aus Sonnenlicht über das Land jagten.

In der heißen, dunklen Gießerei wurde ich in den nächsten Wochen heftig bearbeitet. Kräftige Kerle mit Schnurrbärten und in langen blauen Kitteln schmierten mich von Kopf bis Fuß mit einer dicken Schicht aus fettigem Sand ein, einer Art Erde; als sie fest geworden war, nahmen sie sie in Teilen wieder ab und setzten die Form wieder zusammen, so daß ich im Innern davon als Negativ meiner selbst vorhanden war. Danach füllten sie die Form ganz mit Sand aus, der ebenfalls fest wurde. Als sie die Form dann abnahmen, war ich zum zweitenmal da. Ich dachte, daß es damit ausgestanden wäre, aber das Unangenehmste sollte noch kommen. Von allen Seiten kratzten und schlugen sie einen halben Zentimeter von mir ab, so lange, bis ich unkenntlich und aussätzig aussah. Danach wurde die Form wieder um mich herum geschlossen, und dann kam das Schlimmste. Wie es genau gemacht wurde, konnte ich im Dunkeln natürlich nicht sehen, aber in den schmalen Raum zwischen mir und der Form wurde jetzt ohne Rücksicht glühendes Metall gegossen. Welche Heimsuchung! Welche Not! Aber es war die Sache wert, denn schließlich stand ich – zusammengeschweißt – da: in meiner wahren, dritten, bronzenen Gestalt.

DREIZEHN

Wir gingen in eine ruhige Seitenstraße, die in einer Kurve zum Hout führte. Vor einer wunderlichen, A-förmigen Jugendstil-Villa, die so weiß war wie sein Anzug schwarz, blieb der Meister stehen, zeigte mit dem soeben erworbenen Gradmesser aus Kunststoff darauf und sagte:

«Hier bin ich geboren.»

Er nahm seinen Hut ab und verbeugte sich. Vielleicht nicht vor sich selber, sondern vor seiner Mutter oder vor seinem Vater oder vor beiden oder vor seinem Schatten.

«Ich», sagte ich, während mir sofort klar war, daß ich zu weit ging, indem ich in diesem feierlichen Augenblick über mich selbst sprach, «erinnere mich plötzlich an etwas Unbegreifliches von vor hundertdreißig Jahren, im Atelier in Amsterdam. Ich war fertig, in Gips zumindest. Das war noch, bevor ich zur Akademie gebracht wurde, in die dann der König kam, um mich zu betrachten. Louis Royer, der hochbegabte Bildhauer mit den edlen Zügen und Schöpfer der Kollegen für Rembrandt, Vondel und Willem de Zwijger, hatte mich schon seit Stunden betrachtet, wie Künstler das zu tun pflegen, wenn sie etwas vollendet haben. Auf den Baumstrunk hatte er bereits seinen Namen geschrieben. Plötzlich stand er wieder auf, bestieg die Leiter und ritzte mit dem Spatel ein A in meine Stirn, zwischen die Augenbrauen. Dann machte er den Querbalken mit der Spitze seines Mittelfingers wieder unsichtbar, aber man kann es noch sehen, wenn man genau hinsieht. Was kann er damit gemeint haben?»

Aber der Meister hatte nicht einmal gehört, *daß* ich etwas sagte. In Gedanken versunken und mit dem Hut noch immer in der Hand, betrachtete er das merkwürdige Haus mit den rotweiß karierten Läden, das er vermutlich schon Dutzenden von Freunden, Freundinnen, Journalisten, Fotografen und Fernsehteams aus dem In- und Ausland gezeigt hatte.

«Die ganze Zeit», begann er in einem Ton, den ich noch

132

nicht von ihm gehört hatte, «während ich um die Welt reiste, hat sie bei geschlossenen Vorhängen in ihrem kleinen Appartement in der Sacramento Street im Bett gelegen. Das Licht störte sie. Sie war achtzehn, als mein Vater mich zeugte, aber jetzt war sie achtzig. Wenn sie aufstand, mußte sie sich auf ein Gestell auf vier Rädern stützen, das sie vor sich herschob wie früher auf diesen Platten hier mich in meinem Kinderwagen auf dem Weg zum Hout. Die Straßenecke war für mich damals weiter weg als jetzt die Antarktis. Die alte Dame war kleiner geworden, seitdem ich ihr letztes Jahr meine Tochter vorgestellt hatte, aber das Azurblau ihrer Augen war unverändert. Ich erzählte ihr von meiner Begeisterung für den Augenblick, in dem ich den Schnittpunkt von Äquator und Datumsgrenze überflogen hatte, und daß ich nun an demselben Herbsttag an ihrem Bett saß – aber sie meinte, das sei alles Unsinn. Wie ich denn immer wieder auf solche Sachen käme? Es seien doch ausschließlich Vereinbarungen. Was erst ein Astronaut alles zu erzählen habe! Natürlich, sie hatte recht, es waren Vereinbarungen, aber es waren immerhin *die* Vereinbarungen. Sie sagte, heute sei übrigens Versöhnungstag. Auch das noch! Lauter Vereinbarungen, sogar mit Gott! Der Opferbock auf den Opferblock und der Sündenbock in die Wüste; aber heute waren Opferbock und Sündenbock offensichtlich identisch. Sie sagte, ich solle nicht so daherreden. Wie es mit meinem Schatten stehe, wollte sie ein wenig pflichtgemäß wissen, denn für sie bin ich nie das geworden, was ich für andere verkörpere. Ich wiegelte ab, ich mag es nicht, privat über meine Arbeit zu sprechen, das tun nur Amateure. Wer aus dem Fenster springt, Mama, sagte ich, zerschellt bei der Vereinigung mit seinem Schatten. Aber wir sprachen natürlich auch von anderen Dingen, die dich nicht nur nichts angehen, sondern die du auch nicht verstehst, denn als Standbild hast du nur einen Vater. Wie hieß er?»

«Royer. Louis Royer.»

Er schüttelte den Kopf.

«Nie gehört.»

«Nehmen Sie es mir nicht übel, aber dann sind Sie denkbar schlecht informiert», sagte ich, unangenehm berührt. «Und wie heißt Ihre Mutter?»

«Sie stammt in direkter Linie vom Erfinder des Schießpulvers ab 3» Schweigend sah er eine Weile zu dem Fenster hinauf, hinter dem er das Licht der Welt erblickt hatte und zum erstenmal seinem Schatten begegnet war. «Während wir uns unterhielten, dort in San Francisco, kam plötzlich eine fast hundert Jahre alte Dame herein, die sich in der Tür geirrt hatte. Verwundert sah sie sich um und entschuldigte sich mit schwerem russischem Akzent. Ihr Blick fiel auf die gemalte Kopie von *Profilo di giovane dama* über dem Bett meiner Mutter, die sie zum einundzwanzigsten Geburtstag hier in diesem Haus von meinem Vater geschenkt bekommen hatte – früher Leonardo da Vinci zugeschrieben, jetzt Ambrogio da Predis –, und fragte: «Is that you, Alice?» Als sie weg war, bekam meine Mutter einen Lachkrampf. Ich habe nie jemanden gekannt, der so lachen konnte wie sie; aber sie sagte, daß seit einigen Monaten ihre Tränendrüsen verstopft seien und sie nicht mehr weinen könne – auch nicht vor Lachen.»

Das Gesicht des Meisters spannte sich. Er setzte den Hut auf und schaute gedankenversunken auf den halbrunden Gradmesser.

«Sie ist dabei, durch den Spiegel ins Wunderland zu gehen», sagte er. «Als ich ging, gab sie mir all ihre alten Bilder mit und Pakete mit alten Briefen, ihre Juwelen, ihren Personalausweis aus dem Krieg mit dem aufgestempelten J, den gelben Stern, den sie getragen hatte, und ihre beiden Armbanduhren und einen dunkelbraunen Nerzpelz.»

Bei den letzten Worten sah er zu mir auf. Offenbar hatte auch das eine tiefere Bedeutung, aber ich hatte keine Ahnung, welche. Es fiel mir auch immer schwerer, seinen Erläuterungen zu folgen – und es sollte noch schwieriger werden.

VIERZEHN

Da es in den letzten Tagen geregnet hatte, war das Gehen im Hout für mich nicht einfach. Ab und zu versank ich bis zu den Knöcheln in dem matschigen Boden voller Pfützen, aber es war zugleich eine Sensation, die ich nicht hätte missen wollen. Ich hatte noch nie Erde unter meinen Füßen gespürt. Es roch bitter und würzig; wie das Glas eingeschlagener Autofenster glitzerte das Licht zwischen den vergilbten Blättern, die sich unaufhörlich irgendwo lösten und still und ergeben ihren ersten und letzten Weg machten, um auch nach ihrem Tod noch dienstbar zu sein.

Der Meister erzählte, daß er hier laufen gelernt habe, später stundenlang in Gedanken versunken umhergeirrt sei und unter den Sträuchern in der Nacht, wenn der Mensch keinen Schatten besitze, weil seine Hemisphäre dann im Schatten der Erde liegt, seine erste Freundin besessen habe. Die ersten dreißig Jahre seines Lebens hätten sich rund um diesen Wald abgespielt, und ich merkte, daß jede Stelle, die er sah, eine Erinnerung in ihm wachrief. Seine eleganten wildschweinsledernen Schuhe wurden schmutzig, aber es schien ihn nicht zu stören; vielleicht weil Schweine sich von Natur aus im Schlamm suhlen.

«So», sagte er und nahm die Prospekte aus der Tasche, «und jetzt werden wir mal sehen.» Er setzte sich auf eine steinerne Bank, die dort zum Gedenken eines vergessenen Komponisten stand, begann langsam zu blättern und fragte: «Fällt dir nichts auf?»

Obwohl die Bank aus Stein war, wagte ich doch nicht, mich zu setzen. Ich hatte im übrigen noch nie gesessen, und es kostete mich Mühe, auf dem Boden eine bequeme Haltung zu finden. Als es mir endlich gelungen war, blätterte auch ich in den Prospekten. Auf Hochglanzpapier waren wunderschöne Bilder von Armbanduhren in Originalgröße abgedruckt. Und plötzlich sah ich, was er meinte.

«Sie zeigen alle auf zehn nach zehn.»

«Genau. Und das ist die große Frage. Warum ist das so? Uhren mit unterschiedlichen, willkürlichen Zeigerständen würden einen unruhigen Eindruck machen, aber warum gerade zehn nach zehn, bei all den unterschiedlichen Marken aus verschiedenen Ländern? Warum ist das die Konvention? Man kann sich denken, warum sie nicht auf zwölf gestellt werden, denn dann kann man den kleinen Zeiger nicht sehen, und sechs Uhr oder Viertel vor neun oder Viertel nach drei sind sehr steile und sterile Positionen. Es muß ordentlich und also symmetrisch aussehen, und zwar auf der vertikalen Achse, denn das sind wir selbst auch. Zehn vor halb zwei, zehn nach vier, zehn vor acht und zehn nach halb zehn fallen also weg. Aber warum nicht zehn nach halb vier oder zehn vor halb acht? Der Grund ist, daß das depressive Zeigerstände sind. Man hält die Arme auf zehn nach halb vier, wenn man nicht mehr weiterweiß; wenn man kapituliert hat und wenn man traurig ist, stehen die Mundwinkel so. Zehn nach halb vier in der Nacht: So spät ist es auf dem Grund der Seele. Aber wenn man lacht, steht der Mund auf zehn nach zehn, und die Arme hält man so, wenn man gewinnt, denk nur an den Radrennfahrer, der als erster die Ziellinie überfährt. Es ist die Haltung des Triumphes. So hielt Moses seine Arme während der Schlacht gegen die Amalekiten; als er sie ermüdet sinken ließ, waren die Juden sofort am Verlieren, so daß sein Bruder und noch jemand sie hochhalten mußten bis zum Sonnenuntergang und Sieg. Und daß es zehn nach zehn sein muß und nicht zehn vor zwei, ist deshalb so, weil der Tag dann noch jung ist; außerdem ist man um zehn nach zehn immer wach, während man nachts um zehn vor zwei eigentlich schlafen sollte. Bleibt noch die Frage, warum nicht auch fünf nach elf möglich wäre, aber damit entsteht plötzlich wieder eine Haltung verschreckter Kapitulation: Hände hoch! oder des Fallens: Hilfe!»

Bewundernd sah ich den Meister an.

«Damit wäre das Problem also geklärt.»

136

«Damit sind wir imstande, den Stand der Zeiger mathematisch zu untermauern. Sieh dir das noch einmal genau an. Die meisten Uhren stehen auf zehn nach zehn, aber hier steht eine auf elf nach zehn, da eine auf acht nach zehn und diese sogar auf sieben nach zehn. Wenn ich der Direktor der Fabrik wäre, würde ich den Fotografen fristlos entlassen, denn das geht natürlich nicht. Es muß einen vollendeten Stand geben. Da der kleine Zeiger schon an der zehn vorbei ist, sollte der große Zeiger denselben Abstand zur Zwei wahren. Der vollendete Zeigerstand ist also neun nach zehn – wie bei dieser Uhr hier. Und jetzt *behaupte* ich», sagte er, während er seinen Gradmesser zum Vorschein holte, «und jetzt *behaupte* ich, daß die Zeiger in diesem vollendeten Stand einen Winkel von einhundertundacht Grad bilden.» Er legte sein Instrument auf die Zeiger, brachte es sorgfältig in Position und sah auf. «Und das trifft zu.»

«Haben Sie so ein genaues Auge», fragte ich perplex, «daß Sie so etwas sofort sehen?»

«Das wäre nichts Besonderes. Nein, ich *wußte*, daß es so sein würde.»

«Und warum gerade einhundertundacht Grad?»

«Aha! Jetzt stoßen wir auf die Grundlagen. Ich werde es dir sagen, aber nur dir, denn es ist geheim. Oder hast du kein Interesse daran, etwas zu lernen?»

«Doch, natürlich», sagte ich unsicher.

FÜNFZEHN

«Ich werde es das Geheimnis des Pythagoras nennen. Du weißt natürlich, was ein Pentagon ist?»

«Natürlich. Das ist der Name des Kriegsministeriums in Washington.»

«Ich merke deutlich, daß du noch vom alten Schlag bist. Verteidigungsministerium pflegen wir seit dem Krieg zu sagen, denn wir haben heutzutage mehr Angst vor dem Wort Krieg als vor dem Krieg selbst. Ein Pentagon ist also ein regelmäßiges Fünfeck, ja», sagte er und suchte in seiner Innentasche nach seinem Füller. Als er ihn nicht fand, strich er mit dem Fuß die Erde glatt und zeichnete mit dem Zweig die Figur:

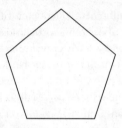

«Das ist die Form, die militärische Bollwerke hatten. Die strategische Praxis zeigte, daß man sich in einer Bastion mit dieser Form am besten nach allen Seiten hin verteidigen konnte. Sie hat fünf stumpfe Winkel zu einhundertundacht Grad. Aber das Geheimnis dieser grimmigen, uneinnehmbaren Form offenbart sich erst, wenn man ihre innere Struktur ansieht: Dann erscheint plötzlich die delikateste und tiefsinnigste Figur, die es gibt. Paß auf, ich zeichne jetzt zwei Diagonalen, die sich schneiden:

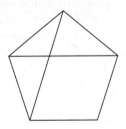

Diese beiden Linien verteilen sich nach dem Prinzip des Goldenen Schnitts, das heißt, das kleinere Stück verhält sich zum größeren wie das größere zur gesamten Linie. Das ist das ästhetisch vollendete Verhältnis, das man überall in der Kunst und in der Natur wiederfindet. Im gleichschenkligen Dreieck links oben – für das auch wieder der Goldene Schnitt gilt, genau wie für die beiden anderen Dreiecke – ist der stumpfe Winkel von einhundertundacht Grad wieder erschienen; weil die Summe der drei Winkel einhundertundachtzig Grad beträgt, haben die beiden anderen Winkel jeweils die Hälfte von zweiundsiebzig Grad, also sechsunddreißig. Winkel von zweiundsiebzig Grad siehst du demnach zu beiden Seiten der stumpfen Winkel liegen.» Er reichte mir den Zweig. «Und jetzt ziehst du die drei weiteren Diagonalen.»

Mit meinem bronzenen Daumen und Zeigefinger, die doppelt so groß waren wie die seinen und nie etwas anderes festgehalten hatten als meinen Buchstaben, nahm ich ihm vorsichtig den Zweig ab. Ich tat, worum er mich gebeten hatte.

«Das sind ja fünf ineinandergeschobene As!» rief ich aus, woraufhin sich ein Baby in einem vorbeifahrenden Kinderwagen überrascht aufsetzte.

«Ja», sagte der Meister, «das siehst du natürlich sofort. Das Pentagramm, das du nun vor dir hast, ist die Seele des Pentagons und wird manchmal auch Pentalpha genannt. Der Stern, den man in einer Linie zeichnen kann, war das Emblem der Pythagoreischen Bruderschaft, Symbol der Gesundheit et cetera et cetera; aber inzwischen siehst du es auch bei den ordinärsten Okkultisten, an der Spitze von christlichen Weihnachtsbäumen und auf den Fahnen und Raketen der Amerikaner ebenso wie auf denen der Russen und Mohammedaner. Wohin man auch schaut, überall dieser Stern. Auf dem Hollywood Boulevard in Los Angeles sind Hunderte mit den Namen von Filmstars auf den Bürgersteigen, du findest sie auf Turnschuhen und bei den Sonderpreisen der Supermärkte. Das Zeichen ist universeller als das Kreuz, und so haben die Pythagoreer sich auf der ganzen Welt verewigt. Wenn man in das kleine Pentagon im Herzen des Sterns ein zweites Pentagramm zeichnet, kommt der Goldene Schnitt in der ganzen Figur sechstausendmal vor. Man kann unendlich so weitermachen und sich immer kleinere Pentagramme in das Herz hineindenken.»

«Aber», fragte ich und gab ihm den Zweig zurück, «was hat das denn alles mit dem Stand von neun nach zehn auf den Uhren zu tun?»

Er sah mich an und steckte den Zweig gedankenverloren in die Innentasche.

«Daß die Vollendung des Zeigerstandes in der Vollendung des Pentagramms verankert ist. Es kommen nur Winkel von sechsunddreißig, zweiundsiebzig und einhundertundacht Grad vor. Daß bei den Uhren ein stumpfer Winkel gewählt wurde, und zwar mit den Schenkeln nach oben, hat psychologische Gründe, über die wir bereits gesprochen haben und worüber noch einiges zu sagen wäre. Im Stand von neun Minuten nach zehn wird die Art der Zeit räumlich ausgedrückt auf eine Weise, die sich im mathematischen Herzen der Welt verbirgt. Und das Erstaunliche ist, daß das mit einer Zeigeruhr *möglich* ist. Die Digitalistenbrut hat dem nichts entgegenzusetzen.» Mit dem Fuß verwischte er die Figur, wie jemand, der seine Spur unsichtbar macht. Er zögerte kurz und sagte dann: «Und der gleiche Winkel von einhundertundacht Grad entsteht – aber das dürfte ich eigentlich nur Pythagoras selbst anvertrauen –, wenn man eine Gerade von Amsterdam nach Brisbane zeichnet und von Brisbane nach San Francisco.»

SECHZEHN

Beeindruckt sah ich auf die Stelle, wo auf der Erde die Figur gewesen war. Sie hatte nun die Gestalt eines Menschen, mit Kopf und gespreizten Armen und Beinen.

«Das war es also», sagte ich, «was Sie mir hier zeigen wollten.»

In Gedanken sah auch er auf die Stelle.

«Wäre es vielleicht sogar möglich», fragte er, mehr sich selbst als mich, «daß auch die Flügel eines Bumerangs einen Winkel von einhundertundacht Grad bilden? Dann wäre die paradoxe Erfindung der Aborigines, die zurückkehrt, wenn man sie weg-schleudert, die technologische Bestätigung von allem, was ich behaupte...» Er sah mich an und stand auf. Als ob er nichts gesagt hätte, beantwortete er meine Bemerkung: «Dazu bräuchte ich das Hout nicht. Komm, es ist ganz in der Nähe.»

Hundert Meter weiter blieb er vor einem grauen Monument stehen, das die Form eines Würfels hatte und von einem Eisengitter umgeben war. Die Inschrift war von einem gemeißelten Lorbeerkranz umgeben, aber bevor ich sie hatte lesen können, zeigte er auf ein A mit zwei kleinen Flügeln, das am oberen Rand eingemeißelt worden war.

«Hier», sagte er, «soll Laurens Janszoon Coster die Buch-druckerkunst erfunden haben.»

Mit Ekel sah ich auf den plumpen Klotz, der aussah wie ein leerer Sockel und an einer Stelle stand, wo nichts passiert war – Zenotaph für ein Nicht-Geschehen, dem ich meine Existenz verdankte, eine absurde Existenz, die von Tag zu Tag lächer-licher wurde.

«Als Kind hat es mich immer gewundert», sagte er, «daß sie die Stelle, wo der Buchstabe zu Boden gefallen ist, mit einem Stein unsichtbar gemacht haben. Man sollte doch die Erde se-hen können, fand ich, und einfach eine runde Glasplatte dar-überlegen.»

«Finden Sie es sehr taktvoll», fragte ich peinlich berührt, «mich hierher zu bringen? Finden Sie tatsächlich, daß ich die-ses Unding gesehen haben muß?»

Ich bekam einen leicht spöttischen Blick als Antwort.

«Ich wollte es dir nur im Vorbeigehen zeigen. Es geht um etwas anderes. Und daß du eigentlich niemanden darstellst und folglich vor allem du selbst bist, ist übrigens vielleicht der Grund für die Tatsache, daß du imstande warst, von deinem Sockel zu steigen.»

Ich biß mir auf die Lippe, was ein derartig schreckliches Knirschen verursachte, daß sich ein alter Mann auf einer Bank die Ohren zuhielt und sich aus dem Staub machte. Zehn Meter weiter blieb der Meister bei einer Buche stehen. Aufmerksam betrachtete er den Stamm und legte dann den Finger an eine Stelle in der Rinde, die aussah wie eine verkrustete Schwäre.

«Hier», sagte er, «habe ich vor einem halben Jahrhundert, als zehnjähriger Junge, mit einem Taschenmesser die Initiale meines Vornamens in die Rinde geschnitzt. Danach», sagte er und glitt mit dem Finger weiter, «begann ich mit der meines Nachnamens. Man kann sehen, daß das erste Bein schon dasteht, ein I, und wenn man genau hinsieht, kann man auch noch den schrägen Ansatz der ersten schrägen Linie des M sehen.»

«Einhundertundacht Grad?» unterbrach ich ihn frech, aber er tat, als höre er es nicht.

«Dann kam ein Polizist auf dem Fahrrad, beschlagnahmte das Messer und jagte mich davon.»

Ich fing an, nun endgültig an seinem Verstand zu zweifeln.

«Meinen Sie», fragte ich, «daß eigentlich Sie es sind, der die Buchdruckerkunst erfunden hat? Als eine Art Schatten-Coster?»

Es hätte mich nicht gewundert, wenn er es bestätigt hätte, aber er sagte:

«Ich meine gar nichts. Ich meine nie etwas. Ich zeige dir nur, wie es ist, was geschehen ist und an welcher Stelle. Ich habe einen Buchstaben aus der Rinde geschnitzt an einer Stelle, wo ein Gedenkstein steht für jemanden, der genau das getan haben soll, aber nie getan hat, und von dir dargestellt wird, und dem hat die Polizei ein Ende gesetzt. Aber wenn die Wirklichkeit dich nicht interessiert...»

Die Stimmung war verdorben. Schweigend traten wir den Rückweg an.

SIEBZEHN

Als wir aus dem Wald kamen, gingen wir durch die Allee, die ich vorhin vor mir hatte liegen sehen. Meine Gedanken schweiften ab zum Juli 1856, als ich während eines dreitägigen Volksfestes enthüllt wurde. Eine große Menschenmenge ging damals dieselbe Strecke, vom Gedenkstein im Hout zum Grote Markt. Genaues weiß ich natürlich nicht, denn ich wartete unter dem großen Tuch, das, klatschnaß vom Regen, im harten Wind gegen mich schlug. Am Gedenkstein wurden Reden gehalten, aber der große Zug mit Musik wurde von einem heftigen Unwetter überrascht, so daß alles schiefzugehen drohte. Aber schließlich hörte ich die Menge durch die Grote Houtstraat näher kommen. Als der Prinz das Tuch von mir zog, sah ich den Platz schwarz vor Regenschirmen und Zylindern, die umgeben waren von trostlos triefenden Fahnen, Ehrenbögen und Girlanden; es waren Minister, Bürgermeister, Typographen und Buchhändler aus dem ganzen Land gekommen, Tausende von Menschen, die jubelten und sangen. Noch mehr Reden, Festmärsche, Demonstrationen und Ständchen, das alles, um Gutenberg zu beschämen; abends war die Stadt festlich beleuchtet, und als die Nacht kam, stürzte während des Feuerwerks das Amphitheater mitsamt den Zuschauern und kurz darauf auch die Tribüne mit den geladenen Gästen ein. Damals dachte ich noch, daß ich tatsächlich den Erfinder der Buchdruckerkunst vertrat, und ich vermutete Doktor Faust mit seinem teuflischen Schatten hinter den Katastrophen.

Wir kamen wieder am Park mit Frans Hals vorbei. Jetzt sah ich ihm gerade ins Gesicht, aber er rührte keine Miene; entspannt, mit Palette und Pinsel, tat er so, als sähe er mich nicht. Am anderen Ende der Allee lag der ehemalige Palast von König Ludwig Napoleon, ein weißer, neoklassizistischer Bau mit Säulen und Tempelfront, der vielleicht für die Vorliebe des Meisters für die Klassik verantwortlich war; auf dem Rasen gegenüber stand 1856 ein zwanzig Meter hoher Globus mit den

Abbildungen des Tierkreises auf dem Äquator, der von einer strahlenden Sonne gekrönt wurde, auf der HAARLEM stand.

Der Meister sah auf die Uhr und murmelte, daß es nur gut sei, daß er auch zwei Augen habe. Da ich unser Schweigen etwas lächerlich zu finden begann – wir waren fast wie ein Ehepaar –, fragte ich ihn, ob er nicht etwas von den letzten Etappen seiner Reise erzählen wolle. Ein wenig schmollend willigte er ein. Er sagte, er denke an die Tausende von Malen, die er hier auf dem Weg in die Stadt und zum Café auf dem Grote Markt gegangen war.

Über die Rocky Mountains und die Great Plains flog er zurück nach New York. Am selben Abend noch sah er sich auf seinem Hotelzimmer die Debatte zwischen den Präsidentschaftskandidaten im Fernsehen an, und in den nächsten Tagen wurde ununterbrochen Panik gemacht: Kolonnen von Staatsoberhäuptern fuhren zwischen Hunderten von Polizeibeamten durch die abgesperrte Lexington Avenue, als seien sie auf der Flucht in viel zu langen Limousinen mit undurchsichtigen Fenstern, von Polizeimotorrädern eskortiert und von Krankenwagen begleitet, und das alles untermalt von dem zerreißenden Heulen, Kollern und Jaulen aus dem Dschungel der Macht. Die Sitzungen der Vereinten Nationen wurden wiederaufgenommen, er war bei einer Rede des russischen Außenministers dabei, sah den amerikanischen Präsidenten vorbeieilen, mit Frau natürlich, und die Bettler und Junkies auf den Gehsteigen: immer nur Weiße oder Schwarze, nie Asiaten. Da man ihn in der sonnigen Stadt erkannt hatte, wurde er zu einem Empfang des niederländischen Außenministers eingeladen; aber er ging auch in das Metropolitan Museum und ins Museum of Modern Art, wo er in der wispernden Stille malkünstlerische Schatten studierte, vor allem bei De Chirico, dem Meister des Schlagschattens; auf seinen Bildern schienen nicht die Figuren Schatten zu werfen, sondern aus der Tiefe der Erde leuchtete ein metaphysisches Antilicht, in dem die Figuren zu Phantomen ihrer Schatten wurden. Am letzten Tag hing er mit einer Flasche kalifornischen Weins im Sessel vor dem Fernseher und verfolgte den jahrelang verschobenen Start eines bemannten Raumfahrzeugs – und dachte an die Worte seiner Mutter: was die Astronauten nach Dutzenden von Erdumkreisungen wohl alles zu erzählen haben würden.

«Und dann?» fragte ich, weil er schwieg.

Er zuckte die Schultern.

«Dann flog ich zurück nach Amsterdam.»

ACHTZEHN

Wir waren da. Ausnahmsweise waren der Buchstabe und das Buch nicht gestohlen. Der Meister warf einen Blick auf den Sockel und dann auf mich. Mit einem Lächeln fragte er:

«Oder tauschen wir?»

Einen Moment lang glaubte ich, daß er es ernst meinte, daß es tatsächlich denkbar wäre: er, grün oxidierend, für immer dort oben mit dem Buchstaben und dem Buch, ich einem neuen Leben entgegen. Wenn es möglich wäre, aus Menschen Standbilder zu machen, wäre es vielleicht auch möglich, aus Standbildern Menschen zu machen – aber ich begriff, daß ich all meine Möglichkeiten ausgeschöpft hatte.

Die Kirchturmuhr schlug zwei, und der Meister reichte mir die Hand: eine kleine warme Hand, um die ich vorsichtig meine große kalte legte.

«Ich danke Ihnen für diese unvergeßlichen Stunden», sagte ich schwermütig.

«Mach's gut.»

«Ich habe sehr viel gelernt. Manchmal war es etwas schwierig, aber –».

Ich versuchte, den Abschied in die Länge zu ziehen, der Ewigkeit noch ein wenig Zeit zu stehlen, aber er hörte nicht mehr zu. Er blinzelte mir wieder zu – jetzt mit dem anderen Auge –, drehte sich um und ging in Richtung Rathaus.

Es war vorbei. Ich legte meine Hände auf den Sockel, stieß mich ab und setzte mich mit dem Lärm eines Zugunglücks auf den Rand. Ich stellte mich zum Baumstumpf, nahm das Buch unter den Arm, brachte meinen linken Fuß in eine vorwärtsschreitende Position, wie Louis Royer es gewollt hatte, und während ich das Gefühl hatte, als würden mir Tränen in die Augen steigen, hob ich das A – wobei mein Ellbogen zweifellos einen Winkel von einhundertundacht Grad bildete.

Während sich die erste Taube auf meinem Kopf niederließ, sah ich den Meister, wie er in Richtung Koningstraat ging und um die Ecke bog, so daß einen Augenblick lang nur noch sein Schatten sichtbar war, aber ich konnte ihm nicht mehr sagen, was ich plötzlich sah: es war der Schatten seiner Mutter ∞

(1988)

VORFALL
Variation zu einem Thema

Der Turm

Der Bau des Wolkenkratzers, mit dem sich die Stadt endgültig
Zugang zur Gesellschaft der Metropolen verschaffen wollte,
war im Herbst bis zum einundsechzigsten Stock fortgeschrit-
ten. Im unteren Bereich sollte eine riesige Halle entstehen, die
sich über fünf Stockwerke erstrecken würde – ein märchenhaf-
tes, goldglänzendes Labyrinth aus Rolltreppen, Pflanzen,
Springbrunnen, Wänden aus fallendem Wasser, dem Eingang
eines Luxushotels, einer Austernbar, Cafés und teuren Restau-
rants im *Atrium*, und in einer angrenzenden *Galleria* nur die
exklusivsten Geschäfte. Nach oben hin würde die Qualität notgedrungen etwas nachlassen, für die meisten Menschen jedoch
immer noch unerschwinglich sein. In der Mitte des Raumes
sollte aus einem Teich eine vier Meter hohe, von einem italieni-
schen Künstler gestaltete Messingstatue von Merkur, dem Gott
des Handels und der Diebe, aufragen, der sich, geflügelt an
Fesseln und Kopf, mit einem Fuß von einem Kristallglobus abstößt. Seit die Weltrevolution nicht mehr zu befürchten war,
hatte dem Projekt nichts mehr im Weg gestanden. Acht Aufzüge würden zu den Büroetagen führen, die nahezu alle an
internationale Firmen, und keineswegs nur europäische, ver-
mietet worden waren. Die fünfzehn obersten Stockwerke, vom
fünfzigsten aufwärts, die von vier separaten Aufzügen bedient
wurden, waren für private Siebenzimmerapartments bestimmt
und derart überteuert, daß bereits eine Warteliste existierte.
Das Superapartment im *Penthouse* war von Anfang an für einen
australischen Tycoon reserviert, der das gesamte Unternehmen
finanziert hatte und sich dort wahrscheinlich für eine Woche im

Jahr aufhalten würde. Der Turm, wie das Ungetüm ein wenig phantasielos genannt wurde, sollte das höchste Bauwerk der Niederlande werden und endlich einen Schlußstrich unter die national-provinzielle Vergangenheit ziehen; er würde nicht nur die Stadt, sondern das ganze Land in eine Welt einbeziehen, die gerade im Entstehen begriffen war.

Noch war es ein Torso mit dem Aussehen eines abgebrochenen Baumes, der in einem heruntergekommenen Teil des Hafenviertels stand, in dem nachts langsam fahrende Autos der billigeren Marken die Huren der niedrigeren Preisklasse suchten, die im Dunkel die Glut ihrer Zigaretten aufleuchten ließen. Nach Meinung des Gemeinderates würde der Turm nicht nur das Land und die Stadt, sondern zuallererst auch dieses ganze Gebiet aus der Verwahrlosung befreien. In den kommenden Jahren sollten Wohnviertel entstehen, dazu weitere Bürogebäude, Hotels und Kongreßzentren, Theater, Schulen, Geschäfte und was sich sonst noch ausdenken ließ; mit dem Bau der Infrastruktur, Straßen, Parkgaragen und einer U-Bahn-Station, hatte man bereits begonnen. Eine grandiose neue Welt aus Licht und Leben! Aber vorläufig war das alles nur auf Plänen zu sehen.

Unlängst, an einem stürmischen Novemberabend, fuhr ein Ingenieur der Agentur OPA (*Office for Prospective Architecture*), die das Projekt «Europa» entworfen hatte, noch schnell an der Baustelle vorbei. Umgeben von jungen Leuten, hatte er in einem Bistro in der Innenstadt allein an einem Tisch gesessen und ein Steak gegessen, dazu einen halben Liter Wein bestellt und einen weiteren halben Liter zum Käse und einen Kognak zum Kaffee. Entspannt stieg er danach in seinen Wagen, und obwohl er wußte, daß er jetzt besser nach Hause gehen sollte, fuhr er zum Turm.

Vor dem verlassenen Gelände hielt er an und öffnete das Fenster, sofort blies ihm ein heftiger Wind ins Gesicht. Hinter Draht- und Bretterzäunen stand von Scheinwerfern bewacht der Koloß in der Nacht wie das Horn eines Fabelwesens.

Große viereckige Schilder markierten stolz die Nummern der Stockwerke. Bis zum achtundvierzigsten Stock waren die Aluminiumfassaden und Fenster bereits montiert; darüber war der Turm noch ein graues, stählernes Gerippe. Der gigantische Eingang war mit postmodernen Säulen und klassischen Tempelmotiven verbrämt und mit altholländischen Treppengiebeln durchsetzt – ein Stil, an dem der Ingenieur inzwischen langsam Gefallen gefunden hatte. («Ornament ist Verbrechen», hatte Adolf Loos proklamiert, woraufhin die Welt mit Streichholzschachteln vollgestellt wurde; aber dann galt auch: «Bauhaus ist Polizei.») Alles war jetzt ruhig. Gerührt betrachtete er die beleuchteten, filigran wirkenden Kräne, die wie Flamingos ihre Hälse und Schnäbel zum Einhorn hin ausstreckten, während es zu ebener Erde, im Chaos aus Baumaterialien, eher aussah wie im Spielzeugschrank eines kleinen Jungen, in dem Planierraupen und Bagger ihre Köpfe zur Ruhe gebettet hatten wie urweltliche Tiere. Die Baracke der Bauleitung, in der er einen Teil seiner Zeit verbrachte, war nun dunkel und schien auf einem Gerüst aus Stahlträgern zu schweben. Dann sah er plötzlich in die Augen eines Mädchens, das sich durch das Fenster zu ihm hinunterbeugte.

«Gehst du mit, Schätzchen?»

Sie war nicht älter als sechzehn, siebzehn vielleicht. Wehendes blondes Haar umrahmte ein Engelsgesicht, dessen runde Formen ihn an das seiner Tochter vor nicht allzu langer Zeit erinnerten. Obwohl seine Vorlieben nicht Mädchen, sondern Frauen galten, und schon gar keinen käuflichen, sagte er:

«Steig ein.»

Plötzlich hatte er sein leeres Haus vor sich gesehen. Er schlug vor, dorthin zu fahren, er hatte sicher noch einen guten Tropfen daheim, aber sie wollte nicht. Ihre Anwesenheit neben ihm im Auto, in dem sonst nur Menschen saßen, die er kannte, machte ihn auch vor sich selbst ein wenig zu einem Fremden. Hier und dort standen auf dem Gelände noch ein paar einzelne, zugenagelte Häuser, Unterschlupf für Obdachlose und Drogensüchtige. Auch die würden weichen müssen für «Europa». Bei einem dunklen, lagerähnlichen Gebäude, kaum hundert Meter weiter – schätzungsweise an der Stelle des künftigen Probenraumes der neuen Oper –, sollte er anhalten.

«Hundert Gulden», sagte sie, als er den Motor abstellte.

«Mir ist alles recht.»

Auf der Rückseite war eine unverschlossene eiserne Tür. Das einzige Licht, das durch ein schmutziges Drahtglasfenster hereindrang, kam von der Baustelle. In einer Ecke glänzte ein Motorrad. Er folgte ihr eine steile, gußeiserne Treppe hinauf und fragte sich, ob es wohl sehr vernünftig sei, was er jetzt tat. Sollte er jetzt nicht lieber zu Hause sitzen, auch wenn er dort allein wäre, in seinem warmen Wohnzimmer mit all den vertrauten Dingen, vor dem Fernseher vielleicht, oder mit einem Buch, einem letzten Grappa in der Hand? Er sah auf, sah den Schatten mit den schmalen Hüften in der Jeans und empfand nicht die Spur einer Erregung – eher das Gegenteil. Aber was war das Gegenteil von Erregung? Mitleid vielleicht.

Sie führte ihn in ein Zimmer, das genau so aussah, wie er es erwartet hatte: Eine nackte Birne an der Decke – die braun war vor Wasserflecken – beleuchtete kahle Wände mit herunterhängenden Tapeten, herumliegende Klamotten und auf dem Boden Matratzen mit zerwühlten Decken. Eine der Matratzen war belegt. Während sie vor einem Spiegel über einem Waschbecken ihre zerwühlten Haare kämmte, sah er entsetzt die Gestalt, die dort schlief: ein Hell's Angel in voller Montur: kahlgeschoren, von Kopf bis Fuß in schwarzes Leder gehüllt, von oben bis unten mit schweren Ketten behängt, um den Hals das Eiserne Kreuz, an den Handgelenken lederne Armbänder mit Stahlspitzen und am Finger ein Ring mit Totenkopf. Ein Bein war mit dem schweren Stiefel von der Matratze auf den Boden gerutscht, der Mund des Schlafenden stand offen. Offenbar schlief er einen Rausch aus, es standen einige leere Bierdosen am Boden, aber möglicherweise waren auch Chemikalien im Spiel.

Im Spiegel hatte das Mädchen seinen Schrecken gesehen.

«Achte nicht auf ihn. Der wacht nicht auf.»

Aber wenn er nun doch aufwachte? Der Ingenieur sah sich plötzlich konfrontiert mit seiner eigenen Erscheinung: Der martialische Typ dort war zwanzig, er selbst fünfzig; dort lag ein lebensgefährliches Monstrum, hier stand ein kleiner, untersetzter Techniker mit Brille, der langsam kahl wurde. Und plötzlich beschlich ihn das Gefühl, daß die Situation, in der er sich befand, nicht nur das war, was sie war, sondern darüber hinaus eine Warnung für ihn enthielt: daß er mit seinem Leben an einem Punkt angelangt war, an dem er aufpassen mußte – daß der Tod in der Luft hing.

Bloß weg hier!

In diesem Moment erhob sich von einer anderen Matratze eine Decke, bewegte sich im Kreis und enthüllte einen sandfarbenen Pitbull-Terrier. Gähnend sperrte er seine breiten Reptilienkiefer auf und gab den Blick auf sein Gebiß frei, reckte und schüttelte sich; danach sah er den Besucher einige Sekunden mit seinen goldenen Augen an und ging langsam auf ihn zu. Aber statt ihm an die Kehle zu gehen, leckte er schwanzwedelnd seine Hand. Der Ingenieur ließ ihn kurz gewähren und streichelte seinen Kopf, während er trotz seiner Angst so etwas wie Zuneigung empfand. Dann zog er einen Hundert-Gulden-Schein aus dem silbernen Clip, den er einmal von seiner Frau geschenkt bekommen hatte, und legte ihn neben einer Schachtel mit aufgerollten Kondomen, die aussahen wie Eheringe, die man nicht tragen konnte, auf eine Kiste.

«Das war's», sagte er. «Gib gut auf dich acht, mein Engel.»

«Danke dir, Schätzchen. Ich werde ein Gebet für dich sprechen.»

Der fünfundfünfzigste Stock

Dieser Ingenieur, der jetzt nahezu unbemerkt und fast verstohlen aus dem Nichts erschienen ist, hatte die Nacht schlecht geschlafen, unangenehm geträumt und war wiederholt vom Wind aufgewacht, der gegen Morgen zu einem Südweststurm anschwoll. In der verrauchten Baracke der Bauleitung trank er seinen ersten Kaffee und versuchte sich am langen Tisch mit den Bauplänen auf die Beratungen zu konzentrieren, aber es war etwas in seinem Kopf, das nicht wollte.

«Ich fühle mich wie zerschlagen», sagte er zu seinem Kollegen vom Institut für Angewandte Naturwissenschaftliche Forschung, der neben ihm saß, und stand auf. «Ich geh mal eben an die frische Luft.»

Er tauschte die Schuhe gegen grüne Gummistiefel, zog seine Öljacke an und setzte den Helm auf. Im Lärm der Generatoren ging er zwischen den Betonmischern durch, die mit ihren sich krachend drehenden Mühlen aussahen wie altmodische Atombomben. Er warf einen Blick auf das Lagerhaus und ging zum offenen Bauaufzug, der an der Außenseite des Turms nach oben führte. Die Personenbeförderung war damit eigentlich verboten, aber es war so viel verboten. Auf dem ruckelnden und schüttelnden Gefährt hielt er sich gut fest und registrierte die Zahlen der Stockwerke, die vorüberzogen. Ohne einen bestimmten Grund drückte er bei «55» auf den Knopf und stieg aus.

Da hier rundherum noch alles offen war, mußte er sich an den Stahlträgern festhalten, um nicht von den plötzlich auftauchenden Windböen umgeworfen zu werden. Über dem Meer, das von dieser Höhe aus wie ein Teich aus geschmolzenem Blei aussah, stiegen ununterbrochen graue Wolkenmassen auf und nahmen den unermeßlichen Raum in Besitz. Immer wieder zogen kurze Regenschauer vorbei; er nahm seine Brille ab: da er weitsichtig war, machte das nicht viel aus. Der lebhafte Verkehr auf der Wasserstraße, die Signale der Schiffe, der unübersehbare

Hafen, der sich bis zur Mitte der Stadt ausdehnte, die Brücken und Viadukte voller Autos mit eingeschalteten Scheinwerfern, die ganze Spielzeugwelt erfüllte ihn mit dem gleichen Wohlgefallen, das ihn als Jungen zu seinem Beruf getrieben hatte. Im Stadtzentrum konnte er das Haus ausmachen, in dem er wohnte, aber das Gebäude, in dem seine Frau ihre Wohnung hatte, war durch den Regenschauer, der dort niederging, nicht zu sehen.

Über seinem Kopf, im einundsechzigsten Stock, wurde gearbeitet. Schwankend drehten sich die Kräne im Sturm, aber das war in Ordnung so: Wenn sie nicht schwankten, wäre etwas nicht in Ordnung. Dafür hatte er einen Blick. Er war kein Architekt, kein visionärer Künstler, sondern ein Techniker, ein Meister in Fragen der Spannungsverteilung und des Gleichgewichts, der dafür sorgen mußte, daß diese Visionen eines Tages nicht einstürzten oder die Wolkenkratzer nicht jedes Jahr um eine Etage weiter in den holländischen Schlamm einsanken; – ein Mann, der die Fähigkeit besaß, exakt zu berechnen, was er sah. Das Toben des Windes um ihn herum tat ihm gut. Aber wem die Gewalt der Elemente guttut, dem geht es nicht gut. Der, dem es gutgeht, sucht Schutz und legt erst im Windschatten die Beine übereinander, der braucht keinen Tumult, der größer ist als sein eigener. Nächstes Jahr, wenn der Turm übergeben werden würde, wäre hier ein solcher Windschatten: das Gäste-Apartment von Mitsubishi oder Lockheed, weiträumige, luxuriös eingerichtete, klimatisierte Räume mit dicken Teppichen, leiser Musik und einem Renoir an der Wand.

Er stieg vorsichtig über das nasse, rutschige herumliegende Baumaterial und ging auf die andere Seite, um einen Blick auf das Gebäude zu werfen, in dem er am Abend zuvor gewesen war. Am Rande von dem, was einmal ein marmornes Badezimmer sein würde, sah er nach unten und brauchte nicht lange zu suchen. Der Hell's Angel war inzwischen aufgewacht, stand vor der Lagerhalle und umklammerte mit den Händen die Enden eines Stockes, in der Mitte hing verbissen der Hund und wurde so schnell im Kreis geschleudert, so daß sein Körper waagerecht in der Luft lag. Was er einmal zwischen seinen Kiefern hatte, würde er niemals loslassen.

Der Ingenieur hielt sich an einem Heizungsrohr fest und beobachtete die Szene in der Tiefe. Höhenangst hatte er nicht, obwohl der tosende Sturm, der wütend schien über das Hindernis in seinem Weg, ihm einmal ins Gesicht und dann wieder in den Rücken schlug. Noch einmal war seine Hand geleckt worden, dachte er, einmal noch war es gutgegangen – vielleicht weil gestern der achte war: Er war am achten August geboren, acht war seine Glückszahl. Aber beim nächsten Mal würde es vielleicht anders sein. Ein Mann allein war in Gefahr. Sollte er sich eine Freundin zulegen? Aus Selbsterhaltung ein Verhältnis eingehen? Für Männer in seinem Alter gab es in der Stadt genug Frauen zwischen fünfunddreißig und vierzig, die bereit waren, ihre Wohnungen in den Vororten zu verlassen für die Annehmlichkeiten, die ihnen ein alleinstehender Ingenieur zu bieten hatte, der außer Haus beschäftigt war und nicht nur sexuell seinen Mann stand, sondern auch intellektuell. Er kannte eine ganze Reihe dieser Frauen. In gräßlichen, mit Filzstiften beschmierten Eingängen, die manchmal auch er entworfen hatte, klingelte er von Zeit zu Zeit und hatte dabei immer das Gefühl, daß er eigentlich genausogut eine der hundert anderen Klingeln hätte drücken können, sah die Gitter, aus denen entstellte Frauenstimmen quäkten, stieg in beschmierte, verbeulte Aufzüge, lief über beleuchtete Galerien mit einer Aussicht auf andere Hochhäuser, wo er ebenso hätte laufen können, kam in angenehme, aber zugleich auch trostlose Wohnzimmer mit vielen Pflanzen, einem Fernseher, einigen Büchern und einem schönen Poster an der Wand, unterhielt sich über ihre Sorgen, über Musik, Politik und Literatur und zog sich nach einigen Gläsern leidlich guten Weins aus. Es wurde eine Platte aufgelegt und die Flasche auf das Nachtkästchen gestellt. Aber symmetrisch war das alles nie. Sobald es vorbei war, waren seine Gedanken sofort beim Duschen, bei seinen Kleidern auf dem

Stuhl und seinem Wagen im grauen Mörderkeller unter dem Gebäude, sie sprachen jetzt viel kürzer über ihre Sorgen, Musik, Politik oder Literatur, genaugenommen eigentlich gar nicht, und möglicherweise war es auch vorher nicht wirklich um diese Dinge gegangen, sondern eher um ein kultiviertes Totschlagen der Zeit. Zusammenleben, dachte er, hatte weniger damit zu tun, daß man gut miteinander schlief, sondern daß man gut miteinander geschlafen haben konnte, und auch, daß man *nicht* miteinander schlafen konnte – die Liebe einmal ganz außer acht gelassen. Aber vielleicht war das die Liebe.

Da wieder ein Regenschauer niederging, verschwand der Hell's Angel im Lagerhaus. Dem Ingenieur wurde langsam kalt, und er fragte sich, ob es wirklich eine Frau war, was ihm fehlte. Viele Männer lebten allein und ohne das Gefühl, daß ihnen etwas fehlte oder dieses Fehlen sie bedrohte. Hatte es vielleicht etwas mit seinem Alter zu tun? Oder mit seinem Beruf? Natürlich war er eifersüchtig auf seinen Chef, den Direktor der OPA, diesen Verrückten, der zehn Jahre jünger war als er und oft nur irgendwas mit einem Bleistift auf einen Zettel kritzelte – aber die Kritzeleien zeigten sehr wohl das, was letztendlich zu sehen sein würde für x-Hundertmillionen und wovon sie alle lebten. Die Vision! Die Welt existierte dank der Vision! Kein Gebäude, keine Symphonie, kein Roman oder Gedicht, kein Gemälde, kein Film, keine wissenschaftliche oder philosophische Theorie und keine Erfindung ohne einen zweifelhaften Menschen mit zunächst nur Bleistift und Papier. Alles andere kam später, und zu dem Späteren gehörte er selbst. Ihm fehlte das – es fehlte den meisten Menschen. Das war nun einmal so. Es war normal, daß es einem fehlte. Aber wenn es ihm nicht fehlte, würde ihm vielleicht alles andere weniger fehlen.

Plötzlich sah er über sich vier Möwen, die mit den Köpfen im Wind lagen und rückwärts schwebten. Es war dem Ingenieur, als ob sie seine Fragen nicht nur darstellten, sondern auch beantworteten. Während unten die kleine Nutte ihren Arm aus dem Fenster des Lagerhauses streckte und die Hand mit der Handfläche nach oben drehte, um zu fühlen, ob es noch regnete, folgte er mit dem Kopf im Nacken den Vögeln und beugte sich vor, um sie nicht aus den Augen zu verlieren. Dabei rutschte er auf einem Belüftungsrohr aus und versuchte, sich noch irgendwo festzuhalten, aber eine plötzliche Windböe fegte ihn vom Turm.

Der vierundfünfzigste Stock

Wer noch nie aus dem fünfundfünfzigsten Stock gefallen ist, glaubt vielleicht, daß das erste, woran man denkt, ist: – Ich bin verloren. Aber vom Ingenieur wissen wir, daß es anders ist. Er spürte nicht einmal Angst. Angst bekommt man, wenn man fürchtet, aus dem fünfundfünfzigsten Stock zu fallen, aber wenn man wirklich fällt, braucht man sich davor nicht mehr zu fürchten, denn dann ist es Tatsache. Nach der Angst kommt nicht die nächste Angst, sondern die Hoffnung. Der grauenerregende, ersterbende Schrei, mit dem man in Filmen in Abgründe stürzt, kommt in der Realität nicht vor. Das Allerwahrscheinlichste ist, daß man in den Tod stürzt, aber solange man nicht tot ist, lebt man – und daß auf der Erde Leben existiert, ist im Weltall die allerunwahrscheinlichste Tatsache. Bei Laien existieren hierüber viele Mißverständnisse. Warum sollte nicht wiederum das Allerunwahrscheinlichste geschehen? Natürlich wird es geschehen! Wer fällt, ist – paradoxerweise – der Schwerkraft enthoben; das ist von einem fragwürdigen Typen mit einem Bleistiftstummel und einem Zettel unbestreitbar bewiesen worden. Wer fällt, ist frei.

Zeit genug, dachte der fallende Ingenieur, während er leicht vornübergeneigt in der Luft hing – und das erste, was ihm amüsiert einfiel, war ein alter Film von Harold Lloyd, dem Mann mit der Brille: Auch er fiel, in Manhattan, von einem Wolkenkratzer, konnte sich aber am Zeiger einer riesigen Uhr festklammern, der sich langsam bog… Aber vorerst war kein Uhrzeiger in Sicht, und wenn einer wußte, daß auch weiterhin keiner in Sicht kommen würde, genausowenig wie sonst irgendein Vorsprung, dann war es der Ingenieur. Ihm fiel seine Sammlung antiker Sanduhren ein, die er in seinem Arbeitszimmer in den Regalen eines eigens dazu gekauften Schrankes gegenüber dem Schreibtisch aufgebaut hatte:

8 8 8 8 8 8 8

8 8 8 8 8 8 8

8 8 8 8 8 8 8

Plötzlich sah er, was er nie zuvor bemerkt hatte: daß eine Sanduhr eine dreidimensionale Acht war, die einzige Zahl, deren Linie in sich zurückkehrte: seine Glückszahl! Das bestärkte ihn noch einmal darin, daß ihm nichts passieren würde, auch jetzt nicht. Wer begriff, daß eine Sanduhr also ein dreidimensionales Lemniskat von Bernoulli ist, in der der Sand die Zeit mißt, indem er von der oberen Glocke in die untere fließt, was konnte jemandem mit so umfassender Kenntnis und Geisteskraft schon passieren? So verschwenderisch war die Natur nicht, daß sie einen solchen Menschen vernichten würde!

Allerdings war er auf dem besten Wege, aus einer Höhe von zweihundert Metern nach unten zu fallen. Aber stimmte das überhaupt? Gleich würde er aufwachen, und dann war alles nur ein Traum gewesen. Wie oft war ihm das schon passiert. Verstrickt in einen widerlichen Alptraum, war er aufgewacht, und sekundenlang war die Verdammnis noch um ihn gewesen, er hatte Licht gemacht, und erschrocken wie ein Vampir beim Anblick eines Kruzifixes hatte sich der Höllenpfuhl zurück in die Höhlen verzogen, aus denen er gekommen war. An dessen Stelle stand schon nach wenigen Augenblicken wieder das vertraute Schlafzimmer mit dem Bild seiner Tochter an der Wand, das Haus, die unumstößliche Welt. Diese Herrlichkeit war wohl einen Alptraum wert. Natürlich, so würde es sein. Sogleich würde er aufwachen und denken: Stell dir vor, ich habe geträumt, daß ich vom Turm stürzte. Stell dir das mal vor! Danach würde er ein Bad nehmen, sich anziehen und zur Arbeit gehen, in der verräucherten Baracke eine Tasse Kaffee trinken und dann den rumpelnden und schüttelnden Lift nehmen, um ein wenig frische Luft zu schnappen …

Es gab kein Entkommen. Er träumte nicht, er war wirklich dabei, von der fünfundfünfzigsten Etage zu fallen. Keine Panik. Wenn er seinen Körper in einen stumpfen Winkel bringen würde wie einen Bumerang, würde seine senkrechte Bewegung in eine waagerechte übergehen, er würde sich kreiselnd vom Turm wegdrehen, über dem Lagerhaus schweben und in einem weiten Bogen über das Gelände kreisen und langsam steigen, um schließlich wieder dort anzukommen, wo er hergekommen war: im fünfundfünfzigsten Stock – und das alles mit dem unglaublich eleganten Schwung, mit dem ein Akrobat das Trapez auf dem höchsten Punkt losläßt und punktgenau auf dem Bretterboden landet.

Es war schon einiges an Unbegreiflichem geschehen in seinem Leben. Sein «Nachtbuch» fiel ihm ein. Vor etwa zehn Jahren hatte er es angelegt, um endlich seine Träume festzuhalten; er verfügte über ein ausgezeichnetes Gedächtnis, und er konnte es nicht ertragen, daß es keinen Zugriff hatte auf das, was ihn im Schlaf überkam. Sobald er seine Augen aufschlug, erinnerte er sich präzise an zwei, drei oder vier Träume, aber fünf oder zehn Minuten später waren sie ihm entkommen, als ob sie ihm eigentlich gar nicht gehörten, sondern nur vorübergehend ausgeliehen worden wären und nun vom rechtmäßigen Eigentümer zurückgenommen wurden – oder als ob sie ihn nur dazu benutzt hätten, um entstehen zu können, wie Parasiten oder Schleichwespenlarven in einer Raupe oder Kuckucksjunge im Nest eines Singvogels, um dann ihrer Wege zu gehen und ihn seinem Schicksal zu überlassen. Fühlte er sich beleidigt, im Stich gelassen? Auf jeden Fall beschloß er eines Tages, seiner Träume habhaft zu werden. Er kaufte sich ein schönes schwarzes Heft und nahm sich vor, sie jeden Morgen aufzuschreiben. Aber bald hatte er wieder die größte Mühe, sich zu merken, daß er sich das vorgenommen hatte. Obwohl das Heft und sein Stift neben seinem Bett lagen, übersah er sie oft; oder er sah sie und vergaß sie sofort wieder; oder er ging erst noch auf die Toilette, wonach seine Träume verschwunden waren, als ob er auch sie weggespült hätte. Das Vergessen war offensichtlich der Stoff, aus dem die Träume gemacht waren – und es erstreckte sich auf alles, was sie festhalten und zu etwas anderem machen wollte. Träume waren heimtückische Ein- und Davonschleicher, die das Tageslicht scheuten, und dieses Bewußtsein bestärkte ihn in seiner Absicht, sie auf frischer Tat zu ertappen. Entweder sie oder er! Es gelang ihm, dreißig oder vierzig Träume zu Papier zu bringen – aber dann wurde es den Träumen zu bunt. Eines Tages war das Heft verschwunden.

Die Gefangenen hatten das Gefängnis gesprengt und waren geflüchtet. Der Ingenieur hatte kein Glück mit seiner Schreiberei. Auch Tagebuch hatte er vor Jahren einmal geschrieben; aber nach einigen Wochen hatte er bemerkt, daß er anfing, nur für das Tagebuch zu leben, daß er am liebsten schreibend durch die Straßen gegangen wäre, schreibend gearbeitet hätte, um dann wieder über das zu schreiben, was er schrieb, und auch darüber wieder zu schreiben und dabei in einem Brunnen unendlicher Schreiberei zu versinken. Eines Tages warf er das Tagebuch in den Kamin und sah es mit einem Seufzer der Erleichterung in Flammen aufgehen und aus der Welt verschwinden. Es war nicht mehr da – aber wo war sein Nachtbuch geblieben? Er stellte das ganze Haus auf den Kopf, auch seine Frau und seine Tochter wurden eingeschaltet, aber obwohl er ganz sicher wußte, daß er es nie aus dem Haus getragen hatte, blieb es verschwunden wie ein vergessener Traum. An nichts, was darin stand, konnte er sich erinnern.

Obwohl er nicht dem nationalen Ideal der fanatischen

Nüchternheit entsprach, die an der schlammigen Rheinmündung stand wie einst der Koloß auf Rhodos, war er dennoch ein rational denkender Mensch, Diener von Zirkel und Lineal, Absolvent der technischen Hochschule – aber in jenen Tagen mußte er sich dazu zwingen, nicht an eine übernatürliche Welt zu glauben, in der die Träume wohnten und in der sich nun auch sein Nachtbuch befand. Er entdeckte damals bei dem Gedanken, daß das natürlich Blödsinn war, fast so etwas wie eine Enttäuschung in sich. Die nächste Stufe wäre dann, daß er auch an die Himmelfahrt von Propheten und Rabbinern und deren Mütter glaubte. Aber wo war dann das Heft abgeblieben?

Im Laufe der Jahre vergaß er auch das. Manchmal noch erzählte er den Vorfall als amüsante Anekdote, aber manchmal hatte er das Gefühl, daß in seinem Nachtbuch die große Lösung zu finden gewesen wäre, ein erlösendes Wort. Es blieb ein Glanz an dem Heft hängen und ein Strahlenkranz, der ihn ein wenig beunruhigte.

Der dreiundfünfzigste Stock

Eine Himmelfahrt war es auf jeden Fall nicht, womit der Ingenieur im Augenblick beschäftigt war. Dazu war das negative Gewicht von Träumen notwendig, und das besaß er nicht. Um schwerelos zu bleiben, mußte er sich mit gleichförmiger Beschleunigung zur Erde hin bewegen, und das war es auch, was er redlicherweise tat; aber da auch sein Gehirn mit einer gleichförmigen Beschleunigung arbeitete, blieb alles dennoch im Gleichgewicht.

Er drehte sich mit ausgebreiteten Armen vornüber, und als der Kopf weiter unten war als die Füße, erinnerte ihn diese geschmeidige Bewegung an die gymnastischen Phantasien, die ihn sein Leben lang, vor allem vor dem Einschlafen, heimgesucht hatten: Wie ein schlanker, unermüdlicher Athlet vollführte er mühelos die schwierigsten und unglaublichsten Figuren an der Reckstange, um schließlich mit einem atemberaubend perfekten Salto auf seinen Füßen zu landen, ohne auch nur einen Millimeter aus dem Gleichgewicht zu geraten. Der Sturm, der auf eine Art und Weise um den Turm tobte, die er in einem genauen Rechenmodell festgelegt hatte, schob und zog unterdessen auch an ihm. Er spürte so etwas wie Verärgerung in diesen Handgreiflichkeiten, aber er ließ es als etwas Gutmütiges über sich ergehen, wie ein Dompteur, der über die sanft nach ihm schlagende Tatze des gähnend brüllenden Löwen auf der Tonne lächeln muß. Es ist alles weniger schlimm, als es scheint, dachte er. Natürlich war nicht alles gleichmäßig angenehm im Leben, aber das konnte man auch nicht verlangen. Immerhin wechselten auch Tag und Nacht einander ab. Und es verschwanden Dinge – nicht nur Hefte, sondern auch Töchter.

Im Januar hatte sie zuletzt zu Hause gegessen, mit ihrem klebrigen Freund, dem Kameramann, bei dem sie seit einem halben Jahr wohnte – an demselben Tisch, an dem er sie im Hochstuhl mit Joghurt gefüttert und die überquellende Masse nach jedem Löffel mit einer drehenden Bewegung von ihrem Kinn entfernt hatte, und dennoch war auf ihrer Oberlippe und den dicken Backen jedesmal ein weißer Kaiser-Wilhelm-Schnurrbart übriggeblieben. Fasan mit Sauerkraut; Riesling. Am nächsten Morgen waren sie nach Los Angeles geflogen, wo ihr Freund, trotz Ohrring und Pferdeschwanz, ein Angebot von einer Filmproduktionsgesellschaft bekommen hatte. Er redete schon dauernd von «L. A.», was den Ingenieur maßlos irritierte.

«Soll ich euch zum Flughafen fahren?»

«Gerne, Papa.»

«Wann geht das Flugzeug?»

«Halb elf.»

Rasch rechnete er zurück: um neun mußten sie einchecken;

der Weg nach Schiphol nahm fünfunddreißig Minuten in Anspruch, um aus der Stadt zu kommen, zehn Minuten, plus fünf Minuten Spielraum.

«Um zehn nach acht bin ich bei euch, dann müßt ihr fertig sein.» Um acht selbst aus dem Haus; den Wecker also auf Viertel nach sieben. «Gehst du auch mit?» fragte er seine Frau.

«Erspar mir das bitte. Ich finde es so schon schlimm genug.»

Er war niemals unpünktlich. Er haßte Menschen, die nie pünktlich zu Verabredungen kamen, denn sie kamen nie zu früh. Sie hielten sich selber für Menschen, die nun einmal nicht pünktlich sein konnten, aber tatsächlich waren sie Menschen, die immer zu spät kamen. Der Ingenieur meinte, daß es ihnen dann auch in anderer Hinsicht an Perfektion und Bedeutung fehlen mußte. Pünktlich sein, am besten auf die Minute, das gab ihm dieselbe Genugtuung wie einem Scharfschützen, wenn er ins Schwarze traf – auf der Kirmes löste das ein triumphierendes Läuten aus und wurde mit einem Foto des Schützen belohnt: mit dem Gewehr an der Schulter und dem Auge hinter dem Visier. Am schönsten war es, wenn diese Pünktlichkeit ohne Hast oder gewollte Verlangsamung möglich war, und das gelang ihm oft, denn er hatte nicht nur räumliches Empfinden, sondern auch ein sehr genaues Zeitempfinden. Ersteres war selbstverständlich. Wenn ein Spiegel oder Gemälde zwei Millimeter schief hing, sah er es und mußte es gerade hängen, und wenn es im Büro des Wohnungsbauministers war. Vor allem dort hing übrigens fast alles schief. Wenn er mit regelmäßigen Schritten über den Bürgersteig ging, konnte er auf einen Abstand von fünf Metern sehen, ob er mit dem linken oder rechten Fuß einen bestimmten Punkt erreichen würde oder davor oder dahinter aufkam. Vielleicht hatte die Tatsache, daß er mit der linken Hand schreiben konnte, und mit beiden Händen Spiegelschrift, auch etwas damit zu tun.

Was war lächerlicher als die Vorstellung, daß jemand, der auch mit der linken Hand schreiben und mit beiden Händen Spiegelschrift konnte, in den Tod stürzen könnte?

Weil auf der Autobahn ein Unfall passiert war, kamen sie fast zu spät. In der Abflughalle kam gerade der letzte Aufruf, und stolpernd, halb stehend, halb laufend umarmten sie einander, und er konnte sich an jedes Wort erinnern:

«Beeil dich.»

«Tschüß, Papa, mach's gut.»

«Paß gut auf dich auf.»

«Ja, du auch.»

«Mir kann nicht mehr viel passieren.»

«Komm, ich meine –»

«Wir schlagen uns schon durch.»

«Sag Mama, daß ich es nicht schlimm finde, daß sie nicht mitgekommen ist.»

«Du weißt, wie sie ist, sie mag keine emotionalen Szenen.»

«Laß mal, ich kenn sie eigentlich auch ganz gut.»

«Sie ist schon in Ordnung.»

«Gib ihr einen dicken Kuß von mir.»

«Versuch nachher soviel wie möglich zu schlafen, das ist am besten.»

«Werde ich.»

«Und keinen Alkohol.»

«Nein, Papa.»

«Rufst du gleich an, wenn du gut angekommen bist?»

«Aber –»

«Collect Call, über die Zentrale. Dann bekommen wir die Rechnung.»

«Mach ich.»

«Du schreibst uns doch hoffentlich auch mal?»

«Natürlich, was meinst du denn?»

«Tschüß, Liebling, mach's gut.»

«Tschüß, mein allerliebster Papa, den ich hab.»

«Und wenn etwas ist, dann ruf sofort an.»

«Natürlich, du aber auch.»

«Wenn es sein muß, komme ich.»

«Mach dir bitte um mich keine Sorgen.»

«Mach ich nicht.»

«Und nicht weinen.»

«Weinen? Wie kommst du darauf?»

Ihre winkende Hand hinter den Schaltern der Polizei war das letzte, was er von ihr sah. Reglos blieb er zwischen ausgelassenen Skifahrern, Horden von Japanern und Männern mit grauen Anzügen und Aktenkoffern stehen. Nach neunzehn Jahren war es plötzlich innerhalb von einer Minute vorbei. Die Klappen auf der großen, schwarzen Anzeigetafel begannen zu rattern und ließen alle Buchstaben und Zahlen schnell vorbeiklappern – manchmal einen Augenblick zögernd –, bis plötzlich wie zufällig die richtige Kombination aus dem Chaos erschien.

Es war dem Ingenieur, als ob er Abschied vom Abschied nahm. Er fiel jetzt nahezu ganz kopfüber und bemerkte, daß sich der Helm von seinem Kopf löste, was ihm unangenehm war.

Der zweiundfünfzigste Stock

Eigentlich mußte der Helm gerade jetzt fester auf den Kopf gedrückt sein, aber das war nicht der Fall. Auf einmal spürte er die kalte Luft in seinem schütteren Haar; zudem sah er kurz das Schild:

Sein ungeschützter, zur Erde zeigender Kopf vermittelte ihm zum erstenmal ein Gefühl der Gefahr. Aber er wußte auch, daß sein Salto sich fortsetzen würde: Vom fünfundfünfzigsten bis zum zweiundfünfzigsten Stock hatte er eine halbe Umdrehung gemacht, folglich würde er auf der Höhe des neunundvierzigsten wieder in aufrechter Position sein; ein kompletter Salto über sechs Stockwerke, das bedeutete, daß er sich, wenn es so weiterging – wobei er natürlich nachhelfen konnte – nach neun Saltos aufrecht in Höhe des ersten Stockwerkes befinden mußte. In diesem Augenblick müßte er dann schnell seine Beine nach vorne strecken, so daß er mit seinem Hintern genau im Sprungnetz landen würde, das dort zufällig, kaum ein paar Sekunden vorher von einer soeben angekommenen Zirkustruppe aufgespannt worden war.

Auf der Fahrt von Belgien in den Norden war es naß geworden – und ein nasses Netz, das wußte jeder Akrobat, war unzuverlässig. Ein Sprungnetz mußte trocken sein. Die erste Trapezakrobatin war die Tochter des Direktors, und noch ehe der Treck am Fuß des Turms richtig gehalten hatte, ließ er das Netz aufspannen. Die Stallknechte, die Dompteure, er selbst mit Zylinder, seine Tochter in Tutu, der Jongleur, die Amazonen, die Clowns mit den roten Nasen, die Musiker, die Kassiererinnen, alles und jeder zog in einem Kreis am Netz, und das genau in dem Augenblick, in dem er nach unten gesegelt kam. Er streckte die Beine aus, das Netz gab nach, und er flog wieder in die Luft, machte einen zehnten Salto, landete nun auf den Füßen und kletterte schnell zum Rand, wo er mit einer Rolle vorwärts am Boden aufkam. Die Artisten rieben sich die Augen, denn das hatte niemand erwartet, aber ihre Verwunderung hielt nicht lange an. Lachend fingen sie an zu klatschen, woraufhin er eine elegante Verbeugung machte, während in den Wagen rundum die Pferde wieherten, die Löwen brüllten und die Elefanten trompeteten. Dann ging er zur Baracke der Bauleitung und ging wieder seiner Arbeit nach.

Der Ingenieur schloß kurz die Augen. Es stand fest, daß er sein Leben den Negern aus Somalia zu verdanken hatte. Die Neger aus Somalia! Als er die Geschichte seiner Tochter erzählte, hatte sie ihn angeschaut mit einem Blick, dem zu entnehmen war, daß sie ihm kein Wort glaubte. Ja, es war tatsächlich unvorstellbar, daß er noch in solchen Zeiten gelebt hatte. Als er etwa sechs Jahre alt war, gegen Ende des Krieges, hatte seine Mutter ihn nachmittags mit einem seiner Freunde zu einem deutschen Zirkus gebracht, einem großen Zelt am Rande der Stadt, wo sie die beiden auch wieder abholte. Nachdem er gebannt den aerodynamisch vollkommenen Darbietungen eines Jongleurs in einem enganliegenden, weiß glänzenden Kostüm zugeschaut hatte, wurden in einem Käfig auf Rädern die Neger aus Somalia hereingefahren. Brüllend und halbnackt, rüttelten sie an den Gitterstäben und stierten mit rollenden Augen zähnefletschend ins Publikum. Ein Dompteur mit einer Peitsche und einem Stock stellte sich vor das Gitter und ließ unter unheilverkündendem Trommelwirbel den Käfig öffnen – ohne daß die Arena mit einem Zaun gesichert worden wäre, wie vorher bei den Löwen!

Der Ingenieur, obwohl damals noch kein Ingenieur, denn er war erst sechs, hatte noch nie einen Neger gesehen. Reglos vor Angst, starrte er die schwarzen, blutrünstigen Affen in Menschengestalt an, die mit knallenden Peitschenhieben gezwungen wurden, durch Ringe zu springen, aufeinander zu klettern und andere Dressurstücke vorzuführen, während sie ununterbrochen rauhe Schreie ausstießen und versuchten, ins Publikum zu laufen, um dort kleine Buben und Mädchen zu zerreißen, jedoch immer im letzten Augenblick von Aufpassern mit Knüppeln daran gehindert wurden. Am Ende kostete es den Dompteur die größte Mühe, die Wilden wieder in den Käfig zurückzutreiben; in dem Augenblick, in dem das Gitter geschlossen wurde, ging ein Seufzer der Erleichterung durch das Publikum. Nur ein paar SS-Männer hatten die ganze Zeit über gelacht.

Aber als nach der Vorstellung die Gelegenheit geboten wurde, die Ställe zu besichtigen, was nur von wenigen Zuschauern in Anspruch genommen wurde, stellte sich heraus, daß die Unmenschen noch eine andere Saite aufziehen konnten. Zwischen all den Tieren saßen auch sie in einem Käfig, aber

166

jetzt hatten sie plötzlich lange, bunte Kleider an und Turbane auf dem Kopf und rührten in hohen Gläsern mit einem dunkelbraunen Getränk. Sie waren jetzt ruhig, weil sie gegessen hatten, erklärte ein vorbeigehender Clown. Es war etwas ungewöhnlich Friedliches um sie, und mit seinen Händen an den Gitterstäben sah er sie an. Was sie wohl gegessen hatten? Ein großer, dicker Somali-Neger in einem orangen Gewand, der vorhin noch besonders widerlich versucht hatte, den Dompteur von hinten anzugreifen und zu ermorden, sah ihn nun mit einem zärtlichen Lächeln an und zeigte fragend auf sein Glas: ob er das auch wolle. Plötzlich fand er den Tiermenschen so nett, daß er nickte. Nun zeigte sich, daß der Käfig nicht einmal abgeschlossen war, und ehe er es sich versah, war er drinnen und bekam inmitten dieser lebensgefährlichen Wesen ein Glas mit einer Art zuckersüßem Tee gereicht, dem köstlichsten, das er je getrunken hatte.

Aber sein Freund, der ihm vor Schreck gelähmt zugeschaut hatte, schlug plötzlich Alarm, und kurz darauf erschien der Direktor. Er nahm schnell einen Stock und konnte ihn noch gerade rechtzeitig aus dem Käfig ziehen und so aus den Klauen der menschlichen Bestien retten. Auch seine Mutter erzählte später noch oft, daß er in letzter Sekunde dem sicheren Tod entronnen war.

«Du bist um ein Haar dem Tod entronnen», sagte sie. «Das verdankst du deinem Schutzengel.»

Der einundfünfzigste Stock

Sah ihn denn tatsächlich niemand fallen? Die Kranführer, die mit Händen und Füßen Hebel und Pedale bedienten, hatten nur Augen für die auffahrenden und schwebenden Lasten; von unten schaute niemand hinauf, und für die Schiffer auf dem Wasser und die Menschen weiter weg in der Stadt war seine fallende Gestalt viel zu klein und zu dicht neben dem Turm. Er war allein. Die einzige, die ihn vielleicht sah, war die kleine Nutte, die prüfend ihre Hand aus dem Fenster des Lagerhauses hielt.

Der Ingenieur bekam immer mehr das Gefühl, als ob er schon seit Stunden unterwegs sei und noch Stunden vor sich habe. Kein Wunder, daß er anfing, sich nach Ruhe und Stille zu sehnen. Aber war das immer so angenehm? Nachdem seine Tochter ausgezogen war, setzte er sich manchmal in ihr Zimmer und betrachtete die Dinge, die sie nicht zu ihrem Freund hatte mitnehmen wollen: ihre Mädchenbücher, die alten Schulhefte, die Sammlung aufgehängter Ansichtskarten, die Uhr mit dem Gesicht von Marilyn Monroe auf dem Zifferblatt, das pseudosurrealistische Poster mit dekorativen Traumvorstellungen; er hatte gesehen, wie es sich von einer rosaroten Babydomäne über das antediluvianische Chaos eines Kinderzimmers in geschmackvolles Jungmädchenzimmer verwandelt hatte, und danach ein unbelebtes, selten benutztes Gästezimmer wurde, das schließlich einem Sterbezimmer glich. Nirgends war es ruhiger und stiller als dort – vielleicht war es dann doch besser, von einem Wolkenkratzer zu fallen.

Er merkte, daß sich in seinem Gefühl der Unverwundbarkeit etwas änderte. Natürlich würde er den Sturz überleben, aber wohin kehrte er dann zurück? Nachdem seine Tochter nach «L. A.» geflogen war und dann nichts mehr von sich hören ließ, hatten seine Frau und er über einige trostlose, aufreibende Monate hinweg lange Gespräche miteinander darüber geführt, wie es nun weitergehen sollte. Er war fast fünfzig, sie dreiundvierzig. Auch er hatte das Gefühl, daß er jetzt, nach mehr als zwanzig Jahren Ehe, genausoweit war wie am Anfang, aber das stimmte natürlich hinten und vorne nicht, denn nach dieser Logik wäre eine kinderlose Ehe Zeitverschwendung. Die große Liebe war vorbei, ja, und jetzt war der Augenblick gekommen, in dem sie zusammen alt werden würden. Er hatte damit keine Probleme, aber für seine Frau war das ein unerträglicher Gedanke. Als sie sich kennenlernten, besuchte sie die Kunstakademie – als junger Ingenieur hielt er dort eine Vorlesung über «Inspiration & Kalkulation» –, und jetzt wollte sie den Faden wiederaufnehmen. «Es gibt für mich noch eine Aufgabe», sagte sie einige Male. «Und für dich vielleicht auch. Zumindest hoffe ich das für dich.» Sie beschlossen, sich zu trennen. Um sich herum sah er wenig anderes als diese Katastrophen, und jetzt war er an der Reihe. Er blieb in der alten Wohnung, sie kaufte ein teures Apartment, was finanziell kein Problem war, denn sie kam aus reichem Hause. Dort lebte sie nun und beriet Frauen von Industriellen und Hafenbaronen in Modefragen. Vor allem die *Gemächlichkeit*, mit der sie innerhalb weniger Monate ihre Beziehung von fast einem Vierteljahrhundert bis auf die Grundfesten abbrachen, verschlug ihm manchmal den Atem.

Als der Möbelwagen der Spedition an einem schönen Frühlingsnachmittag um die Ecke verschwand und er allein in dem ausgeplünderten Haus zurückblieb, erschrak er über die Ruhe und die Stille, die sich in den Zimmern ausbreiteten. Er sah sich um und begriff, daß nichts mehr passieren würde. Jetzt waren alle weg. Die leeren Rechtecke, an denen die Täfelung heller war. Die Pflanzen. Die Wände. Die reglosen Dinge, die unmerklich zerfielen. Im Kissen ihres Bettes noch ihr Kopfabdruck. Während ihn ein Gefühl beschlich, als ob das Haus in ihn eindränge, das harte Ding in seinen weichen Körper, setzte sein Herz einen Schlag lang aus. Er legte die *Kunst der Fuge* auf; die Inversion des Contrapunctus 13 war einmal ihr Erkennungspfiff gewesen. Er öffnete die Balkontüren und schaute in die verwaisten Zimmer. Plötzlich konnte er es nicht mehr ertragen, er legte sich aufs Bett, legte seinen Kopf in ihre Kuhle und schlief sofort ein.

Spät in der Nacht wachte er auf unangenehme Weise auf – als ob sein Kopf mit Gewalt duch eine Decke gedrückt würde. Von seinem Traum erinnerte er nur noch, daß ihm gegenüber eine dunkle Gestalt aufgetaucht war und er einen schrecklichen

Weinkrampf bekommen hatte. Mit geschwollenen Augen stand er auf und ging ins Wohnzimmer. Es war dort kalt und feucht. Die Balkontüren waren nicht mehr einem Frühlingstag geöffnet, sondern einer stillen, blauschwarzen Straße. Die Ampeln waren auf Gelb gestellt. Er schloß die Türen, schloß die schweren, dunkelroten Gardinen und machte Licht und Heizung an. Auch der Plattenspieler war noch eingeschaltet, die Platte von Bach noch aufgelegt. Er drückte auf den Knopf: *canon alla decima, contrapuncto alla terza.* Er sah sich um. Noch immer war es eher voll als leer in der Wohnung, aber alles war aus dem Gleichgewicht. Er machte sich an die Arbeit. Stundenlang schob er Möbel, Schränke und Kommoden über die Perserteppiche hin und her, hängte Stiche und Gemälde um, saugte sogar Staub und war die ganze Zeit über erfüllt von einer leisen Hoffnung, daß vielleicht sein Nachtbuch wieder auftauchen würden. Als schließlich wieder so etwas wie eine Junggesellenwohnung entstanden war, hielt es sich jedoch immer noch in den metaphysischen Gefilden versteckt, in die es entflohen war. Erschöpft setzte er sich hin. Auch die Eichentäfelung zeigte an einigen Stellen Farbunterschiede, aber sie würden mit der Zeit verschwinden.

Draußen dröhnte inzwischen wieder der Verkehr, der Tag hatte begonnen, und er zog die Vorhänge auf. Ein Marokkaner in einer rosa Jacke schrubbte gegenüber den Bürgersteig des Cafés, italienische Ober in Hemdsärmeln hoben drinnen die Stühle von den Tischen. Die ersten Sonnenstrahlen zeigten sich, und mit Bach im einen und dem Lärm des morgendlichen Berufsverkehrs im anderen Ohr wurde er plötzlich von einer so tiefen Rührung ergriffen, daß ihm fast die Tränen kamen – als ob die Straße, die Welt für einen Augenblick durch heiliges Wasser gezogen worden wäre wie der Leichnam einer Frau, den der Witwer in den Ganges tauchen läßt. Er kochte Tee, machte Toast, nahm die Morgenzeitung aus dem Briefkasten und ging in sein Arbeitszimmer. Dort war alles unverändert. Die Bücherschränke. Die Tische und Stühle mit Stapeln von Mappen und Zeitschriften. Die einundzwanzig Sanduhren. Als er mit schwarzen Zeitungsfingern alles gelesen hatte, was er morgen bereits wieder vergessen haben würde, bekam er Lust auf einen Kaffee, aber es war keiner mehr da. Während er in der Küche die leere Packung zerknüllte, beschlich ihn zum erstenmal der Gedanke, daß auch noch einiges andere zu tun war. Mußte er nun für den Rest seines Lebens wie eine alte Tante mit einer Plastiktüte, die er unter der Spüle hervorholte, einkaufen gehen? Würden ihn Bäcker und Lebensmittelhändler nun jeden Tag lächelnd mit seinem Namen begrüßen? Mußte er jetzt im Fernsehen auf die Werbung achten, große Packungen eines neuartigen Waschpulvers mit Hiroshimakraft kaufen und die Waschmaschine bedienen lernen? Und wer bügelte seine Hemden?

Dann eben einen Kaffee in der Espressobar. Er ging nach oben, um zu duschen und sich umzuziehen. Im Schlafzimmer, wo der Frisiertisch gestanden hatte, lagen leere Fläschchen und Tiegel, bunte Deckel, ausgequetschte Tuben, verknotete Gummiringe mit Haaren, kaputte Kämme, Kajalstiftstummel und Staubflusen auf dem Boden. Er packte alles in eine Zeitung und warf es in die Mülltonne. Danach verteilte er seine Kleider auf die vielen Stangen und Schubladen, die er nun zur Verfügung hatte. In einer ihrer Schubladen fand er eine alte Taucherbrille und einen Schnorchel. Sofort mußte er an eine Begebenheit vor zwanzig Jahren denken, als sie schwanger war, und während er sich langsam wieder aufrichtete, erschien sie einen Moment lang vor seinen Augen.

In der reglosen Nachmittagssonne waren sie auf Malta zu einem Felsen gerudert, der aus dem Meer ragte. Seine Frau schwamm das letzte Stück und landete bei steigendem Grund mitten in einer Seeigelkolonie, wo sie schließlich ratlos im kniehohen Wasser stand und keinen Schritt mehr tun konnte. Das Meer glänzte im stechenden Licht wie Glycerin. Er versuchte, zu ihr zu kommen, aber er manövrierte falsch und geriet in die Brandung, die das Boot mit jedem Wellenschlag gegen den Felsen schlug, so sehr er auch dagegen anruderte. Ihr machtloser Körper mit dem dicken Bauch und das Gefühl, daß die Situation ewig dauern würde. Schließlich warf er ihr die Taucherbrille zu – in seiner Erinnerung sah er sie noch immer gebückt und mit ihrem Gesicht unter Wasser, auf der Suche nach den Stellen, auf die sie zwischen dem mittelalterlichen Folterwerkzeug treten konnte...

Auch die Schwimmutensilien landeten in der Mülltonne. Als er seine Unterwäsche in den Wäschekorb warf, sah er, daß der noch voll mit ihren Sachen war. Nackt stand er auf einmal mit Händen voller Damenslips im Badezimmer, weißen, knallroten, geblümten, und manche waren so durchsichtig, als wären sie aus reinem Geist gemacht. Bei einigen war etwas Blut im Schritt. Er fühlte sich wie ein Zauberer, der die endlose Schlange aus bunten Tüchern aus seiner Faust zieht. Die Versuchung, seine Nase in das übersinnliche Gewebe zu stecken, verspürte er nicht: Ihre Körperlichkeit hatte es für sie beide kaum noch gegeben, oder jedenfalls nicht mehr füreinander. Manchmal hörte er, daß sie mit jungen Männern, mit Schönlingen, in der Stadt gesehen worden war, aber darüber schwieg er; auch bei ihren letzten Gesprächen wurde darüber nicht gesprochen – genausowenig wie über seine Freundinnen.

Als er unter der Dusche stand, sah er, daß auch ihre rosa Bademütze aus Nylon noch da war, und zog sie sich über die Ohren. Verwundert lauschte er dem tosenden Lärm. Er erinnerte ihn an die Niagarafälle, die sie auf ihrer Hochzeitsreise gesehen hatten. Auf einer Breite von etwa einem Kilometer stürzte das Wasser in einem Bogen über einen Felsrand fünfzig Meter in die Tiefe, so daß im Mittelpunkt des Kreisbogens permanent eine weiße, donnernde Wolke von hundert Metern Höhe zu sehen war. Direkt neben der ebenso blendenden wie ohrenbetäubenden Wasserwand befand sich auf halbem Wege eine triefende Terrasse, wo kein verstehbares Wort mehr möglich war, Regenbogen in den aufspritzenden und vorüberziehenden Nebelgardinen leuchteten und sie in gelben Regenjacken ihren

Platz in der Natur zugewiesen bekamen. Von der Terrasse führte dann ein langer dunkler Gang ins Gestein und nach einem Knick *hinter* dem Wasserfall wieder ins Freie. Dort, in dieser Öffnung, die wie die eines Ofens in einem Krematorium wirkte, erreichte die Gewalt ihren Höhepunkt: als nervenzerfetzend weiße, tosende Hölle der Schwerkraft und ununterbrochenes, Tausende von Jahren anhaltendes Herabstürzen, das sich zugleich nicht veränderte und unbeweglich war wie der Tod...

Jeden Morgen hatte sie unter der Dusche dieses Geräusch gehört, ohne daß er es wußte. Ob sie an den amerikanischen See gedacht hatte, der in den kanadischen stürzte? Was wußte er eigentlich von ihr? Gab es etwas Wissenswertes? Wofür interessierte sie sich eigentlich? Wenn er ihr erzählte, daß eines Tages Menschen nahezu mit Lichtgeschwindigkeit ins Weltall reisen und Jahrhunderte später kaum gealtert zurückkommen würden, wenn ihre Ururenkel schon längst gestorben und vergessen wären, nickte sie bloß, ohne vom Nägelfeilen aufzuschauen. Und wenn er ihr begreiflich zu machen versuchte, daß das pure Theorie war, die aber durchaus etwas für sich habe, schaltete sie den Fernseher ein, da dort im ersten Programm eine Show lief. Er spürte, wie sehr ihn dies plötzlich irritierte, zog die Mütze vom Kopf und drehte den Hahn zu.

Ruhe. Stille.

Der fünfzigste Stock

Newtons Dienstplan entsprechend, befand er sich auf dem Weg zum Erdmittelpunkt, und die Luft pfiff in seinen Ohren. Da sein Sturz nur in einem Vakuum gleichförmig in der Fallgeschwindigkeit bliebe, schätzte der Ingenieur, daß er mittlerweile seine Höchstgeschwindigkeit erreicht hatte und sie im Moment vielleicht sogar abnahm, weil er in seiner Drehung nun waagrecht auf dem Rücken lag und der weiten Öljacke jetzt mehr Widerstand bot. Da es in physischer Hinsicht nicht hundertprozentig sicher war, daß die Naturgesetze konstant waren, war es demnach nicht ausgeschlossen, daß sich nun die Abnahme der Geschwindigkeit durchsetzen würde, so daß er gleich – bestaunt von einem Kreis von Bauarbeitern, die mit offenen Mündern dastehen würden – sanft und behutsam wie ein ausgebreitetes Bettlaken niederschweben würde. Daraufhin würde er seinen Helm aufheben und sagen:

«An die Arbeit, Männer!»

Aber wollte er das eigentlich noch? Sollte alles einfach so weitergehen? Noch zehn Jahre bei OPA und dann ab in die Rente? Und dann? Seine Frau hatte oft gesagt, er könne doch noch etwas Neues anfangen. Natürlich, auch in seinem Leben konnte noch viel passieren, aber selbst dann... Plötzlich sah er in seiner Erinnerung Papier durch die Luft flattern.

Eine Woche, nachdem sie ausgezogen war, wurde morgens die Wäsche gebracht, aus der auch die vergessene Unterwäsche seiner Frau wieder auftauchte, jetzt ordentlich gefaltet. Sie hatte nichts mehr von sich hören lassen, genausowenig wie er; da er jedoch keine Prestigeangelegenheit daraus machen wollte, rief er sie an und sagte, daß er gerade ihre Unterhosen betrachte. Sie tat begeistert und fragte, ob er sie nachmittags vorbeibringen könnte, dann könne er gleich ihre Wohnung anschauen.

Während der halben Stunde, in der er vom Büro zu ihrer Wohnung ging, kreiste permanent ein Hubschrauber über dem Viertel; von allen Seiten waren Polizeisirenen zu hören. An der Ecke der Straße, in der sie wohnte, bereitete sich die Polizei darauf vor, ein verbarrikadiertes, gelb und lila angemaltes Haus zu räumen. Kolonnen von Polizeibussen, Bagger, Lachen und Wut; ein Container voller Polizeibeamter, die von einem Hubschrauber auf dem Dach abgesetzt wurden. Der Ingenieur ging weiter, er hatte diese Szenen zu oft gesehen. Am Ende einer steinernen Treppe, die in einem dunklen Schacht der ‹Amsterdamer Schule› zum ersten Stock führte, klingelte er.

«Sie machen Schluß damit, und es ist höchste Zeit!»

Makellos weiße Zähne, deren Geschichte er kannte, zwischen grellroten Lippen; in ihrem dicken, dunkelblonden Haar waren vereinzelt ein paar hellere Strähnen. Sie trug einen neuen, elfenbeinfarbenen Morgenmantel, der bis zum Boden reichte, wodurch noch sichtbarer wurde, daß sie größer war als er.

«Das ist lange her», sagte sie, während sie ihn hereinführte, «daß du mich in meinem Zimmer besucht hast.»

Die große, verbaute Suite hatte keinerlei Ähnlichkeit mit dem Haus, in dem sie ihr halbes Leben verbracht hatte. Sie beklagte sich hin und wieder über «diesen Trödlerladen» – womit sie die Stücke aus ihrer gemeinsamen Vergangenheit meinte –, aber doch nicht so, daß er auf das vorbereitet gewesen wäre, was er jetzt zu sehen bekam. Die Möbel, die sie hatte mitnehmen wollen, hauptsächlich die Empire-Sachen, standen jetzt museal in einer Leere aus blassen Pastelltönen, in der an einigen Stellen etwas Stahl glänzte. Weißer Glanzlack, lachsfarbener Teppichboden, forellenfarbene Vorhänge, Möbel aus gebrochen weißem Leder; an der Wand einige japanische Drucke. Kein Buch zu sehen. Am Fenster auf der Rückseite stand ein langer Tisch mit Stapeln von Modezeitschriften, daneben ein hölzernes Mannequin ohne Kopf, über das ein flamboyantes Abendkleid drapiert war. Wie Ginger Rogers in einem Film aus der Vorkriegszeit drehte sie sich um, breitete die Arme aus und sagte mit einem viel zu strahlenden Lächeln:

«Und?»

Der Ingenieur legte das Päckchen mit der Unterwäsche neben eine schlanke Jugendstilvase, in der eine rote Rose stand.

«Schön. Außergewöhnlich schön. Ich wußte gar nicht, daß du diese Art von ästhetischem Puritanismus magst.»

Ihr Lächeln verschwand.

«Du wußtest so viel nicht, my dear.»

«Was denn noch, Liebling?»

«Ach, hör auf. Gläschen Sekt?»

«Gerne.»

«Hör dir nur den Lärm an draußen», sagte sie, während sie eine Flasche aus dem Kühler zog. «Dieses Pack.»

Er sah das Bild ihrer Tochter, das im Schlafzimmer gehangen hatte. Dieses Kind, das weit weg nach Amerika verschwunden war ins Gedränge von Hunderten Millionen von Menschen, war das einzige, was sie noch verband. Er fragte, ob sie etwas von ihr gehört habe.

«Das müßte eigentlich ich dich fragen.»

«Das hast du aber nicht getan.»

«Wie kann ich etwas von ihr gehört haben; sie weiß nicht mal meine Adresse. Sag mal, was hast du eigentlich vor», fragte sie, während sie ihm ein Glas hinstellte, «bist du gekommen, um dich mit mir zu streiten? Dann hau lieber gleich ab. Diese Zeiten sind vorbei.»

So war es. Der Sekt paßte farblich genau zum Filter ihrer Zigarette; ihre Fingernägel in einem noch leuchtenderen Rot als vorige Woche hatten dieselbe Farbe wie ihre Lippen; ihr Mund und das Weiß ihrer Jacketkronen erinnerten ihn plötzlich an das Verkehrsschild «Durchfahrt verboten».

«*Hast* du etwas von ihr gehört?» fragte sie

«Nein. Nichts.»

Schweigend nahmen sie einen Schluck. Dann sprach sie von ihrem Plan: all diesen unbeholfenen Frauen mit ihren ungehobelten Männern und ihren Millionen nicht unbedingt Geschmack beizubringen, denn das war natürlich ausgeschlossen, aber gegen ein beachtliches Honorar dafür zu sorgen, daß sie in der Öffentlichkeit zumindest vernünftig gekleidet auftraten, und je höher dieses Honorar wäre, um so mehr Vertrauen würden sie in sie setzen. Dabei würde ihr aristokratischer Akzent ein wichtiges Verkaufsargument sein. Er mußte lachen wegen ihres Zynismus, aber zugleich wäre er lieber in Tränen ausgebrochen. Er stand mit dem Glas in der Hand auf und stellte sich ans Fenster. Der ungepflegte Hintergarten war noch voller schwarzer Herbstblätter und dürrer Zweige, während alles bereits wieder grünte.

«Bis nachher», hörte er sie in seinem Rücken sagen. «Paßt du auf dich auf?»

Er drehte sich um. Ein Mann stand über sie gebeugt und gab ihr einen Kuß auf den Mund, während ihre Hand an seinem Hinterkopf lag. Als er sich aufrichtete, sah der Ingenieur, daß es eher ein Junge war, halb so alt wie er selbst. Er sah aus wie fast jeder aus dieser Generation: Jeans, Turnschuhe, T-Shirt, Lederjacke, ein Dreitagebart, den Kopfhörer auf dem Kopf und den Walkman am Gürtel. Als er den verdutzten Ingenieur sah, lachte er: vielleicht freundlich, vielleicht verlegen, nach Meinung des Ingenieurs auf jeden Fall ziemlich falsch. Der Mann ging, und seine Frau nahm aus ihrer Tasche einen Spiegel, um ihre Lippen zu inspizieren.

«Du machst ein Gesicht, als ob du einen Geist gesehen hättest», sagte sie, während sie mit dem kleinen Finger ihren Mundwinkel berührte.

«Das war ja wohl auch so! Das heißt – Geist... Was treibst du eigentlich?»

«Ach ja, diese gutbürgerlichen Tussies von dir», sagte sie sofort, «die vertreten den Geist. Daß ich nicht lache!»

«Mit Kopfhörer! Mein Gott! Er hat durch die stumpfsinnige Musik nicht einmal gehört, was du gesagt hast. Wer ist das? Wohnt er bei dir?»

«Heute schon.»

«Hättest du mich dieser Person nicht vorstellen können?»

Sie legte den Spiegel hin und stand auf.

«Es ist jetzt besser, wenn du gehst.»

Vielleicht war ihm der Sekt nicht bekommen: Plötzlich machte er alles kurz und klein.

«Wenn du mich fragst, ist er jünger als dein Schwiegersohn. Hast du es wirklich nötig, dich vor deiner eigenen Tochter zu beweisen? Das hast du so organisiert, stimmt's? Du hast gewußt, daß ich kommen würde. Es sieht aus, als ob du krank im Kopf bist. All die schönen Gespräche, welche Möglichkeiten du noch hast, also, die kennen wir dann nun, du armes Würstchen. Weißt du, wie du enden wirst? Als geschminktes altes Weib am Arm einer dekolletierten Schwuchtel, die dich nach Hause bringt und dich an der Tür absetzt. Womit verdient dieser Kerl seine Brötchen?»

Sie musterte ihn einige Sekunden.

«Er unterrichtet Harmonielehre am Konservatorium», sagte sie und ging zu einem weißen Schrank, zog eine geräuschlose Schublade auf und holte etwas heraus. «Als er mich gerade küßte, hörte ich, was er gerade hörte: die *Kunst der Fuge*, mein Lieber, weißt du noch? So, und jetzt verpiß dich», sagte sie und warf es ihm zu.

Etwas Schwarzes öffnete sich in der Luft, gab allerlei Zettel frei und fiel wie eine Fledermaus mit ausgebreiteten Flügeln vor seine Füße. Sein Nachtbuch! Dort lag es! In diesem Augenblick gelangte er mit einem Ruck in etwas ganz anderes. Er stellte sein Glas ab, bückte sich und hob es behutsam auf wie einen verwundeten Vogel. Es war also noch da, war nicht auf die andere Seite geflüchtet, oder war es von dort zurückgekehrt – nachdem etwas dazu geschrieben worden war? Eine entscheidende Botschaft? Er hob die Zettel auf dem Teppich auf wie verlorene Federn, und ohne seine Frau noch einmal anzusehen, ging er aus dem Zimmer, durch den Flur und zog die Wohnungstür hinter sich zu.

Während er langsam die Treppe hinunterging, schlug er das Buch wahllos auf:

Selbstmord? Ich gehe durch das Zimmer; viele Fenster mit Stockflek-ken. Ich tue es. Mein Vater geht aus dem Zimmer. Als er draußen ist, sehe ich ihn noch durch die Anordnung der Spiegel. Wir sehen uns an. Warum hast du es getan? frage ich. Was hatte das für einen Sinn? Danach muß ich Selbstmord verüben.

Hatte *er* das geträumt? Es war seine Schrift. Er schlug das Heft woanders auf:

Die Alpen sind vulkanisch geworden. Menschen legen Decken und Kleider auf die heißen Felsen. Ich gehe weiter. Der Lavapfropfen, der plötzlich mit allen Menschen darauf in die Tiefe schießt. Das Un-

178

WIDERRUFLICHE *dabei, und daß es am besten ist, dann in das näher kommende Magma zu schauen.*

In dem Augenblick, in dem er die Straße ereichte, wurde er mitgerissen von einer Flut aus rennenden und drängelnden Menschen. Ob es den Tumult schon gegeben hatte, als er im dunklen Treppenhaus in seinem Heft las, wußte er nicht; machtlos wurde er von der brodelnden Masse mitgeschleift. Inmitten von Geschrei, klirrendem Glas, Megaphonstimmen und dem ohrenbetäubenden Lärm eines Hubschraubers drückte er sein Nachtbuch an sich. Plötzlich wurde sein Arm zwischen Körpern eingeklemmt, und er spürte, wie ihm das Heft englitt. Bücken war nicht möglich, er versuchte an der Stelle zu bleiben, an der es passiert war, aber auch das gelang ihm nicht. Einige Minuten später sah er es auf dem Boden liegen.

Es hatte sich eine Front gebildet. Auf der einen Seite die Hausbesetzer und ihr Anhang, die, fast alle in Schwarz, mit palästinensischen Kopftüchern vor den Mündern, Steine und Molotowcocktails auf die Polizisten warfen, die mit Schilden und Atemschutzmasken auf der anderen Seite die Straße über die gesamte Breite abriegelten. Im Niemandsland, genau zwischen den Fronten, lag sein Heft mit den Träumen. Der Ingenieur drängte sich nach vorn, legte seine Arme um den Kopf und wollte hinlaufen.

«Gehen Sie dort sofort weg!»

Die Stimme aus dem Lautsprecher auf dem dunkelblauen Polizeiwagen war so laut, daß er unwillkürlich innehielt. Sofort kamen aus der zweiten Polizistenlinie die dumpfen Schläge von abgefeuerten Tränengasgranaten, die drehend und rauchend über seinen Kopf schwirrten; im selben Augenblick ging die vorderste Linie mit erhobenen Schlagstöcken zum Angriff über. Hustend hielt er sich das Taschentuch vor Nase und Mund und drückte sich in einen Hauseingang; überall wurde jetzt gekämpft und geschrien, Polizeihunde bellten, in den dunklen Treppenhäusern wurde gnadenlos geprügelt, ein Wasserwerfer zog meterlange Wasservorhänge durch die Straße, aber; ihm passierte nichts. Als die Schlacht sich verlagerte und die vergitterten Polizeibusse langsam anfuhren, ging er mit tränenden Augen zu der Stelle, an der er sein Nachtbuch zuletzt gesehen hatte.

In der Verwüstung war nicht einmal mehr ein Fetzen davon auszumachen.

Der neunundvierzigste Stock

Nichts, nichts war übriggeblieben. Mit dem Rücken zum Turm stand der Ingenieur jetzt nahezu gerade aufrecht im Sturm, eine Böe schoß unter seine Jacke, die plötzlich hochklappte und seine Arme mitriß, als ob ihn jemand mit einer Schußwaffe bedrohte. Das Magma! Am besten in das näher kommende Magma schauen! Das Telefon läutete. Am Ende einer heißen Augustnacht wachte er auf, stützte sich auf den Ellbogen und sah auf die Uhr, während er den Hörer abnahm: Es war sechs Uhr.

«Ja, bitte?»

«Herzlichen Glückwunsch!»

«Was? Wer ist da?»

«Was glaubst du wohl, wer das ist?»

«Nein! Bist du's? Von wo rufst du an? Aus Hollywood?»

«Aus New York. Hab ich dich geweckt?»

«Ja, nein, macht nichts, Liebes! Das ist aber eine Überraschung! Wie geht es dir?»

«Kann ich besser dich fragen. Wie fühlst du dich?»

«Was meinst du? Gut.»

«Weißt du denn nicht, was für ein Tag heute ist?»

«Doch, Montag, glaube ich. Bei dir doch auch? Oder noch nicht? Wieso?»

«Willst du mich zum besten halten, oder was? Du hast heute Geburtstag, Mensch. Du wirst heute fünfzig.»

«Was?»

«Ja, du wirst fünfzig.»

«Verdammt, du hast recht.»

«Sag mal, hat dich in den letzten Tagen keiner darauf angesprochen? Ist Mama jetzt auch wach?»

«Mama... Nein. Ich meine –»

«Was ist los? Lieber Gott, es ist doch nichts Schlimmes passiert?»

«Wir haben uns getrennt, Liebes.»

«Was sagst du da? Wann? Was ist denn passiert?»

«Ja, was ist passiert? Nichts eigentlich. Wir hätten es dich gerne wissen lassen, aber wir wußten ja nicht, wo wir dich erreichen konnten. Warum hast du nie was von dir hören lassen? Seit sieben Monaten kein Wort, wir wußten nicht einmal, ob du noch lebst.»

«Ja, entschuldige, Papa, ich bin mal hier, mal dort. Ich habe oft angerufen, aber es wurde nie abgenommen.»

«Ja, ja. Und die Post ist auch verschwunden. Laß nur, ich bin viel zu froh, deine Stimme wieder zu hören. Wie ist es mit –»

«Ach, hör auf, der Idiot. Du hattest vollkommen recht. Ich glaube, daß er noch immer in L. A. ist, oder auch nicht, ist mir auch egal. Ich bin jetzt bei Freunden in Manhattan, mit jemandem, den ich in Beverly Hills kennengelernt habe, im Bel Air Hotel, du weißt schon, wo Marilyn Monroe noch mit Yves Montand gewohnt hat. Er ist italienischer Abstammung, ein Produzent, viel älter als ich, mehr dein Alter eigentlich, aber das ist besser als diese halben Kinder. Ich bin sicher, daß du ihn mögen würdest. Vielleicht kommen wir bald mal nach Europa. Du kannst dir nicht vorstellen, wie das Leben hier ist. Es passieren ständig tausend Dinge gleichzeitig. Vorstellungen, Konzerte, Parties, Diners, wir rennen vom einen zum anderen. Wenn ich zurückdenke an Holland, kann ich mir gar nicht mehr vorstellen, wie ich es da überhaupt ausgehalten habe. Das Herumgelungere dort, dieses schäbige Durcheinander. Hier ist jeder aktiv und mit allem möglichen beschäftigt, einfach toll.»

«Ich freue mich, daß es dir so gut gefällt.»

«Aber was ist mit Mama? Seid ihr geschieden oder so?»

«Das kommt wohl auch noch. Wir fanden es besser, daß jeder seinen eigenen Weg geht, nachdem du gegangen warst. Sie hat eine schöne Wohnung, ganz modern.»

«Na, meinen doppelten Glückwunsch. Sei froh, daß du das Luder los bist.»

«Du verdankst ihr immerhin dein Leben.»

«Sie hat sicher einen Freund, oder? Sie holt ihn bestimmt jeden Tag von der Grundschule ab, oder?»

«Vielleicht solltet ihr tauschen.»

«Oh, sehr charmant. Na ja, ist mir auch egal. Erzähl, was machst du heute?»

«Nichts Besonderes, denke ich. Oder warte... Jetzt fällt mir ein, daß ich vor einiger Zeit von Freunden eingeladen wurde, an meinem Geburtstag mit ihnen in der Stadt essen zu gehen.»

«Von wem?»

«Kennst du nicht. Neue Freunde. Ein Spezialist und seine Frau.»

«Was du nicht sagst.»

«Wirklich. Mach dir über mich keine Sorgen.»

«Was für ein Spezialist ist das denn?»

«Ach, so ein Kardiologe.»

«Ich glaube dir kein Wort. Wenn du mich fragst, verkümmerst du so langsam in dieser blöden Scheißstadt.»

«Was sind das alles für Leute, die ich da höre?»

«Alles Freunde, lauter nette Menschen. Wir waren in einem Konzert, Mahler, im Lincoln Centre, mit dem New York Philharmonic. Danach haben wir mit ein paar Leuten bei Sardi's soupiert, und jetzt trinken wir hier Champagner, bei einem sehr reichen Projektentwickler zu Hause. Du brauchst dir also keine Sorgen zu machen, daß ich mich in Unkosten stürze mit diesem Gespräch. Ich sitze an seinem Schreibtisch, unter einem Picasso, und er steht am Fenster, in einem weißen Seidenhemd für tausend Dollar. Du müßtest mal hier sein, die verrücktesten

Typen, wie man sie in Holland nie sieht. Jüdische Schriftsteller und so. Wir sind in seinem Penthouse mit einem phantastischen Blick auf den Central Park, du traust deinen Augen nicht. Einige Häuser weiter wurde John Lennon ermordet. Warum kommst du nicht nach Amerika? Hier wird auch gebaut.»

«Was du nicht sagst.»

«Mit deinem Beruf brauchst du Holland gar nicht. Ist dieser Turm jetzt endlich fertig?»

«Das dauert noch ein paar Monate.»

«So etwas machen die hier in drei Wochen, und drei Wochen später reißen sie ihn wieder ab. Warum machst du so was nicht? Du bist erst fünfzig!»

«Ich werde es mir überlegen.»

«Tust du ja doch nicht. Du, Papa, ich muß aufhören, Leonard Bernstein will telefonieren.»

«Ja, warum auch nicht.»

«Er hat heute abend dirigiert.»

«Gib mir noch deine Adresse und Telefonnummer, damit ich dich erreichen kann.»

«Ja, aber ich weiß sie nicht auswendig. Wir wohnen in einem Hotel.»

«Du wirst doch wissen, in welchem Hotel du wohnst?»

«Natürlich, aber morgen fahren wir wieder, und wir haben uns noch nicht entschieden, wohin. Ich ruf dich sofort an, wenn ich es weiß, in Ordnung? Jetzt muß ich wirklich aufhören.»

«Tschüß, Liebes, tschüß. Paß auf dich auf.»

«Ciao, Papa!»

«Warte, ich gebe dir die Nummer von Mama...»

Die Verbindung war unterbrochen.

Danach trat wieder große Stille ein, die auch im November noch anhielt. War es eigentlich alles wahr gewesen? Hatte sie wirklich aus einem Penthouse in New York angerufen, und nicht aus einem Bordell in Las Vegas oder Palermo? Wo war sie hineingeraten? Ihre Euphorie, kam die vom Champagner oder vom Kokain? Wo war sie? Lebte sie noch? Nein, sie war tot, ermordet von Mafiosi, verschollen...

Plötzlich gab der Ingenieur auf. Er hatte gefunden, warum er nicht mehr leben wollte. Den Fall, in dem er sich befand, empfand er auf einmal als etwas, das er wollte, wozu er sich entschieden hatte, als ob er aus eigenem Antrieb vom Turm gesprungen wäre, um sich das Leben zu nehmen.

Er hing jetzt völlig aufrecht in der Luft, seine Jacke hatte sich über dem Kopf aufgebläht wie eine Plane. Er schloß die Augen und öffnete den Mund, um endlich zu schreien, aber im gleichen Augenblick wurde sein Atem von einem heftigen Windstoß abgeschnitten, der ihn mit einer Wucht traf wie ein Zusammenstoß im Verkehr und ihn rücklings in den Turm warf, wo er auf dicken Rollen aus Glaswolle landete.

Die Baracke

Unten im Lagerhaus zog die kleine Nutte ihre Hand zurück und schloß das Fenster, aber das konnte der Ingenieur nicht sehen. Er schlug seine Jacke zurück, die über seinem Kopf und vor dem Gesicht hing, setzte seine Brille auf und sah sich um, als ob er aus einem Traum aufgewacht wäre. Das war doch nicht möglich! Hatte er vielleicht wirklich geschlafen? War er nicht im fünfundfünfzigsten Stock ausgestiegen, sondern hier, um dann wegzudämmern? Aber dann hätte er sich doch nicht die Öljacke über den Kopf gezogen und hätte auch noch seinen Helm haben müssen. Als sein Blick auf die nasse Spur über den Plastikplanen fiel, begriff er, daß kein Zweifel möglich war: Vor drei Sekunden hatte er noch im fünfundfünfzigsten Stock gestanden. Die Möwen konnten inzwischen nicht mehr als ein paar Meter zurückgeflogen sein.

Er stand auf, befühlte seinen Körper und bewegte Arme und

Beine. Es fehlte ihm nichts. Er kletterte über die Rollen zum Rand, um den Lift vom fünfundfünfzigsten Stock kommen zu lassen, aber im selben Moment merkte er, daß ihn etwas auf halbem Wege zurückhalten wollte; er begriff, daß er nie mehr seine Arbeit würde tun können, wenn er dem jetzt nachgab. Während er in den Fallwinden und Regenböen auf den Lift wartete, strich er mit der Hand durch sein zerzaustes Haar und schaute hinunter auf das Gelände in der Tiefe. Es war ihm nicht klar, wie ihm zumute war: Irgendwie war ihm gar nicht mehr zumute.

Als sich der ruckelnde scheppernde Lift langsam der Erde näherte, begann er plötzlich zu zittern. Er versuchte, sich an das zu erinnern, was ihm im Kopf herumgegangen war während seines Sturzes: etwas mit einem Zirkus, unzusammenhängende Erinnerungen, sein Nachtbuch... Als er ausstieg und die Erde unter seinen Füßen spürte, zitterte er noch immer. Ein paar Meter weiter, an der Stelle, an der wahrscheinlich sein zerschellter Körper hätte liegen müssen, stand ein Arbeiter mit seinem Helm in der Hand und sah nach oben.

«Ja, das ist meiner.»

Während das Zittern nachließ, ging er mit dem Helm in der Hand zur Baracke der Bauleitung. Es kam ihm vor, als ob sein Kopf leer sei, als ob unter der Schädeldecke alles in einer Kettenreaktion verbrannt wäre: Er hatte alles vergessen.

Als er in der Türöffnung erschien, sagte sein Kollege vom Intitut für Angewandte Naturwissenschaftliche Forschung:

«Schon wieder da? Fühlen Sie sich jetzt besser?»

Fast jeder saß noch am selben Platz. Ohne seine Jacke auszuziehen oder seinen Helm abzulegen, ließ er sich auf einen Stuhl fallen und sagte:

«Was mir passiert ist...»

Es war etwas in seiner Stimme, das alle verstummen und von ihren Plänen aufsehen ließ.

«Ich bin vom fünfundfünfzigsten Stock geblasen worden und beim neunundvierzigsten wieder hineingeblasen worden.»

185

Niemand sagte etwas. In der Ecke begann die Kaffeemaschine zu prusten und zu blubbern. Der Bauinspektor, der ihm gegenübersaß, zog an seiner Pfeife und nickte bedächtig. Der Ingenieur sah sich um und begriff, daß er nie wieder davon sprechen durfte, wenn er nicht wegen Überanstrengung aufs Abstellgleis gestellt werden wollte. Da aller Wahrscheinlichkeit nach niemand gesehen hatte, was in diesen wenigen Sekunden passiert war, sollte er selbst auch lieber nicht mehr daran glauben. Er mußte es vergessen, denn es war so gut wie unmöglich. Obwohl es passiert war, war es nicht passiert.

«Du machst Witze», sagte jemand am anderen Ende des Tisches.

Er sah in die kühlen blaugrauen Augen seines Chefs, des Direktors der OPA, der vorhin noch nicht hiergewesen war.

«Natürlich», sagte er. «Was denn sonst.»

(1989)

Inhalt

Die Grenze
(Ü.: Hans Herrfurth)

5

Alte Luft
(Ü.: Martina den Hertog-Vogt)

29

Symmetrie
(Ü.: Franca Fritz)

90

Das Standbild und die Uhr
(Ü.: Martina den Hertog-Vogt)

100

Vorfall
(Ü.: Martina den Hertog-Vogt)

147

Nachweise

Die Grenze (De grens, in: H. M., De verhalen 1947–1977; Uitgeverij De Bezige Bij, Amsterdam 1977) deutsch zuerst in: Udo
Birckholz (Hrsg.), Erkundungen II, 21 Erzählungen aus Belgien und den Niederlanden; Volk und Welt, Berlin/DDR
1984: *Alte Luft* (Oude lucht, in: ebd.); deutsche Erstveröffentlichung; *Symmetrie* (Symmetrie, in: ebd.) deutsch zuerst in: Mit
anderen Augen. Erzählungen von niederländischen und flämi-
schen Autoren in deutscher Übersetzung, hrsg. und mit einem
Vorwort versehen von Herbert van Uffelen und Hermann Ve-
keman; Verlag Frank Runge, Köln 1985, *Das Standbild und die
Uhr* (H. M., Het beeld en de klok; Uitgeverij De Bezige Bij,
Amsterdam 1989), deutsche Erstveröffentlichung; *Vorfall*
(H. M., Voorval; de Bijenkorf, Amsterdam 1989), deutsche
Erstveröffentlichung.

Elke Heidenreich

Wer hat den «Kohlenpott» berühmt gemacht? Klaus Tegtmeyer, Herbert Grönemeyer – und Else Stratmann, die Metzgersgattin, die elf Jahre im Westdeutschen Rundfunk frei von der Leber weg ihre Meinung sagte. Ihre Erfinderin **Elke Heidenreich**, Jahrgang 1943, längst bekannt durch zahlreiche Fernsehauftritte und Talkshow-Moderationen, lebt heute in Köln.

«Darf' s ein bißchen mehr sein?»
Else Stratmann wiegt ab
(rororo 5462)
Ob Else Stratmann über Gott und die Welt losschnattert oder über die Prominenten philosophiert, sie hat immer das Herz auf dem rechten Fleck.

«Geschnitten oder am Stück?»
Neues von Else Stratmann
(rororo 5660)
Else Stratmann nutzt die Gelegenheit, um Briefe an hochgestellte Persönlichkeiten zu verschicken und Telefonate mit ihnen zu führen.

«Mit oder ohne Knochen?» *Das Letzte von Else Stratmann*
(rororo 5829)
Solange die Großen dieser Welt noch soviel Unsinn machen, kann Else Stratmann nicht schweigen.

«Dat kann donnich gesund sein»
Else Stratmann über Sport, Olympia und Dingens...
(rororo 12527)

Also...
Kolumnen aus «Brigitte»
(rororo 12291)
Kolumnen aus «Brigitte» 2
(rororo 13068)

3235/2

Dreifacher Rittberger *Eine Familienserie*
(rororo 12389)

Kein schöner Land *Ein Deutschlandlied in sechs Sätzen*
(rororo 5962)
Eine bissige Gesellschaftssatire!

Im Rowohlt Verlag ist außerdem lieferbar:

Kolonien der Liebe *Erzählungen*
176 Seiten. Gebunden und
Elke Heidenreich liest
Kolonien der Liebe
literatur für kopf hörer 66030
«Die "Kolonien der Liebe" sind so voll von Einfällen und Phantasie, daß es nie langweilig wird, stets aber auch mehr als bloß kurzweilig ist.»
Lutz Tantow, Süddeutsche Zeitung
«Elke Heidenreich ist ganz offenkundig ein Naturtalent als Erzählerin.»
Stephan Jaedich, Welt am Sonntag

rororo Unterhaltung

Wilhelm Genazino

«**Wilhelm Genazino** ist ein Meister beim Registrieren der Verkleidungen und Verschiebungen, die in unserem Bewußtsein unablässig vor sich gehen. Seine Sprache oszilliert zwischen Erinnerung und Wünschen, zwischen alltäglicher Beobachtung und ihren Verdichtungen in tagtraumartigen, hyperrealistischen Zeitlupen.» *Neue Zürcher Zeitung*

1989 wurde Wilhelm Genazino mit dem Bremer Literaturpreis ausgezeichnet.

Abschaffel *Eine Trilogie*
(rororo 5542)
«Genazino interessiert weniger das Büro-Ambiente, sondern mehr die Innenwelt seines Angestellten Abschaffel, mit ihren kompensierenden Tagträumen, ihren hypertrophen Selbstbeobachtungen, ihren Wunschwünschen, wie es einmal heißt.» *Norddeutscher Rundfunk*

Fremde Kämpfe *Roman*
(rororo 12292)
Die Gegenwart: Arbeitslosigkeit, Existenzangst. Wolf Peschek will nicht mit dem Gesicht an der Wand landen und ahmt die «fremden Kämpfe» nach.

Der Fleck, die Jacke, die Zimmer, der Schmerz *Roman*
232 Seiten. Gebunden.
Das Mosaik einer Gesellschaft, das quer zum veröffentlichten Bild steht, und auch eine (ironische) Parabel über den Zustand der Kunst heute.

Die Liebe zur Einfalt *Roman*
168 Seiten. Gebunden.
Wilhelm Genazino nimmt den Tod der Eltern zum Anlaß für eine umfassende Erkundung. Er erzählt mit wachsendem Verständnis deren vergebliche Anstrengung, aus der Enge der fünfziger Jahre in die Großartigkeit eines selbstbestimmten Daseins zu fliehen.
«... ein kluges, nachdenkliches Buch, faszinierend durch die Genauigkeit der mitgeteilten Beobachtungen, lesenswert allein schon wegen der kunstvollen Verschrobenheit seiner Betrachtungen.» *Süddeutsche Zeitung*

Leise singende Frauen *Roman*
180 Seiten. Gebunden
Der Roman erzählt von Exkursionen zu den verborgenen Ereignissen der Poesie.

rororo Literatur

Paul Auster

Paul Auster, geboren 1947 in Newark / New Jersey, gilt in Amerika als eine der großen literarischen Entdeckungen der letzten Jahre. Er studierte Anglistik und vergleichende Literaturwissenschaft an der Columbia University und verbrachte danach einige Jahre in Paris. Heute lebt er in New York.

Die New-York-Trilogie *Roman*
Deutsch von J. A. Frank
(rororo 12548)
Die «New-York-Trilogie» machte Paul Auster mit einem Schlage berühmt. Zunächst wirkt sie wie eine klassische, spannungsgeladene Kriminalgeschichte, die den Leser raffiniert in ihren Bann zieht. Aber bald scheinen die vordergründig logischen Zusammenhänge nicht mehr zu stimmen. Die Rollen der Täter und Opfer, der Verfolger und Verfolgten verschieben sich auf rätselhafte Weise ...
«Eine literarische Sensation!»
Sunday Times

Mond über Manhattan *Roman*
Deutsch von Werner Schmitz
(rororo 13154)
«Paul Auster ist der vielleicht bedeutendste amerikanische Autor der letzten Jahre; seine literarischen Qualitäten suchen auch hierzulande ihresgleichen.»
Deutschlandfunk

Die Erfindung der Einsamkeit
Deutsch von Werner Schmitz
256 Seiten. Gebunden
Paul Auster erzählt in zwei aufrichtigen autobiographischen Texten von der Einsamkeit und dem Sterben seines ihm bis zu-letzt fremdgebliebenen Vaters.

Die Musik des Zufalls *Roman*
Deutsch von Werner Schmitz
256 Seiten. Gebunden
Jim Nashe, ein Feuerwehrmann aus Boston, kündigt Job und Wohnung und begibt sich auf eine ziellose Reise, nachdem er unerwartet zweihunderttausend Dollar geerbt hat. Eines Tages liest er einen Anhalter auf: Jack ("Jackpot") Pozzi, einen bankrotten Zocker. Die beiden haben nichts zu verlieren und riskieren alles ...

Im Land der letzten Dinge
Roman
Deutsch von Werner Schmitz
(rororo 13043 und als gebundene Ausgabe)
«Ein ausgezeichnetes, höchst lesbares Buch. Paul Auster hat sowohl der modernen Literatur als auch unserer Sicht der Welt eine Dimension hinzugefügt.»
The Boston Globe

Literatur